本书得到教育部高等学校特色专业“汉语言文学”项目经费资助
本书系国家社科基金西部项目
《文艺民俗视野下的鲁迅创作研究》
（项目编号：11xzw011）的阶段性成果

中国现当代文学研究与批评书系

马　超◎主　编　　郭文元◎副主编

从现代到当代

——新文学的历史场域和命名

王元忠　王建斌　著

中国社会科学出版社

图书在版编目(CIP)数据

从现代到当代：新文学的历史场域和命名/王元忠，王建斌著．—北京：中国社会科学出版社，2014.8

ISBN 978-7-5161-4637-8

Ⅰ.①从… Ⅱ.①王…②王… Ⅲ.①中国文学—现代文学—文学研究②中国文学—当代文学—文学研究 Ⅳ.①I206.6

中国版本图书馆 CIP 数据核字（2014）第 178309 号

出 版 人 赵剑英
选题策划 郭 鹏
责任编辑 郭 鹏
责任校对 王丹卉
责任印制 戴 宽

出 版 中国社会科学出版社
社 址 北京鼓楼西大街甲 158 号（邮编 100720）
网 址 http：//www.csspw.cn
中文域名：中国社科网 010-64070619
发 行 部 010-84083685
门 市 部 010-84029450
经 销 新华书店及其他书店

印 刷 北京君升印刷有限公司
装 订 廊坊市广阳区广增装订厂
版 次 2014 年 8 月第 1 版
印 次 2014 年 8 月第 1 次印刷

开 本 710×1000 1/16
印 张 15
插 页 2
字 数 242 千字
定 价 49.00 元

凡购买中国社会科学出版社图书，如有质量问题请与本社联系调换
电话：010-64009791

总　序

天水师范学院汉语言文学专业是本校自 1959 年建校以来最早重点建设的专业之一，半个世纪以来先后有张鸿勋、雒江生等学者为学科发展做出了重要贡献。新时期特别是进入 21 世纪以来，本专业得到全面发展，逐渐形成了年富力强、学术研究活跃的研究梯队。2008 年汉语言文学专业被教育部批准为特色专业，中国现当代文学学科被列为第一轮校级重点学科。

五年以来，中国现当代文学学科的中青年学者，秉承老一辈学人的严谨学风，关注前沿，锐意创新，发表 CSSCI 期刊文章 60 多篇，获立国家、省部级社科基金项目 10 多项，逐渐形成相对集中、相对稳定的研究方向："底层文化与新世纪文学"、"延安文艺与当代文学"、"甘肃文学与地域文化"等。其问题视域分别为：立足西部社会在城市化进程中凸显的民众底层处境和乡土情怀，关注文学中的民生民本、现代伦理和文学审美；利用靠近延安，地处陕、甘、青革命根据地，尤其是陇东革命老区的地缘优势，着力于革命文艺中主流意识形态的发生与流变研究；借重甘肃多元民族文化优势，关注甘肃地域文化符号特征及甘肃作家群的文化身份。在对"底层文学"、"延安文艺"、"甘肃文学"的关注中，我们力图建构它们在中国当代文学语境中的"边缘性"、"地域性"以及"冲击性"。现出版的《中国现当代文学研究与批评书系》学术著作八部，集中呈现了天水师范学院中国现当代文学学科近年来的研究成果。

"底层文学"是新世纪文学中最活跃的文学思潮，李志孝教授的《现场·历史·批评——新世纪文学与新文学传统》、王元忠教授、王建斌副教授的《从现代到当代——新文学的历史场域和命名》和张继红副教授的《启蒙、革命与后革命转移——20世纪资源与新世纪“底层文学”》，梳理20世纪不同时期文学中的底层话语谱系，以此为基来论析新世纪“底层文学”在新语境下对现代性经验的书写和对现代性问题的反思，建立20世纪中国文学与新世纪文学内在的精神联系。与20世纪中国文学资源的重估与激活相关，延安文艺规范了新中国前30年文艺的的基本价值和艺术走向，也极大影响了当代文学后30年的发展和变迁，探源延安文艺的核心价值观、艺术观，就是发掘、建构中国当代文学中国化、民族化、现代化的过程。郭文元副教授的《乡村/革命与现代想象——40年代解放区小说研究》，在当前多元并存的文化背景中，探寻现当代文学资源中具有中国特色的文学价值体系。

文学价值的建构和评估与文化板块间的地缘特征血脉相通。甘肃地处古丝绸之路的黄金路段，也是一个多民族聚居区，历史上东西文化在这里交汇，当今农耕文明、游牧文明与工业文明在这里并存。甘肃当代作家的创作，以独异的地域文化板块为“精神原乡”，逐渐形成了河西大漠——丝路文化、兰州黄河——城市文化、陇东农耕——红色文化、陇南始祖——民俗文化、甘南游牧——民族文化等文化形态的符号特征，并形成了相互独立又相互映照的作家群体。薛世昌教授的《话语·语境·文本——中国现代诗学探微》和丁念保副教授的《重估与找寻——现当代文学批评实践》中，特别发掘了甘肃作家群的这种文化身份。

另外，安涛教授的国家社科基金项目结项成果《20世纪中国马克思主义文学理论研究》和马超教授的国家社科基金项目阶段性成果《女性的天空——20世纪中国女性文学研究》也正在准备出版中。这两部著作的出版，将夯实我校中国现当代文学学科研究的理论基础和史学基础，延展两个世纪中国文学研究的精神空间，将天水师范学院中国现当代文学学科的研究提升到一个新的学术高地。

本书系是天水师范学院中国现当代文学学科的一次集体亮相，无论丑俊，都希望得到各位专家学者的批评指正。

感谢天水师范学院校领导对本书系出版工作的关心，感谢中国社会科学出版社同意出版本书系。特别感谢本书系的责任编辑郭鹏先生，他为本书系的出版付出了巨大辛劳，剔除了本书系原稿的诸多粗陋之处，才让本书系得以顺利出版。

马　超

2014 年 4 月 10 日

目　录

上编　未曾远去的风景

下编 犹自遭遇的现场

上　　编

未曾远去的风景

鲁迅小说中妇女婚姻反抗行为的文艺民俗观照

——以《祝福》、《离婚》和《伤逝》为例

鲁迅的小说多以近代中国人的生活为其取材的对象，近代是一个中介性时间概念，一头连着古代，一头连着现代，所以近代中国人的生活由此也便显现出了鲜明的过渡属性，鲁迅小说中人物的举止行为也便自然内含了这种过渡属性。把握这种过渡属性，可以从人物行为所生发的时代语境入手，如从孔乙己、陈士成所处的科举时代到华老栓、七斤们所处的辛亥革命时代，到吕纬甫、魏连殳们所处的“五四”退潮时代进行考察；但也可以从一些更为具体的方面，如从小说特有的情节叙事入手，以更为生动和感性的方式，在一别样的途径上，观照不同时代中国妇女精神或心理所经历的艰难的近代化过程，感知小说对于历史进行艺术反映之时所体现出的独特魅力。

《祝福》、《离婚》和《伤逝》是鲁迅描写妇女生活的三篇极为重要的代表性作品，三篇作品都涉及了妇女因为对于固有婚俗的某种不适而生发的反抗主题，而且从《祝福》中的祥林嫂到《离婚》中的爱姑到《伤逝》中的子君，其间的发展正好生动地展现了旧式中国妇女向新式中国女性蜕变的具体过程，从中可以看出新旧过渡或转型过程中人物身上所体现精神的复杂和矛盾。缘此，以上述三篇作品为例，抓住人物言行与具体民俗事项之间的关系，运用文艺民俗学视野审视其中内含的中国妇女由旧到新的婚姻反抗行为，对于人们从多种面向上理解鲁迅的小说创作和具体感知中国历史近代化变迁的复杂性，自是应该有一定的启示和帮助作用的。

一 祥林嫂的撞香案和捐门槛

阅读《祝福》，通过小说给予的信息，读者很难将祥林嫂看成一位婚姻的反抗者。她初到鲁四老爷家时的低眉顺眼，能够维持基本生活之后的渐渐发胖，还有被婆家捆绑劫掠之后的第二次被卖，所有的信息似乎都在表明，这个人物原本是个绵羊一般可怜而温驯的人。然而就是这样一个人物，小说中做中人的卫老婆子介绍，在被逼迫再次婚嫁之时，却表现出了远远出乎人们意料的激烈反抗：

——闹是谁也总要闹一闹的；只要用绳子一捆，塞在花轿里，抬到男家，捺上花冠，拜堂，关上房门，就完事了。可是祥林嫂真的出格，听说那时实在闹得厉害……太太，我们见得多了：回头人出嫁，哭喊的也有，说要寻死觅活的也有，抬到男家闹得拜不成天地的也有，连花烛砸了的也有。祥林嫂可是异乎寻常，他们说她一路只是嚎、骂，抬到贺家墺，喉咙已经全哑了。拉出轿来，两个男人和她的小叔子使劲的擒住她也还拜不成天地。他们一不小心，一松手，阿呀，阿弥陀佛，她就一头撞在香案角上，头上碰了一个大窟窿，鲜血直流，用了两把香灰，包上两块红布还止不住血呢。直到七手八脚的将她和男人反关在新房里，还是骂，阿呀呀，这真是……

“父母之命，媒妁之言”，在旧时代的中国，固有的婚俗原本是这样规定了的。祥林嫂的婆婆不是祥林嫂的亲生父母，但是遵从“嫁鸡随鸡，嫁狗随狗”的古训，丈夫死了，婚姻的事情，她只要身份还在夫家，自然还得听由丈夫的父母的。然而，出乎意料的是，平日异常温驯弱势的祥林嫂，没想到却表现出了如此剧烈地反抗。因为这样的反抗，所以，在将祥林嫂划属于下层劳动人民阶层之后，新中国成立之后，大陆学术界便不断地有人在祥林嫂撞香案的事情上做文章，以为这一情节的刻画，表现出了下层劳动人民身上自发的阶级反抗意识，而且由此也可以推知，祥林嫂虽然是一个旧式的妇女，但她的意识中已经萌发了时代所给予的新的意识，因此她应该是一个具有了初步反抗意识、正在慢慢觉醒着的妇女形象。

情况真的是这样吗？对于这样的评价，在时过境迁之后，学界很快就有了不同的看法。而且，一种基本的事实还在于，回到具体的文本进行符合文本实际语境的解读，读者即会发现，祥林嫂貌似剧烈、激进的反抗，其实其中是极少有自觉的反抗意味的，她的反抗更多源自于本能的不适，实质只是另一种的维护、遵从和殉道。

之所以如此，理由在于：首先，“撞香案”的反抗并不彻底。据小说的描写，“撞香案”昏迷之后，祥林嫂后来还是“起来了。她到年底就生了一个孩子，男的，新年就两岁了。我在娘家这几天，就有人到贺家墺去，回来说看见他们娘儿俩，母亲也胖，儿子也胖”。而且在“撞香案”事件之后，很快又发生了“捐门槛”的行为。“捐门槛”是一种旧时代中国民间普遍施行的民俗事项，有关它的功用，小说里的人物柳妈说得非常清楚——祥林嫂“撞香案”的反抗，若“再一强，或者索性撞一个死，就好了。现在呢，你和你的第二个男人过活不到两年，倒落了一件大罪名。你想，你将来到阴司去，那两个死鬼的男人还要争，你给了谁好呢？阎罗大王只好把你锯开来，分给他们”。为此，“你不如及早抵挡。你到土地庙里捐一条门槛，当作你的替身，给千人踏，万人跨，赎了这一世的罪名，免得死了去受苦”。

柳妈所讲的通过“捐门槛”而禳解或者赎一个人罪名的方法，我们现在去看，自然是极其愚昧和荒谬的，但问题是对于这样的愚昧和荒谬，祥林嫂当时却根本没有能力去分辨其中的对错，在听了柳妈的讲解之后，她本能地产生了恐惧，且在恐惧情绪的驱使下，先是急急到镇西头的土地庙中恳求庙祝允许她“捐门槛”，而后又用了将近一年的辛苦劳动，换算了十二元鹰洋，请假到土地庙中捐了门槛。捐了门槛之后，她“神气很舒畅，眼光也分外有神”。由此可见，在主体意识觉醒的程度上，她本质上和柳妈是一样的人，对于自己的言行，是缺乏清晰的反省和自主掌控的能力的。

其次，联系“撞香案”和“捐门槛”两件前后相续的事件，分析人物在不同的民俗事项参与中的具体行为，我们可以明白，祥林嫂无论是通过“撞香案”显现出的对于再嫁的不满，还是通过“捐门槛”显现出的对于命运的调适，其中都不存在现代意识中因为对于“婚姻自主”或“妇女解放”的接受而致的对于自己平等做人权利的主动要求。她的反抗，存有一个人对于命运为别人摆布的本能的不满，但在更多或更为深层的意义上，却主要是因为深感再嫁必然会导致自己道德上的不贞洁并因此可能活着为别人所不齿，而死后灵魂依然会遭受惩罚而引发的。从这种面向上讲，她的反抗本质上不是因为对于生存现状的不满，相反却只是为了更好地服从，所以内中的情况，诚如研究者汪晖所言："祥林嫂'逃婚'、'撞香炉'、'捐门槛'、'问地狱之有无'，体现了劳动者的基本生存要求和以此为动力的原始反抗，却无法通过这种反抗达到对自己所处的奴隶地位的独立认识。恰恰相反，她的每一次反抗都隐含着对封建伦理秩序的充满恐惧的承认：对改嫁的反抗中包含了她对于夫权和从一而终观念的承认，对阴司的疑问则建立在她对这种秩序的恐惧之上"①。

是的，若是不拘泥于具体的细节规定而进行一种宏观的抽象，从"撞香案"到"捐门槛"，祥林嫂在其中所实施的言行，可以说正好体现了一个生命个体在面对凝结了社会集体意志的民俗模式时从反抗到顺应的基本归化过程。在这一过程的展开之中，一方面我们可以看到民俗德范所体现的封建政治和道德力量的强大，在其时人们普遍信奉的"父母之命，媒妁之言"的俗规和"好女不嫁二夫"的"贞洁"理念面前，无论主观还是客观，作为游离于集体的个体的力量总是极其弱小的，所以其反抗自然一如祥林嫂的"撞香案"——无论它形态上表现得如何的轰轰烈烈，事实上最终都不过是以卵击石，是很难取得实质性的胜利的。另一方面，考虑到"民俗生活作为人的活动，是指主体在民俗模式中的存在，也就是主体把自己投入到民俗模式中而构成的活动。人是立足点，是出发点，是动因。人是主体，是支配者"②，从主体在将外在的民俗模式具化为内在的民俗生活之时她个人实际的作为看，对于别人所信奉的迫害自己的封建伦理观念，祥林嫂本质上并没有什么不同的看法或不满，她所进行的反抗，只是希望她能够和其他的寡妇一样，符合传统婚姻习俗的要求，从一而终，从而避免成为一个不符合传统要求的异己分子；而当她的反抗——或者干脆说对于礼教的"殉道"没能成功之时，"捐门槛"行为的发生，也便更加清楚地表明了不仅她周围的人认为她"不祥"、"不贞"，

① 汪晖：《反抗绝望——鲁迅及其文学世界》，河北教育出版社2001年版，第135页。

② 高丙中：《民俗文化与民俗生活》，中国社会科学出版社1994年版，第165页。

而且祥林嫂事实上对于自己因为不能从一夫而终也深感“不祥”和“不贞”，所以对于别人的要求，当她完全接受并演化为自己的行动之时，他人的迫害事实上也就悄然转化为一种自我的迫害——他杀而至自杀，悲剧的血腥气没有了，悲剧的悲剧性也就被掩盖了，所以祝福依旧，天下照样太平。

因为这样的原故，所以总结祥林嫂从“撞香案”到“捐门槛”的婚姻反抗，笔者个人认为其中并不含有真正的个体觉醒或独立的成分，其个人的“闹”和“捐”，本质上还是传统习俗的一部分，是她个人对于传统的一种修习，所以，故事是老故事，人物也还是蒙昧于时代的大潮而依旧在“铁屋子”中沉沉酣睡的古国的子民。

二 爱姑的拆灶和骂堂

相较于祥林嫂，《离婚》中的爱姑在自己的婚姻生活中所进行的反抗显然要更为有力。首先，在反抗的形态上，和祥林嫂相比较，爱姑似乎要更为强势。她不仅敢于当着他人——甚至慰老爷和七大人的面，口口声声地直呼他的公公和丈夫为“老畜生”、“小畜生”和“娘滥十十万人生”的“逃生子”，表现出了十足的泼妇味道；而且还敢于将不满直接发泄于他的爹爹，认为“就怨我爹连人情世故都不知道，老发昏了”，显见出骄横、野性的泼辣劲头。其次，在反抗的强度上，不依不饶，持续闹腾了整三年，即便是别人如慰老爷这样的有头有脸的人物从中进行调解说和，也还是不肯罢休。

爱姑之所以敢于这样，一方面是因为她自以为是的道德优越感，用她的话讲，就是自己“是三茶六礼定来的，花轿抬来的”，而且“从十五岁嫁过去做媳妇的时候起”，“真是低头进，低头出，一礼不缺”，自然不像祥林嫂，剋死了丈夫，自己做了“损阴德”的事情，是理亏于人家，相反，她的反抗却是因为丈夫一家专门和他作对，特别是自己的丈夫姘上了一个寡妇之后，就意图将自己休掉，是丈夫一家做了亏人的事情，自己完全是可以“有理走遍天下”的。另一方面自然还因为她娘家的实力，他的父亲庄木三，小说里讲，“平时沿海的居民对他都有几分惧怕”，“是高门大户都走得进的，脚步开阔”。而且爱姑还有六个兄弟撑着腰，这样的情况，自然使她和形单影孤的祥林嫂之间有了明显的不同：祥林嫂的反抗，是独自一个人的行动，而爱姑在和她的丈夫一家讲理之时，身后则跟着一家子人，有人在背后撑腰，腰里硬着，反抗自然也更为有力。

从文艺民俗视野审读，爱姑所进行的婚姻反抗着重通过两件民俗事项的实施而得以体现。

一是拆灶。关于拆灶，1981 年版《鲁迅全集》第 2 卷在《离婚》文后的注解二中说："拆灶是旧时绍兴等地农村的一种风俗。当民间发生纠纷时，一方将对方的锅灶拆掉，认为这是给对方很大的侮辱"①。周作人在《鲁迅小说里的人物》一书中也专门著文，更为详细地解释说："本文（即《离婚》）中还有几点乡间的习俗，或者应当稍为说明。其一，八三说，去年我们将他们（庄木三的女婿家）的灶都拆掉了，总算已经出了一口恶气，又汪德贵说，去年木叔带了六位儿子去拆了他家的灶，即是拆灶的一件事在乡间的意义。从前听安桥头鲁家的一个亲戚，有着蜒船的'姚嘉福江司'（海边人的尊称）说过海村械斗的情形，以拆灶为终结。无论是家族或村庄聚众进攻，都是械斗的性质，假如对方同样的聚众对抗，便可能闹大，但得胜者的目的不在杀伤，只是浩浩荡荡地直奔敌人家去，走到厨下，用大竹杠通入灶门，多人用力向上一抬，那灶便即坍坏，他们也就退去了。似乎灶是那一家的最高代表，拆了灶便是完全坍台"②。从二者的解释可以知道，以民间的观点，灶是一户人家的具体代表，拆灶即意味着拆毁一个家，是在精神仪式或道德上给对方的一种巨大的侮辱。为此，小说写到了慰老爷客厅后，爱姑瞥眼望去，"只见她后面，紧挨着门旁的墙壁，正站着'老畜生'和'小畜生'。虽然只是一瞥，但较之半年前偶然看见的时候，分明都见得苍老了"。从中可见爱姑一家的拆灶行动所施予丈夫一家的打击。

二是当众公开骂公公和丈夫。妇女因为矛盾冲突而和公公丈夫发生言语的不和，在今天的社会原本是平常的事情，然而，在传统中国社会之中，这种今日的平常却是为礼教规范所不允许的。中国第一部专门讲述礼仪规定的书籍《礼记》之《郊特性》篇即谓："出乎大门而先男帅女，女

---

① 鲁迅：《鲁迅全集》（第 2 卷），人民文学出版社 1981 年版，第 154 页。

② 周作人：《鲁迅小说里的人物》，河北教育出版社 2002 年版，第 239 页。

从男，夫妇之义由此始也；妇人从人者也，幼从父兄，嫁从夫，夫死从子”，以此为据，东汉才女班昭作《女诫》一书，系统宣扬儒家的妇女观，提出了针对妇女的一系列行为规范。其中《妇行》之“妇德”“妇言”即规定：“清闲贞静，守节整齐，行己有耻，动静有法，是谓妇德。择辞而说，不道恶语，时然后言，不厌于人，是谓妇言。”[①] 参照此规范，爱姑动辄即来的“老畜生”、“小畜生”、“娘滥十十万人生的”骂人，自然毫无疑问都是大逆不道的言行，其违礼背俗之泼之辣，显见民间妇女未经伦理完全的教化和自以为具有道德优势之时的强硬和蛮横。

然而这样的两种民俗事项的参与，当其演化为个人具体的民俗活动之时，“拆灶”也罢，“骂人”也罢，其也便如书中所言，不过是“出一口恶气”或者逞一时口舌之快，对于当事人爱姑而言，并不能换来实质性的好处，当其真正与象征着权力（和知县老爷换过帖子）和腐朽传统（玩屁塞）的七大人面对之时，其强其硬却即刻土崩瓦解，庄木三缄默，爱姑也不由地说“我本来是专听七大人吩咐的”，明白反映出其反抗的不堪一击。而且进一步分析，在爱姑种种貌似正义的言行举动之中，读者亦能够发现她所强调和突出的，依然不过是她婚姻的“明媒正娶”的正统地位和身份，并不具有因为个人的受辱而引发的对于婚姻实质甚或个人正当权利的自觉、独立之反省，所以其反抗虽然要较祥林嫂有力，但实际上依旧是茫然和盲目的。正是在这种意义上，研究者陈涌曾强调：“《离婚》里爱姑的悲剧，是由于没有真正地觉悟，对于封建主义这个敌人没有真正地认识而打算用个人的力量来反抗压迫的失败的悲剧。爱姑的性格是属于泼辣、敢作敢为那一类的，她不甘默默忍受她的丈夫和她的家庭的压迫，但她只知道应该反对的是直接欺压自己的她的丈夫‘小畜生’和她的公公‘老畜生’。对于那些并未直接压迫过她但其实是更高更集中地代表封建势力的人物，对于当时的官府——当时封建的政治统治机构，她并不反对，而且还抱着幻想，她把希望寄托在他们身上。在她看来，‘知书达理’的七大人是会了解她的苦痛，也会主持公道的。这样，爱姑即使敢作敢为，即使充满敌忾，但她的反抗行动只能以悲剧结束，是注定了的”[②]。

---

① 《女诫》，见《后汉书·烈女传》，中华书局1965年版，第2787页。

② 陈涌：《论鲁迅小说的现实主义——〈呐喊〉与〈彷徨〉研究之一》，见孙郁、黄乔生主编《鲁迅研究的历史批判——论鲁迅（二）》，河北教育出版社2001年版，第19—20页。

陈涌的话，说于 1954 年，言来语去中明显有其时环境所规囿的意识形态气味，但其对于爱姑不觉悟且依旧将自己的希望寄托于家族权力所依靠的政治权力和封建道德的深层心理的分析，却显然是符合人物实际情状的。

三 子君的未婚同居和无字墓碑

祥林嫂的反抗是为了不被再嫁，爱姑的反抗是因为想避免被离婚，相比较于她们在婚姻生活中的蒙昧、被动，《伤逝》中子君的反抗无疑要更为大胆和彻底。

这种大胆和彻底，典型的表现即在于她和涓生的未婚同居。中国女子的婚姻，前已说过，是必须先经过“父母之命，媒妁之言”，而后再如爱姑所言施行“三茶六礼”，正式迎娶，始才算得上是合法合理。但是，子君对于婚姻的态度，明晰于她自己的宣言：“我是我自己的，他们谁也没有干涉我的权力!”这样的态度，显然是旧式的中国妇女所不可能具有的，是传统的道德所不能认同的，所以，涓生以为：“这几句话震动了我的灵魂，此后许多天还在耳中发响，而且说不出的狂喜，知道中国女性，并不如厌世家所说那样的无法可施，在不远的将来，便要看见辉煌的曙色的”。但是，由于这种宣言并且随之而发生的未婚同居行为，在其时周围人看来，可谓“惊世骇俗”或“伤风败俗”，因此在小说所提供的叙述里，我们可以看到，其不仅遭到了子君求学时所寄身的叔父的反对，“至于使他气愤到不再认她做侄女”，终了他的父亲也亲自来将她领了回去。而且，看见他们或听见他们的事情之后，其他的人，如同院的“鲇鱼须的老东西的脸又紧贴在脏的玻璃上，脸鼻尖都挤成了一个小平面；到外院，照例又是明晃晃的玻璃窗里的那小东西的脸，加厚的雪花膏。她目不斜视地骄傲地走了”。如涓生供职单位的教育局长，因为雪花膏是他儿子的赌友，其添油加醋的谣言，经过他儿子的报告传到了他的耳朵，所以他便取消了涓生的差事。涓生伯父幼年的一个同窗——涓生谓之“寓京很久，交游也广阔”的“世交”，在听闻了他们的事情之后，“好容易相见，也还认识，但是很冷落”，并且告诫他说：“自然，你也不能在这里了。”从中我们可以看到，子君的反抗，显然是有“五四”时代追求“妇女解放”、强调“个性独立”的背景和内容的。

不过，由于大的环境依然不免由旧转新的过渡属性，旧传统、旧习惯依然是其时一般人思想行为的主要支撑，因此，在身边人们的反对，加之生存的物质压力并及当事人精神准备的不充分，因此，子君轰轰烈烈的自由爱情追求，最终还是以悲剧的形式收场：先是因为子君的日渐平庸而导致的涓生的不满，而后因为经济的压力矛盾公开化而导致的二人的终于分手，再而后子君被父亲领回后凄凉地死掉。

她的结局，涓生有自己的推想："初春的夜，还是那么长。长久的枯坐中记起上午在街头所见的葬式，前面是纸人纸马，后面是唱歌一般的哭声。""然而子君的葬式却又在我的眼前，是独自负着虚空的重担，在灰白的长路上前行，而又即刻消失在周围的严威和冷眼里了"。这样的虚空，换一种表述，那就是"这路的尽头，又不过是——连墓碑也没有的坟墓"。

何以会连墓碑也没有呢？这是因为，按照中国民间的传统理解，"父系女子成员，也就是女儿们，原则上在婆家大厅中与丈夫一起被祭祀，正如'姑母不祀'所说，在娘家大厅祭祀是被禁忌的。因而，如果未婚姑娘与离婚回家的女子死在娘家，其家族难以处理。葬后不祭而不发生什么事情的话，就会被忘掉。可是得不到祭祀的魂灵，作为在冥界饥饿的鬼魂，是极为危险的。而且并非无名的鬼魂，她们有着明确的族谱关系，所以，灾难很有可能首先降临到娘家的家族头上"①。因为这样的原因，民间便有这样的讲究——女子出嫁（或与他人结合）后"即使死在自己的出生之家也不能埋入祖坟。她们的遗体一般连像样的葬仪也没有就给葬入无主的公共墓地，通常连块墓碑也没有"②，成为真正意义上的"孤魂野鬼"。有感于这样的讲究，因此，故事中的男主人公涓生虽然觉悟并否定着神鬼所代表的旧的世界，但是考虑到现实生活中一般人们精神存在的真实状况，并及自己的言行所给子君施予的伤害，在小说结尾的叙述里，他便不禁忏悔并祈愿说："我愿意真有所谓鬼魂，真有所谓地狱，那么，即使在孽风怒号之中，我也将寻觅子君，当面说出我的悔恨和悲哀，祈求她

---

① 未成道男：《汉人的祖先祭祀》（之二），转引自丸尾常喜《"人"与"鬼"的纠葛——鲁迅小说析论》，人民文学出版社2006年版，第219—220页。

② 丸尾常喜：《祝福与救赎》，见《"人"与"鬼"的纠葛——鲁迅小说析论》，人民文学出版社2006年版，第221页。

的饶恕；否则，地狱的毒焰将围绕我，猛烈地烧尽我的悔恨和悲哀”。从中，我们可以清楚发现，无论是子君还是涓生，无论是主观的愿望还是客观的事实，他们对于旧传统的反对都不可能纯粹和彻底，他们都不可能成为一种完全独立和自由的新人。

综上所述，在借助于对婚俗参与过程中人物对于传统婚姻所进行的反抗行为进行考察之时，从祥林嫂经爱姑到子君，一方面我们可以明显感知到在时代大潮的推动之下，中国妇女不断觉醒和愈益强烈起来的独立、自主要求，在中国社会经由传统到现代的历史进程之中，显见一种形象生动的中国妇女发展历史；但另一方面，通过对于她们反抗行为的考察，从祥林嫂的殉道经爱姑的撒泼到子君新版本的始乱终弃，我们不仅可以洞悉中国妇女在经由传统到现代这一过程时觉醒或者转换的艰难，而且也在妇女解放这一面向，清楚中国现代化建构的不易和复杂。正是在这样的意义上，笔者觉得我们有理由同时也有必要不断去重温李泽厚所讲的这样一段话：“鲁迅是中国近代影响最大无与伦比的文学家和思想家，他培育了无数革命青年。他的作品是当之无愧的中国近代社会的百科全书。可以说，不懂鲁迅，就不懂中国。在中国只有两部散文文学可称百看不厌，这就是《红楼梦》和鲁迅文集”①。

① 李泽厚：《略论鲁迅思想的发展》，见孙郁、黄乔生主编《鲁迅研究的历史批判——论鲁迅（二）》，河北教育出版社 2001 年版，第 90 页。

从具体的物到精神的象征

——鲁迅写作中的“牺牲”意念

“牺牲”意识，本自鲁迅所经历的民俗经验而来，而后又别糅或者交会于他真切的生命体验并及对于中国社会的深刻认识，遂一跃而提升为他写作中的一个普遍而又贯穿性的主题，存在于他的各种体裁的文字写作。其实质和功用，即如钱理群先生所言的鲁迅写作的“典型观念”或“典型意念”[①]，其中交织了鲁迅极为丰富的精神内涵。缘之，抓住这一典型意识，仔细分析其缘起和生成，无论对于鲁迅主体精神构成还是对于其写作自身的理解，自当有特别的帮助。

一 缘起

中国旧时家族——特别是有一定名望的大家族，都甚为重视节日之时对于神鬼和祖先的祭祀。鲁迅出生时，其所属的绍兴城新台门周家虽然已渐趋式微，但是诚如俗语所言，“瘦死的骆驼比马大”，肌质是日渐亏损，但其架子却并不立马倒塌，因此，一年四季相关的祭祀活动依然是非常频繁的。

此中的情况，周作人《鲁迅的故家》一书多所交代。其中单是关于祖先的祭祀，《祭祀值年》一文即讲：“一年应办的事从年底算起，是除夕悬神像设祭，新年供养十八日，再设祭落像拜坟岁，这与三月上坟，十月送寒衣，系三次的墓祭，冬夏两至及七月半，以及忌日”[②]。因为祭祀是家族中极为重要的公共活动，往往大办而特办，尽其可能地炫示本家实

① 钱理群：《心灵的探寻·引言》，上海文艺出版社1988年版，第9页。

② 周作人：《鲁迅的故家》，河北教育出版社2002年版，第159页。

力或做样子给别人看，所以各家的人——特别是男丁，自然极多亲历亲见的机会。鲁迅是周家的长孙长子，因此打从他记事起，有关祭祀的种种情况，自是有着非常鲜活的个人经验存储。他的小说《祝福》、《故乡》等并许多回忆性文章，对此是有着充分说明的。

较为重要的祭祀往往要向所祭者敬献牲礼——即杀死做好的牛羊鸡鱼等动物，这牲礼即是牺牲。福礼或牺牲之具体情状，小说《祝福》中鲁迅曾有极为详尽的说明："杀鸡，宰鹅，买猪肉，用心细细的洗，女人的臂膊都在水里浸得通红，有的还带着绞丝银镯子。煮熟之后，横七竖八的插些筷子在这类东西上，可就称为'福礼'了"。并在此说明之后，进一步指出，这福礼或牺牲的功用，即是"五更天陈列起来，并且点上香烛，恭请福神们来享用"。

他说明的详尽，即源于印象上的深刻，对此，鲁迅早期的两次写作可作很好的证明。其一是《庚子送灶即事》。其诗曰："只鸡胶牙糖，典衣供瓣香。家中无长物，岂独少黄羊！"其中的"黄羊"一词，《鲁迅全集》第8卷文后有注释说："《后汉书·阴识传》：'宣帝时阴子方者，至孝有仁恩。腊日晨炊而灶神形见。家有黄羊，因以祀之。自是已后，暴至巨富……故后常以腊日祀灶而荐黄羊焉。'《康熙会稽志》：绍俗，'祭灶品咏糖糕、时果或羊首，取黄羊祭灶之义。'"[①] 由此可知，鲁迅此诗的写作，即以"牺牲"为言说由头，不仅显示了他本人对于绍兴旧俗的熟稔，而且于传说要求和现实情状之间的具体对比之中，亦揭示其家人当时生活的窘相。其二为《祭书神文》。其中"今之夕兮除夕，香焰细缊兮烛烟赤。钱神醉兮钱奴忙，君独何为兮守残籍？华筵开兮腊酒香，更点点兮夜长。人喧乎兮入醉乡，谁荐君兮一觞"等句，虽无直接关于"牺牲"的描叙，但在"华筵"、"腊酒"、"荐君"等字眼中，读者还是可以想见当时祭祀的种种场面，从作者眼前的清冷推展到富庶人家赤焰汹汹、祭物各样的繁盛。

但自然，作为民俗本物的"牺牲"，在鲁迅早期的意识中，还仅仅是一种纯物质意义上的祭品，虽然在"牺牲"优劣的对比中，也间杂有对于贫富不等之社会现实的指涉，但是"牺牲"一词本身，它还没有和作者真切深刻的生存体验和生命思考建立更多联系，所以其所指也便较为单一。

---

① 鲁迅：《庚子送灶即事》，《鲁迅全集》（第8卷），人民文学出版社1981年版，第471页。

二　生发

不过，随着后来生命体验的逐步扩大和深入，“牺牲”这种寄身于鲁迅生活记忆中的民俗表象，也便愈来愈脱离其原本的形态和存在语境，为鲁迅个人生存的感受与体验所培育和喂养，逐渐生发为鲁迅本人极为强烈和明晰的主体生命意识。

人的生存有其本然的个体性的一面，但因为他在成长的过程中又不能避免和他人发生关系，所以社会性亦是其根本的属性。一个人生命的幸福感往往即存在或萌生于这种个体性和社会性的平衡，通俗点说，也就是一方面我能够尽其可能为他人做些事情，承担自己应该承担的社会职责和义务。但是另外一方面，在我为他人做事的同时，他人也能够理解、承认我的努力，并能够给我相应或力所能及的帮助。然而，令人遗憾的是，在鲁迅一生所遭受的事情——特别是和身边亲人、朋友和青年之间所发生的交往之中，因为个体意愿的被忽视和个体努力的被利用，所以他便常起“为人所享用”的“牺牲”之感。

譬如他的第一次婚姻。鲁迅的第一次婚姻是和一个他不认识的名叫朱安的女子缔结的，其时他在日本留学，朱安何许人也，情况怎样，他一概不知。但他的母亲因为念及儿子的年龄，加之相信了别人误传的曾见鲁迅和一个日本女人并孩子在街上走的谣言，所以便行使家长的权力，自作主张地给定下了朱安。他先是反抗，希望退掉，反抗无果，他只好退一步，去信希望对方一能够放足，不再缠小脚，二能够进学堂，学习认字；但对于他的意见，对方通过母亲却都予以了坚定的否决。无奈，身为长子，考虑到母亲在父亲早逝之后抚养他们弟兄的不易，还有就是立足于对方的立场，推想到朱安本人的无辜和如果退婚之后的处境，他便屈服了母亲的意愿，放弃了自己因为觉醒之后关于幸福的种种幻想，自甘做一世的牺牲，将自己奉献于那深沉而又茫然无以反抗的母爱。“这是母亲给我的一件礼物，我只能好好地供养它，爱情是我所不知道的”[①]，或者“我们既然自

① 许寿裳：《亡友鲁迅印象记》，见《挚友的怀念——许寿裳忆鲁迅》，河北教育出版社2001年版，第35页。

觉着人类的道德，良心上不肯犯他们少的老的罪，又不能责备异性，也只好陪着做一世牺牲，完结了四千年的旧账”①。沉痛的表述，不甘、不愿然而却又无可奈何的痛苦心态自是真切可至触抚。

譬如他和二弟周作人的失和。父亲过世后，年龄的相近，志趣的相投，鲁迅与二弟周作人因此自小便关系好过一般人家弟兄。他去南京和日本求学之后，不断地给周作人去信、寄书、介绍外面的情况，待情况允许，遂将他先后带到南京、日本。周作人在日本成家之后，为了供其学习、生活，他又毅然中断自己的求学，回国谋事。俟其在北京站稳脚跟之后，又将周作人也介绍到北京大学任教，且四处筹款，亲自查访、设计，买了一套大房子，将一家人接来，养活一家并周作人妻子羽太信子一家。但所有的努力和用心，终了换来的却是自己被周作人所误解，被人家从八道湾十一号所赶出。

“我先前何尝不出于自愿，在生活的路上，将血一滴一滴地滴过去，以饲别人，虽自觉渐渐消瘦，也自以为快活。而现在呢，人们笑我瘦了，除掉那一个人之外（指许广平），连饮过我的血的人，也都在嘲笑我的瘦了。”② 这是1926年12月16日鲁迅在厦门时因为有感于学校一般人对于他的利用而发的感慨，但是从中我们还是可以非常清楚地感觉到曾经的遭遇给予他的伤害。鲁迅因这样的伤害而起的心理反应，研究者吴俊名之曰“牺牲者的被弃与愤怒”，并为此解释说：“兄弟失和的不幸给鲁迅的心灵带来了极大的损伤，并使他永远感受到一种精神压迫的存在。相比之下，因此而造成的身体的疾病，对鲁迅的影响还在其次，最重要的是这次事件对鲁迅今后的思想、感情和心理产生的十分深刻的影响，特别是在他此后不久的几年中，这种影响几乎是鲁迅意识、情感中最为敏感的因素。从此，在鲁迅的作品中，便开始出现并不断重复了一个相同的主体，即‘牺牲者的被弃和愤怒’”③。诚哉斯言，联系1923年到1926年的写作实际，我们能够发现，在鲁迅诸多的文字表达之中，如《野草》的《复仇》

---

① 鲁迅：《热风·随感录（四十）》，见《鲁迅全集》（第1卷），人民文学出版社1981年版，第322页。

② 鲁迅：《两地书（九五）》，《见鲁迅全集》（第11卷），人民文学出版社1981年版，第249页。

③ 吴俊：《鲁迅个性心理研究》，华东师范大学出版社1992年版，第28页。

和《颓败线的颤动》、《华盖集》中的《牺牲谟》、《彷徨》中的《伤逝》，甚至《故事新编》中的《奔月》等作品之中，“牺牲者的被弃和愤怒”，确乎成了最为突出的主题。而且，在其后的日子中，因为朋友、学生特别是同一阵营中战友更多的背叛或伤害，所以，牺牲意识可以说也便不断强化，成为鲁迅生命中一种贯穿性的主体意识。

三　深化和扩展

不过，缘起于生命体验中的这种牺牲意识，更多感性和个体化的特点，而于这样的基础之上，鲁迅更为有意义的工作，还在于他往往能够将这种感性、个人化的牺牲意识，置放于他有关启蒙者和启蒙对象的理性思考中，将其不断深化和扩展，在对于启蒙者和启蒙对象的表现中，揭示出更富理性和深度的认知内涵。

他的深化和扩展工作显现于两个具体的方面：

一方面，他将个体生命体验中的牺牲意识和启蒙对象——即一般民众联系了起来，从而发现，在生命的本质意义上，由于统治者的“吃人”本质，加之民众自身的缺乏觉悟，所以他们不过是另一种的“牺牲”，以自己的身体和劳动供养或者服务于别人，奉献出自己而为他人所享用。

鲁迅的发现首先立足于他对于历史的深刻分析。在《我之节烈观》一文中，他说：“古代的社会，女子多当作男人的物品。或杀或吃，都无不可；男人死后，和他喜欢的宝贝，日用的兵器，一同殉葬，更无不可。后来殉葬的风气，渐渐改了，守节也便渐渐发生……此后皇帝换了几家，守节思想倒反发达。皇帝要臣子尽忠，男人便愈要女人守节”[①]，从而由此以为，臣子的尽忠也罢，女子的守节也罢，都不过是将自己作为“牺牲”让君王或男人享受；在《我们现在怎样做父亲》一文中，他说，中国父亲们“的误点，便在于长者本位与利己思想，权力思想很重，义务思想和责任心却很轻。以为父子关系，只须‘父系生我’一件事，幼者的全部，便应为长者所有。尤其堕落者，是因此责望报偿，以为幼者的全

① 鲁迅：《我之节烈观》，见《鲁迅全集》（第1卷），人民文学出版社1981年版，第120—121页。

部，理该做长者的牺牲”[①]。在儒家思想极为看重的“孝”一点上，也揭示出将别人做“牺牲”或自甘“牺牲”的实质。而在《灯下漫笔》一文中，他进一步分析说：“我们的古圣先贤既给予我们保古守旧的格言，但同时也排好了用子女玉帛所做的奉献于征服者的大宴……但我们自己是早已布置妥贴了，有贵贱，有大小，有上下。自己被人凌虐，但也可以凌虐别人；自己被人吃，但也可以吃别人”，由是，他指出：“所谓中国的文明者，其实不过是安排给阔人享用的人肉的筵宴。所谓中国者，其实不过是安排这人肉的筵宴的厨房”[②]。明言几千年中国文明和历史的吃人或牺牲本性。

此外，他的发现还紧密联系于他对现实人生的真切洞察和反思。在谈到自己何以在日本要“弃医学文”的缘故时，他曾有过这样的解释：“有一回，我竟在画片上忽然会见我久违的许多中国人了，一个绑在中间，许多站在左右，一样是强壮的体格，而显出麻木的神情。据解说，则绑着的是替俄国做了军事上的侦探，正要被日军砍下头颅来示众，而围着的便是赏鉴这示众的盛举的人们。”由此他便渐渐领悟，“我便觉得医学并非一件紧要事，凡是愚弱的国民，即使体格如何健全，如何茁壮，也只能做毫无意义的示众的材料和看客，病死多少是不必以为不幸的。所以我们的第一要著，是在改变他们的精神，而善于改变精神的是，我那时当然以为要推文艺”[③]。从这一段解释中，我们不仅能够看到他对于国民生存状态的准确描述：看与被看，展示和赏鉴，换种表述，也就是牺牲与享用，藏匿其后的即是对于他人的不幸失却同情的冷漠和麻木。而且也能够清晰，他的启蒙理念的建构并及“弃医从文”行为的发生，根本的动机即在于通过对于国人魂灵之所以沉默的病因的揭示，引发大家的警觉，从而产生疗治的希望。

考察鲁迅的写作，可以看到，他对于民众的牺牲般生存状态的表现，集中于两点：第一点是民众在外在的教化下自甘为他人的牺牲而毫无知觉于被他人所吃的悲惨情状的麻木和愚昧，举例如易牙的蒸煮了自己的儿子

---

① 鲁迅：《我们现在怎样做父亲》，见《鲁迅全集》（第1卷），人民文学出版社1981年版，第132页。

② 鲁迅：《灯下漫笔》，见《鲁迅全集》（第1卷），人民文学出版社1981年版，第214—216页。

③ 鲁迅：《〈呐喊〉自序》，见《鲁迅全集》（第1卷），人民文学出版社1981年版，第417页。

而献于齐桓公，《宋史》所载的“割股疗亲”，历史上无数的死忠死孝、贞节守烈、嫁女和亲，孔乙己的殉道于科举，祥林嫂的自甘于“捐门槛”，闰土的只要香炉烛台，伯夷、叔齐的“不食周粟”等等；第二点是民众在将他人作为牺牲享用之时的冷酷和自私，举例如中国古代等级制度的关系建构，君王的奴化教育，男人的妻妾成群理念和节烈要求，父母的希冀儿女供养的期待，《示众》里看客们的津津有味于他人的砍头场景，《长明灯》中屯里人对于“疯子”的处置，《祝福》中大家对于祥林嫂不幸的欣赏，《药》中人们对于革命者鲜血做成的人血馒头的崇信，等等。

另一方面，从个体的体验出发并结合于自己的现实处境，他还将牺牲意识和启蒙者——即已然觉醒了的知识分子结合起来，在启蒙主体和牺牲意识的关系思考中，具体揭示了精神启蒙实施过程中启蒙者真切的心理感受和复杂的精神图像。

他们有着自甘牺牲的意愿，如摩罗诗人，如盗火的普罗米修斯，如以身饲虎的佛陀，如填海的精卫，如补天的女娲，如投江的屈原，如中国历史上特别是近现代以来无数赴汤蹈火的仁人志士。他们愿意通过自己的牺牲，换得民众的觉醒，即如《药》中革命者夏瑜不惜牺牲也希望通过自己的宣讲而让周围的人明白一个事实：大清的天下是我们大家的。所以从早期的“我以我血荐轩辕”，到后来的“先从觉醒的人开手，各自解放了自己的孩子。自己背着因袭的重担，肩住了黑暗的闸门，放他们到光明的地方去；此后幸福的度日，合理的做人”，于生命的不断反思过程中，他渐渐形成了一种极为“历史中间物”生存哲学观念，不仅以为在人类历史的发展之中，旧的老的人和事物应该不断地为新的少的人和事物让道，要催促、鼓励它们大步向前而走；而且更以为，虽然在整体上观审，“人类的灭亡是一件大寂寞大悲哀的事；然而若干人们的灭亡，却并非寂寞悲哀的事”①，所以，通过个体的牺牲而换取人类的发展，在人类的历史运动之中，自觉地完成由“死”向“生”的转化，促进人类的进化、发展，这样的历史乐观主义态度是有利于中国历史和革命的前进的。

但在强调这种奉献式的自甘牺牲的意愿之时，疼痛于自己所遭遇的损

① 鲁迅：《热风·随感录（六十六）》，见《鲁迅全集》（第1卷），人民文学出版社1981年版，第322页。

害，同时也深感于周围民众的愚昧和冷漠，鲁迅也在自己诸多的作品中表达了一种启蒙者内心因为常常不被他人所理解和认可的极为真实的“牺牲者的被弃”的痛苦和愤怒。自己的以自己的血一滴一滴地滴过去以饲别人而被别人所损伤，夏瑜的奉献了自己的青春和生命而被他所意欲拯救的人看作是“这小子疯了”，耶稣的悲悯人类但却被人类所出卖并钉杀，女娲的创造人类但是却被人类所嘲笑，后羿的教会蓬蒙射箭但是却为后者暗施冷箭，特别是《颓败线的颤动》中那位母亲不惜出卖自己的身体辛苦将儿女们养大但终了却为他们所蔑视和赶出……太多的事例，不仅昭示了现实的遭遇给鲁迅心理的损伤，而且也具体揭示了在那样一种特殊的历史时期，新一代知识分子生存处境的艰难和不易。

不满于民众愚昧、麻木的自甘牺牲，深为他们奴隶样、牺牲样的悲惨遭遇所不安，所焦灼；深味着自己自甘牺牲于民众却又不为民众所理解、所认可的愤怒和痛苦，但同时又在知识分子的崇高使命和良知的驱使下，自甘牺牲，愿意通过一己生命和努力的奉献，促进民族和人类整体的进步和发展。在仔细爬梳和体味鲁迅写作的牺牲主题意念之时，于诸般不同的意绪所矛盾交织的张力建构之中，我们不仅可以看见现实在他个体精神形成过程中所透射的浓重阴影，同时借助于他的眼光，我们还能够真切地感知到长期的精神奴役之下中国民众自甘为牺牲的生存世相，中国知识分子由此而产生的痛苦、焦灼和沉重的使命感。被伤害但却依旧心怀悲悯，被离弃但却依然积极承担，单是在牺牲意念这一主题理念的观照和分析之中，我们便依然能够体会到鲁迅作品意蕴的深广和精神人格的伟大，体会到他的思考对于我们今天生活和写作的意义。所以，诚如研究者王晓明所言：“我觉得鲁迅始终可以作为一个衡量现代思想变化的特殊的坐标。这倒不是说他的思想如何高超，而是说他的思想的那种复杂性能够为我们从不同的方向观察现代问题提供线索”①。是的，正是这种复杂性，往往给我们理解他和他的写作并及我们自身所处的时代和环境提供了种种新的线索和思路。

① 汪晖：《反抗绝望·新版序》，河北教育出版社 2002 年版，第 3 页。

死亡事件的文学显影

——从一个典型个案看鲁迅对于民俗文化的文学表现

和诗歌、散文等相比较，在文学的诸种体裁之中，小说固然显见着更多也更明显的虚构属性，但是文学的虚构，说到底它还是写作者个人自我的一种表现，其内容的构成，无论在表面形态上显得如何与作者的生活经历大相径庭，但是剥开表面的形态，深入进去，读者还是能够发现作者生活经验的底色或辙痕。所以，在文学写作和生活的本质关系上，诚如鲁迅所言："天才们无论怎样说大话，归根结底，还是不能凭空创造。描神画鬼，毫无对证，本可以专靠了神思，所谓'天马行空'似的写了，然而他们写出来的，也不过是三只眼，长颈子，就是在常见的人体上，增加了眼睛一只，增长了颈子二三尺而已"①。

在小说人物形象的塑造上，鲁迅是一个既强调艺术的积极加工，同时也注重个人生活经验充分运用的人。他曾夫子自道地说，自己"所写的事迹，大抵有一点见过或听到过的原由，但决不全用这事实，只是采取一端，加以改造，或生发开去，到足以几乎完全发表我的意思为止"②。他的话即是他写作的理论指导，翻阅他的小说，读者也便不断能够看见他个人的生活故事，看见这些个人的生活故事在一次一次成功的文学显影之中的造化变形，从而于写作的真与幻之间，领略作品亦真亦幻的艺术魅力，体悟鲁迅作为一个伟大的写作者所具有的非凡审美创造能力。

---

① 鲁迅：《叶紫作〈丰收〉序》，见《鲁迅全集》（第6卷），人民文学出版社1981年版，第219页。

② 鲁迅：《我是怎么做起小说来的》，见《鲁迅全集》（第4卷），人民文学出版社1981年版，第513页。

一 故事和本事

在小说《在酒楼上》之中，鲁迅通过主人公吕纬甫讲述了这样一件事情："我曾经有一个小兄弟，是三岁上死掉的，就葬在这乡下。我连他的模样都记不清楚了，但听母亲说，是一个很可爱念的孩子，和我也很相投，至今她提起来还似乎要下泪。今年春天，一个堂兄就来了一封信，说他的坟边已经渐渐的浸水了，不久怕要陷入河里去了，须得赶紧去设法。母亲一知道就很着急，几乎几夜睡不着——她又自己能看信的……一直挨到现在，趁着年假的闲空，我才得回南给他来迁葬。"

小说里讲的事情，自然颇多虚构的成分，但是具体到吕纬甫所讲的这件事情，应该说却是有着和作者的生活经历非常相似的事实依据的。在自编的文集《鲁迅小说里的人物》这本书里，将小说的叙述和现实的情况进行比对，周作人给读者交代了故事本事的来龙去脉。在《小兄弟》一文中，他先是介绍说："现在我们来说明一下关于小兄弟的事情。这乃是著者的四弟，小名春，书名椿寿，字荫轩，是祖父介孚公给取的，生于清光绪癸巳（1893 年）六月十三日，卒于戊戌（1898 年）十一月初八日，所以该是六岁了。本文说是三岁，这或者是为的说坟里什么都没有了的便利，但也或者故意与幼殇的妹子混作一起，也未可知……椿寿的坟因为已在十一二年后了，所以位置更往南移，渐近土坡的边沿，那地方下面乡人挖黄土，掘成岩壁模样，年月久了久有坍圮之虞，本文中说是河边，取其直接明了，但由此可知这里是以他的坟为目标的，坟前竖有一块较大的石碑，上刻'亡弟荫轩处士之墓'，下款是'兄樟寿立'，写的是颜体，托本家叔辈伯文所写，那做坟和立碑的事都是我经手的，所以至今记得很是清楚"①。从中我们可以看到，小说中所写的吕纬甫所经历的事，有着鲁迅自己生活的真实原型，鲁迅只是将自己生活的本事略作了改造，而后即转化成为小说刻画人物的极为有用的材料。而后在《小照》一文之中，他又进一步交代说："本文中著者说及他的小兄弟，'连他的模样都记不

① 周作人：《小兄弟》，见《鲁迅小说里的人物》，河北教育出版社 2002 年版，第 207—208 页。

清楚了，但听母亲说，是一个很可爱念的孩子，和我也很相投，至今她提起来还似乎要下泪。’这话说得很简单，可是也是有根据的。小兄弟死的时候他正在家，但是过了三天却在十二日就回南京学堂去了，这以后的事情是我在旁边，知道得最清楚，母亲永远忘不了这小人儿，她叫我去找画神像的人给她凭空画一个小照……他居然画了一个。母亲看了非常喜欢，虽然老实说我是不能说这像不像”[①]。通过他的交代，读者可以更为清楚地知道，关于母亲和小兄弟之间关系的这段描写，小说和实际的生活之间，确乎是有着非常一致或亲密的关系的。

而且，更为重要的是，若不拘泥于具体的细节，而将个案事件中的骨架性元素进行抽样的话，读者还将看到，这个发生在母亲和儿子之间的故事，作为一种极富意味的写作材料，事实上是不断改头换面地出现在鲁迅的许多小说中的。

譬如《明天》。在这篇小说里，作者隐去了本事中许多的现实情景，而且关于母亲单四嫂子和她的儿子宝儿的身份也作了较大的改变，但是寡母幼子，孩子死后母亲空阔连绵的爱念，甚至宝儿死时的情景描写，这些重要符号的似曾相识，却还是会让读者不自觉地联想到由《在酒楼上》而起的关于鲁迅母亲和他的小弟弟的现实本事。譬如《祝福》。相比较于《明天》，这篇小说对于母亲和儿子的本事进行了幅度更大的改变，母亲是一个先后两次嫁过人的寡妇，给人家做佣工，而孩子阿猫也不是病死的，而是被狼（当地人称之为“马熊”）拖走吃掉的，但是在诸多的改变之中，儿子死后，母亲祥林嫂在对他人的叙述中，那痴痴傻傻的追念和思怀，却还是复现了鲁迅自己的母亲在现实生活中的真切情态，让人复又记起周作人所讲的话——“母亲永远忘不了这小人儿”。甚至《药》，对于这篇小说的表现，很多人可能不以为然，感觉其中已经有了两个母亲，两个儿子——并且是已经成人了的儿子，而且无论是蒙昧的夏四奶奶和她的儿子革命者夏瑜，还是小茶馆老板娘华大妈和她的生着痨病的儿子华小栓，他们之间的故事已然全非前面所述的本事的面貌，但是，隐去非主要的枝蔓，在有关儿子死后母亲们极为一致的痛苦和爱念的内容描写之中，读者还是能够感觉到本事依然清晰的轮廓或身影。

---

① 周作人：《小照》，见《鲁迅小说里的人物》，河北教育出版社2002年版，第209页。

二 生活事件的文学显影

很明显，虽然在具体的故事内容的构成上，依据不同的表意目的，在不同的小说写作中，鲁迅有着不同的增删变异处置，但是，这些不同的增删变异处置，毕竟都是增删变异，其增其删其变异，自然都是围绕着一种基本的东西进行的，因此，归根结底，在不同的叙事之中，鲁迅事实上都借用或涉及了一个大体相同的个人故事。

这种被同一作者反复讲述的故事，依据心理学的理解，往往是作者生活经历中富有意义的构成，其可以称之为个人生命中的“故事原型”，也可以算作是个人心理中的“重要情结”，它往往有意无意地即成为作家写作的“母题”类故事，贯穿或遍布于作家一个阶段甚或一生的写作。通过对于这样的母题类故事的分析，读者不仅可以触摸作家深层的心理构成，还可以探究作家对其进行变异处置时的目的、意图，从而对于作家及其写作都获得更好的理解。

翻阅鲁迅的小说，读者可以发现许多这样的母题类故事，如幻灯片事件中的看和被看的故事，如狂人或疯子的故事，如人血馒头或牺牲的故事，等等，它们作为被鲁迅反复写作的主体故事，构成了我们走进鲁迅小说和其精神世界的极为重要的基石。联系鲁迅生活的实际，具体到前述的老母和夭折的儿子的故事的小说表现，我们可以有如下发现：

一方面，我们从中可以体味到鲁迅对于母爱的理解。鲁迅十三岁时，祖父科举案发，在家里不断为此变卖家产之时，虑及一家人的生活，母亲每每为此潸然泪下；十六岁时，久病的父亲逝去，母亲寡母抚孤，备受生活的磨难；十八岁时，年幼的小弟弟又突然夭亡，母亲为此哭红了双眼，但强忍着悲痛，她还是于各种复杂的家族关系之中左右谋划，坚强地将他们兄弟养大成人……诸多的事例，都说明了母亲对于儿子们满含苦涩但却深沉的爱。缘此，虽然有人曾因为鲁迅没有直接写过自己有关母亲或母爱的文章（事实上是有的，根据冯雪峰等人的回忆，鲁迅病逝前曾有过写一篇表现母爱文章的念头的，只不过因为病情发展得太快，没有来得及动笔），遂想当然地以为在鲁迅的世界中，母爱其实是根本上缺失的，但从这些有关老母（或寡母）与儿子母题类故事的反复讲述之中，通过另一种文字表达方式，读者自是可以明白，母爱在鲁迅的意识中其实根本就不可能缺失。鲁迅曾给人讲过："我娘是苦过来的"，因为有这样的理解，所以从《药》、《明天》到《祝福》、《在酒楼上》，从其中描写母亲和儿子关系的片段之中，读者便都能够发现鲁迅深藏于内心的对于无边而又无私的母爱的感知和体会。因为这种感知和体会，所以读者还可以看到，几乎在所有相关故事的叙述之中，鲁迅还通过叙事人的叙述，凸显了生活世界中人们对于这种爱的缺乏感应：夏四奶奶和华大妈的悲哀只有她们自己知道，单四嫂子的苦痛没有一个人可以分担，祥林嫂的唠叨有谁会真心聆听呢，对于母亲于死去弟弟的爱念，吕纬甫甚至也不以为然。对别人冷漠的刻意揭示，恰恰从相反的角度，具体说明了鲁迅对于这种冷漠的不能认同或真心的反感。

另一方面，在从生活事件转化为小说内容的过程中，读者自是可以明白，小说故事本质上是不同于生活本事的，是对生活本事的增删或者改变，因为这样的原因，所以在通过自己的小说对这些生活本事进行表现之时，鲁迅便自然不仅仅是以一个生活的回忆者的身份和读者交流，而是更为经常地作为一个思想启蒙者站在启蒙的立场上对读者言说。"我以为母爱的伟大真可怕，差不多是盲目的……"① 鲁迅的话，联系母亲在他和朱安婚姻缔结过程中所扮演的角色，自是有着来自于经验的切肤之痛，但是，作为文学的虚构，在小说的写作于具体的生活事件所进行的加工变异之中，在对这种切肤之痛的描述之上，读者还发现鲁迅对于以母爱作为象征符号的整个传统文化的深刻认知：它是盲目的，它源自于一个人的血缘或自然情感，是没有道理可讲的，因而即使予人以伤害而伤害者本质上是不能自觉的，譬如鲁迅的母亲对于鲁迅，譬如吕纬甫的母亲对于吕纬甫；它是可怕的，因为正是借助于血缘和母爱的伟大，它让身在其中者——如鲁迅、吕纬甫等，即使意识到它的盲目但却根本上无从反抗。"我向来的意见，是以为倘有慈母，或是幸福，然若生而失母，却也并非完全的不幸，他也许倒成为更加勇猛，更无挂碍的男儿的"②，鲁迅决绝的话语起

① 冯雪峰：《鲁迅先生计划而未完成的著作——片段回忆》，见《雪峰文集》（第 4 卷），人民出版社 1985 年版，第 17 页。

② 鲁迅：《〈伪自由书〉前记》，见《鲁迅全集》（第 5 卷），人民文学出版社 1981 年版，第 4 页。

自于其人生的沉痛经验，但其中更夹杂了他对于自己并许多现代知识分子精神现状的考察。至爱消磨软化了战斗的意志，使觉醒者因为忌惮对于所爱者的伤害因此而失去了对于已然腐朽的传统或黑暗的战斗能力，魏连殳因此而“躬行先前自己所反对的”，吕纬甫感觉自己就像一个苍蝇，飞了一大圈，结果还是回到了起点，而鲁迅更是常常以“历史中间物”或“光明和黑暗之间的影子”自认，他的认知，显见了他作为一个现代知识分子的写作身份，所以文学的变形加工之中，自是内含了对于盲目的母爱的回忆和感性呈现之上的理性审视以及严肃批判意味。

三 诗与真实之间

在谈到有关鲁迅小说的阅读之时，周作人曾以为：“读者虽不把小说当做事实，但可能有人会得去从其中寻传记的资料，这里也就给予他们一点帮助，免得乱寻瞎找，以致虚实混在一起”。由此，他进一步发挥说：“这不但是小说，便是文艺性的自叙记录也常是如此，德国文豪歌德写有自叙传，题名曰《诗与真实》，说得正好，表示里边含有这两类性质的东西。两者截然愤慨的固然也有，但大半或者是混合在一起，即是事实而有点诗化了，读去是很好的文章，当作传记材料去用时又小有些出入，要经过点琢磨才能够适合的嵌上去”[①]。

周作人所揭示的无疑是文艺活动的一种基本而且重要的属性，虚与实或者诗与真实的问题，的确是文艺活动的参与者——无论创作者还是接受者——都必须面对的问题。其中对于接受者而言，虽然面对的是以虚构为其天职的文学，有的读者可能因此而将自己的精力自然地集中于虚构的技巧和想象力的表现等形式方面，但是有的读者可能已然将文学作品当成一般的历史作品，喜欢从表面虚幻的事象之中去寻找藏匿于事象之后或之内的真实生活的线索或依据，“仁者见仁，智者见智”，这原是不能够强行统一的。而在创作者一面，作家的写作，无论其标榜自己是什么主义，其最终所写的其实也只能是自己所能写的，缘此，真实的生活本事的运用总是能给读者带来阅读的亲切。但在同时，因为主体

① 周作人：《搬家》，见《鲁迅小说里的人物》，河北教育出版社2002年版，第73页。

心理结构的巨大作用，所以生活本事在作家因为写作的要求而进行回忆之时，这种回忆已然如弗洛伊德所言："在所谓的最早的童年记忆中，我们所保留的并不是真正的记忆痕迹而却是后来对他的修改。这种修改后来可能受到了各种心理力量的影响。因此，个人的'童年记忆'一般获得了'掩蔽性记忆'的意义，而童年的这种记忆与一个民族保留他的传说和神话有着惊人的相似之处"①。况且具体到鲁迅的小说创作，他自己就明确解释："偶然得到一个可写文章的机会，我便将所谓上流社会的堕落和下层社会的不幸，陆续用短篇小说的形式发表出来了。原意其实不过想将这示给读者，提出一些问题而已"②。他的话清楚地表明，他原本是一位主观性极强的作家，虽然他的小说写作立足于中国社会的现实情状，但他写作的动机却是非常注重目的和效用的，所以，他小说中所写的故事，即使如周作人所言，有着生活的原型，但原型是原型，故事是故事，从原型到故事，中间却已然内含了他作为一个伟大写作者的艺术创造成分。

因为这样的原因，同样的一个发生在母亲和儿子之间的生活本事，《在酒楼上》中它是一种形态，基本接近于事实本身，但因为它要服务于小说本身对于以吕纬甫为代表的一代觉醒之后复又麻木的知识分子的精神状态进行表现的主题，所以作者的叙述弱化了母爱的成分而强化了主人公在莫名的意识中对于一件无意义事情的煞有介事，小说的虚实因此并不完全等同于事实本身；《明天》、《药》和《祝福》中它又成为另外的形态，本事的面貌越来越模糊，而艺术改变的幅度却越来越大。从生活本事而到艺术的创造，仔细考察这一过程所发生的衍化变异，内中的意义，便诚如《鲁迅小说中的人物》一书的校订者止庵先生所见："人物事件的虚实本身没有终极的意义，虚实之间的差别却颇有意思；周氏（指周作人）是给研究者提供了进行比较的可能性，由此可以看出经过鲁迅的手，材料如

---

① 弗洛伊德：《日常生活的精神病理学》，见《弗洛伊德主义原著选辑》（上卷），辽宁人民出版社 1988 年版，第 150 页。

② 鲁迅：《英译本〈短篇小说选集〉自序》，见《鲁迅全集》（第 7 卷），人民文学出版社 1981 年版，第 389 页。

何被扩展，被升华，而这正是小说家艺术创造力的表现”[1]。而细心分析和体味这种表现，则无论对于作家的写作还是读者的阅读，无疑都是一件非常有价值的事情。

① 止庵：《关于〈鲁迅小说里的人物〉》，见《鲁迅小说里的人物》，河北教育出版社 2002 年版，第 2—3 页。

从俯视到正视

——左翼文艺运动中鲁迅大众文学接受观的形成

文学为谁而作？为其自觉而且明确的现实功利追求动机所规约，所以，无论是在前期的思想启蒙阶段，还是在后期的社会革命宣传阶段，鲁迅对于文学的服务对象或者接受者的问题都显现出了异乎寻常的关注和在意：他既不愿意新文学的写作如“鸳蝴派”的作品那样，仅仅成为有闲者无聊时的消费对象，也反对文学成为为统治者帮忙的工具。相反，区别于高高在上的统治者和浑浑噩噩的有闲者，最广大的底层民众由此成为他期待的自己写作包括整个新文学创作的接受者。

不过，爬梳其认识的脉络线索，从前期写作的思想启蒙动机到后期写作的社会革命宣传阶段，我们能够清晰地看到，鲁迅对于作为写作接受对象的大众的看法，相应地也经历了一个由“俯视”到“正视”的渐变或发展过程。而在这种变化或发展原因的分析之中，鲁迅本人对于左翼文艺运动的参与——无论被动还是主动——无疑产生了非常重要的作用。由此，分析考察鲁迅在左翼文艺运动参与过程中接受者观念所发生的变化及这种变化所产生的文学史意义，自然也就成了一个完整理解鲁迅文学思想并及整个中国现代文学思潮的有意思的话题。

一

“假如是一间铁屋子，是绝无窗户而万难改变的，里面有许多熟睡的人们，不久都要闷死了，然而是从昏睡入死灭，并不感到就死的悲哀。现在你大嚷起来，惊醒了较为清醒的几个人，使这不幸的少数者来受无可挽救的临终的苦楚，你倒以为对得起他们么？”① 这是为许多读者所熟知的鲁迅名文《呐喊·自序》的一段话。这段话写于1922年12月3日，是鲁迅在钱玄同要他为《新青年》写稿时而生发的一段感慨，在这段话里，人们可以清晰地感觉到鲁迅在行将开始他一生欲罢不能的言说之前，对他言说的可能的接受者所产生的种种顾虑和担心。

他的顾虑和担心起自于他对于其时国民生存状态并及接受能力的深刻洞察。在《文化偏至论》一文中他讲，中国人自古以来总以为中国乃中央之国，是天下的中心，相比较而言，别人都是蛮夷，中华文明自是无人可与比肩，由此“则宴安日久，苓落以胎，迨拶不来，上征亦辍，使人茶，使人屯，其极为见善而不思式”②。其意即在说明，因为太为长久的妄自尊大，所以当时的国民已经很难有能力从别人的话中发现和吸收好的东西了。而在《摩罗诗力说》一文中，通过仓皇变革之时国人心理的考察，鲁迅更是发现当时的一般国民，或顽固自尊其大，或即时精神沦丧，“加以旧染既深，辄以习惯之目光，观察一切，凡所然否，谬解为多，此所为呼维新既二十年，而新声迄不起于中国也”③。由此他不仅频频以“萧条”、“无声”、“沙漠”等词语指斥当时新文学、新文化的生存语境，而且常常谓民众为新专制之贼，将希望寄托于少数能够先觉的精英“精神界之战士”，以为只有通过他们“掊物质而张灵明，任个人而排众数”，中国的新文化并及新文学建设，始才可能取得实际的成绩。

除此而外，鲁迅的顾虑和担心还与他个人所经验的两件事关系至为密切。

其一是他留学日本时的事：在《〈域外小说集〉序》一文中他介绍说：“我们在日本留学时候，有一种茫漠的希望，以为文艺是可以转移性情，改造社会的。”缘此，他便和周作人等人办杂志，计划译印外国文学书籍。然而，书翻译出来了，一切“准备清楚，在一九〇九年的二月，印出第一册，到了六月间，又印出了第二册”，结果却是，寄售的两个地方上海和东京，“半年过去了，先在就近的东京寄售处结了帐。计第一册

① 鲁迅：《呐喊·自序》，见《鲁迅全集》（第1卷），人民文学出版社1981年版，第419页。

② 鲁迅：《文化偏至论》，见《鲁迅全集》（第1卷），人民文学出版社1981年版，第44页。

③ 鲁迅：《摩罗诗力说》，见《鲁迅全集》（第1卷），人民文学出版社1981年版，第69页。

卖去了二十一本，第二册是二十本，以后再也没有人买了”。“至于上海，是至今还没有详细知道。听说也不过卖出了二十册上下，以后再没有人买了。于是第三册也只好停板。”[①] 翻阅相关的资料，我们可以知道这件事给了鲁迅很大的打击，所以在其后将近十年的时间里，他埋头于抄写古书，对于风云激荡的时代，很少再置什么言词。

其二是钱玄同向他约稿之时他所看到的《新青年》的事：“我懂得他的意思了，他们正办《新青年》，然而那时仿佛不特没有人来赞同，并且也还没有人来反对，我想，他们许是寂寞了。”[②]

有意义吗？没有赞同也没有反对，接受者死一般的寂寞反应，鲁迅不能不因之而心生失望，他将这种失望具化于他的小说写作，于是读者也就自然地一次一次看见了他对于言说行为本身的不信任：狂人日记的被当做疯话对待，祥林嫂诉说的无人重视，魏连殳、涓生们的自言自语，革命者夏瑜那不可能被人理解的空荡荡的宣传：“大清的天下是我们大家的”。太多的故事，言说的不被聆听，或者不能被理解，因为这样的原因，所以虽然在理智、公共的发言中，鲁迅不断发表看法，以为自己的写作，目的就是要“揭出病苦，引起疗救的注意”，或者“改变他们的精神”，但是在私心里、在真实的想法中，鲁迅却不能不清醒：“这经验使我反省，看见自己了：就是我决不是一个振臂一呼应者云集的英雄”[③]。由此，他不仅在内心里将自己真正的读者定格于少数先觉的知识分子，以为自己的写作就是想“聊以慰藉那在寂寞里奔驰的猛士”，而且即使在谈到大众的时候，也难取其作为一个精英知识分子的那种“启蒙者”或“教师”的身份，在他与他们之间，自觉不自觉地显现出了一种居高临下的俯视态度。

“《狂人日记》实为拙作……偶阅《通鉴》，乃悟中国人尚是食人的民族，因此成篇。此种发现，关系亦甚大，而知者尚寥寥也。”[④] 这是1918年8月20日鲁迅写给老朋友许寿裳的信中所讲的一段话，“知者尚寥寥”

---

① 鲁迅：《〈域外小说集〉序》，见《鲁迅全集》（第10卷），人民文学出版社1981年版，第161页。

② 鲁迅：《呐喊·自序》，见《鲁迅全集》（第1卷），人民文学出版社1981年版，第419页。

③ 同上。

④ 鲁迅：《致许寿裳》（1919年8月20日），见《鲁迅全集》（第11卷），人民文学出版社1981年版，第353页。

几字，极为典型地说明了其时他对于社会一般读者的发自内心的不信任甚至轻蔑。“我觉得革命以前，我是做奴隶；革命以后不多久，就受了奴隶的骗，变成他们的奴隶了。我觉得有许多民国国民而是民国的敌人。我觉得许多民国国民很像住在德、法等国的犹太人，他们的意中别有一个国度。”这是1925年2月20日鲁迅在其所写的《突然想到·三》中所说的一段话，这段话清晰地表明了他对于当时国民的一种态度：不满，失望，甚至还夹杂有某种明显的恼怒和抱怨情绪。

二

但是随着鲁迅1926年的南下，随着他在广州和上海与血腥的革命接触的日渐增多，鲁迅对于大众的这种俯视态度也逐渐发生了明显的变化。

先是在目睹了北伐革命战争和国民党广州“四一五”反革命事件之后，他开始慢慢意识到了在对中国社会的改造中，行动比写作显然要更具力量。因此，1927年4月8日在黄埔军校的演讲中他说：“现在的社会情状，只有实地的革命战争，一首诗吓不走孙传芳，一炮就把孙传芳轰走了。自然也有人以为文学于革命是有伟力的，但我个人总觉得怀疑，文学总是一种余裕的产物，可以表示一民族的文化，倒是真的”①。他的话透露了他认识上的某种转向——因为关注的重心已经转移到了怎样才能对现实进行有力的触动，所以从事实际革命的人在鲁迅当时的意识当中，自然也就慢慢取代了原先那些用文学作工具进行思想启蒙的精英知识分子的地位了。

其后，在与后期创造社和太阳社关于革命文学的论争并及对左翼文艺运动的亲身参与过程之中，形势的逼迫先是使鲁迅被动地“恶补”了一些革命理论的书籍，以期能迎战新一代激进的革命理论宣讲者的批判并与之进行有效的对话。而后变被动为主动，在参与且又被推举为左翼文艺运动的领导人之后，鲁迅通过有意识地对于苏联和日本左翼文艺理论家理论的学习、翻译和自修，20世纪二三十年代凸显于左翼文艺活动中的“文

---

① 鲁迅：《革命时代的文学》，见《鲁迅全集》（第3卷），人民文学出版社1981年版，第423页。

艺大众化”要求，也就渐渐融渗于他关于文学与读者关系的思考之中，使他对于大众的态度也因之发生变化。

鲁迅本自重视大众，以为大众是国民的基础和大多数，是新文学应该主要争取的对象，但他的这种重视，先前是作为对象的，是作为需要唤醒的一种被动存在的力量的，但现在，随着中国社会所发生的变化，当意识到工人阶级和农民已经成了中国革命的主力军时，他对于大众的态度，不知不觉当中也便由当初的自上而下的俯视而转变为面对面的正视。

“中国劳苦大众的文化要求的抬头，特别是在苏维埃区域之内工农大众对于文化要求的急迫”，“这也是中国革命对于中国无产阶级革命文学者提出的巨大要求”①，这是冯雪峰代表左联在1931年底所作的表述。和这种表述相一致，在此前此后发表的许多文章中，对于文学和大众的关系，鲁迅也进行了极富个性特点的思考，形成了自己相对清晰且包含诸多层面的大众美学接受观。

第一，在写作者对于大众所应该持存的态度上，他以为写作者“倘不深入民众的大层中，于他们的风俗习惯，加以研究，解剖，分别好坏，立存废的标准，而于存于废，都慎选施行的方法，则无论怎样的改革，都将为习惯的岩石所压碎，或者只在表面上浮游一些时”②。以此为据，他不仅以为“文艺本应该并非只有少数优秀者才能够鉴赏，而是只有少数的先天的低能者所不能鉴赏的东西”，而且进一步指出：“现在是使大众能鉴赏文艺的时代的准备”，“应该多有为大众设想的作家，竭力来作浅显易解的作品，使大家能懂，爱看，以挤掉一些陈腐的劳什子”③。他的话清楚地表明了，作家必须首先深入民众，了解民众，然后才可能真正与时俱进，真正适应发展着的时代，实现写作从为少数人服务到为多数人服务的革命性转变。

第二，从以尽可能多的大众为接受对象的认识出发，在写作内容的设

---

① 冯雪峰：《中国无产阶级革命文学的新任务》，《文学导报》第1卷第8期，1931年11月1日。

② 鲁迅：《习惯于改革》，见《鲁迅全集》（第4卷），人民文学出版社1981年版，第224页。

③ 鲁迅：《文艺的大众化》，见《鲁迅全集》（第7卷），人民文学出版社1981年版，第349页。

置上，转引艾思奇的话，鲁迅也便认为："若能触及到大众真正的切身问题，那恐怕愈是新的，才愈能流行"[①]。为了使大众能够理解，他甚至以为："取材，要取中国历史上的，人物是大众知道的人物"[②]。他的意思其实非常清楚，那就是写作要能够真正为大众所喜欢，那么在写作的题材内容选择上，写作者既要熟悉大众的喜好，多写他们所知道的人物，还要了解大众，触及他们切身的问题。只有懂得了这样的道理，新文学也才能真正在现实中发挥它的作用。

第三，为了实现服务于大众的写作目的，从一般民众因为教育的缺乏而导致的接受能力的低下现状出发，鲁迅不仅反复呼吁新文学作家们注意对民众的识字和理解能力的培养，而且更进一步，在写作的形式、技巧和语言等方面，亦强调了以大众"能懂"为原则，对于旧的形式进行改造，充分利用连环画、白描手法、方言、大众语甚至汉字拉丁化的必要性，在"题材的积极性"、"形式和内容的关系"、"大众语"和"汉字拉丁化"等讨论中，积极发言，寻求为大众发言的各种有效途径。

"凡是为中国大众工作的，倘我力所能及，我总希望（并非为了个人）能够略有帮助。这是我常常印书的原因。"[③] 鲁迅的话已经说得很清楚了，目的在于对大众有所帮助，所以，鲁迅印书和写作也便确实内含了更多超越自己的对于大众的考虑。全面考察了鲁迅晚年的文字活动之后，有人因此曾这样评价："鲁迅的晚年，可以说是为大众的晚年。他的文字，大多围绕大众的现状、大众的需求以及大众的未来而铺陈"[④]。他的话说出了一种事实：那就是参与了左翼文艺运动之后，鲁迅文学写作和思考的重心确实都放在了如何更好地服务于大众上。在将鲁迅对于文学和大众关系的思考置放于整个中国现代文学发展背景上之时，人们能够发现从启蒙到革命，鲁迅大众文学观的建构，事实上典型地体现了过渡时期文学接受问题认知的某种历史过渡特征。以此为契机，将"五四"新文学的

---

① 鲁迅：《连环图画琐谈》，见《鲁迅全集》（第6卷），人民文学出版社1981年版，第27页。

② 鲁迅：《致何家骏、陈企霞》（1933年8月1日），见《鲁迅全集》（第12卷），人民文学出版社1981年版，第204页。

③ 鲁迅：《致曹白》（1936年8月2日），见《鲁迅全集》（第13卷），人民文学出版社1981年版，第204页。

④ 马以鑫：《中国现代文学接受史》，华东师范大学出版社1998年版，第184页。

“向下看”取向和“平民文学”的倡导与毛泽东后来所要求的写作为广大工农兵服务的主张加以连接，人们确实能够感觉到其中是存在着一种重新梳理中国新文学发展历史的别样的道路的。

自我的建构与迷失

——郭沫若《天狗》一诗的意义解读

《天狗》是郭沫若第一部诗集《女神》中的作品，它是一首足以体现郭沫若前期诗歌创作水平和风格特点的诗，缘此，对于它的解读，无论对于郭沫若早期的诗歌创作还是郭沫若整体的精神结构的了解，自然都是极为必要和有意义的。

一

对于《天狗》一诗的解读，首先应该关注的是它的取材。和《女神》中大多数诗歌的写作一样，郭沫若这首诗的写作也极为巧妙地借用了一个民间传说做诗歌的言说框架，即为自己的抒情找了一个踏脚板。

他借用的就是天狗吠日的故事。这一故事广泛地流传于中国民间，其起源是因为日食月食现象的发生。人类的幼稚时代，由于认识力的局限，人们对于各种自然现象难以做出合理科学的解释，所以便将其神化，以人间的经验进行比附妄测，结果便形成了许多有关天体的神话和民间故事。天狗吠日的故事就是这一类的故事。日食月食的发生，照中国民间的说法，是因为有一只饿极了的天狗在吃它，每遇这样的时候，人们便要手拿脸盆瓦罐敲打，将天狗赶走，否则日月就有被天狗吞掉的可能。

神话或民间传说，依心理学家荣格的说法，它们是一个民族早期或幼稚时代的一种集体记忆，是他们深层潜意识心理结构的原型。这种故事的存在，由于其不仅蕴涵了一个民族的早期生存经验，而且更代表了一个民族深层的思维和想象（包括审美）方式，所以便成了各个民族文学赖以产生的动力源和材料库，文学的民族性和地方性往往借此也便有了极为充分的体现。

在《天狗》一诗的创作中，借助于国人极为熟悉的天狗吠日的故事，诗人不仅获得了一个可以引起众多反响的共同话题，而且也找到了一个代替整个民族发言的极好的言说方式，从而使他的诗作表现出了某种大家气度和风范。人常说，在郭沫若早期的诗歌创作中，时代和个人，一己的郁结和民族的郁结都有着一种水乳交融般的结合，这种情状的产生，应该说是和他对于民族神话以及民间传说的成功运用密不可分的。

除此而外，由于神话和民间传说的虚拟性质，所以在对它们进行个人化的阐释之时，诗人的想象力也因此而有了一种充足的活动空间，由一己到宇宙，由身外到身内，《天狗》一诗的写作中，我们看到了诗人的思维由此而形成了一种空前的张力，显得格外的活跃和飞动。

“不是歌德创造了《浮士德》，而是《浮士德》创造了歌德”①，荣格的这句话虽然极易引起人的反对和误解，然而它却表现出了一种偏颇的深刻，极为清楚地表明了民族承载与一个诗人成功诗作的关系。郭沫若是一个对歌德极为欣赏和倾心的人，歌德的成功，相信对他肯定是有所启示的。

二

除此而外，动词的运用也是必须特别留心的。

《天狗》一诗一共 29 句，29 句诗除了七句是“我是……”句之外，剩下的 22 句便每句都以动词为其句子的主干。

这一特征独立看来并没有什么特殊的含义，但若是将其与中国古典诗歌的表现对照起来看，则不能不有些惊心动魄的意味了。

“夫象者，出意者也。言者，明象者也。尽意莫若象，尽象莫若言。”三国时期经学家王弼关于《易经》表达机制的这种阐释，事实上是中国诗歌实质的一种构建方式。“借景抒情”，“托物言志”，或者“意境”云

① 荣格：《心理学与文学》，见《西方古今文论选》，复旦大学出版社 1984 年版，第 472 页。

云，诗歌的写作一直有着种种说法不一的经验表达，众声喧哗之中，美国意象派诗人庞德却保持了一种难得的清醒，他认为中国古典诗歌究其本质其实都是一些意象诗。这一发现启示了庞德，以意象为诗歌最为重要的质素和表述方式，他由此掀起并引导了西方现代诗歌发展史上的一场轰轰烈烈的意象派运动。

“尽象莫若言”，“象”的注重表现于语言，中国古典诗歌由此便成了一种着重于名词的选择和组织的诗歌。“蒹葭苍苍，白露为霜。所谓伊人，在水一方”，这几句人们以为很有味道的诗句的表现，其成功是和动词功用的弱化所导致的表意的朦胧含蓄很有关系的。这一类诗的极端表现就是马致远的小令《天净沙·秋思》类诗。“枯藤老树昏鸦，小桥流水人家，古道西风瘦马。夕阳西下，断肠人在天涯。”全诗五句 29 个字，除了“下”与“在”两个动词之外，其余诗句竟全部由名词构成。

即使有动词，像“飞流直下三千尺”，像“黄河之水天上来”，像“明月松间照，清泉石上流”，像“春风又绿江南岸”，等等，动词所代表的动作也往往是作为事物关系的一种状态而存在的，作为一种被观照的对象，更多静态的画感，它们与诗歌的言说者的关系则很难引起读者的关注。

“诗中有画，画中有诗”，苏轼的话因此不仅适用于摩诘诗的评价，其实也同样适用于中国古典诗歌整体观照。无论怎样强调其色彩线条的流动，画本质上都是一种着重体现事物的空间——因而是静态的艺术。中国古典诗歌因此本质上也是一种诗人情感的静态的表达。

然而古典诗歌的这一静态特征却被郭沫若破坏了。他的《天狗》一诗，充分体现出了他对动词的新鲜运用。

这种运用首先是量上的，全诗 29 句，22 句以动词为其句子的主干。这种高频率的动词运用，完全打破了古典诗歌所习惯的静态构句规范，在接连不断的“我怎么怎么……”的句式表达中，诗歌因此具有了一种“长江后浪推前浪”的动感；其次是质上的。这首诗的动词选用以“吞”起领，以“爆”字收尾，其间串联了“飞奔”、“狂叫”、“燃烧”、“飞跑”、“剥”、“食”、“吸”、“噬”八个动词。这八个动词体现的都是一些极具强度和力度的行为动作，是标准意义上的强力动词，诗人借此所进行的情感表达因此也便富有了气势和力度，给人以强烈的心灵冲击和震慑；

除此而外，动词运用上的重复特征也是需要阅读的人给其以特别关注的。短短的二十几句诗，“吞”字用了四次，“狂叫”和“燃烧”各两次，而“飞跑”一词居然用了七次！依修辞学的理论解释，重复是一种加强。本身是一种强力，且又一而再再而三地重复，郭沫若在《天狗》一诗里对于力、动态的强调因此实在是不言而喻了。

多用，强力的突出，反复使用，动词的运用以及借此体现的对于动态的力的美感追求，使郭沫若的诗歌创作具有了全新的质素。对于这一变化，朱自清先生作评说：“他的诗有两样新东西，都是我们传统里没有的：——不但诗里没有——泛神论，与20世纪的动的和反抗的精神”①。郭沫若的诗因此可以称得上是真正意义上的新诗，他给中国诗歌带来了一种极为新鲜的表达，使中国诗歌因此真正具有了一种新时代的新气象，显示出了迥异与传统的新的美学追求。

对于郭沫若诗歌里的动态特征的感悟，我们还可以通过《梅花树下的醉歌》、《女神之再生》、《地球，我的母亲!》以及《立在地球边上放号》等诗的阅读来加以强化。《立在地球边上放号》一诗的结尾，诗人不能自已地狂喊：

> 啊啊！不断的毁坏，不断的创造，不断的努力哟！
> 啊啊！力哟！力哟！
> 力的绘画，力的舞蹈，力的音乐，力的诗歌，力的律吕哟！

这些喊就是这一特征的最好的说明。

三

神话、动词的运用之外，抒情主人公“我”的设置也是——其实更是解读《天狗》乃至整个郭沫若诗歌时所应该重点给予关注的一个点。

在《中国诗学》一书里，论及新诗和旧诗的区别，学者叶维廉曾讲，

---

① 朱自清：《中国新文学大系（1917—1927）·诗集导言》，上海文艺出版社1981年版，第5页。

旧诗大多数“是没有人称代名词如‘你’如何‘我’如何。人称代名词的使用往往将发言人或主角点明，并把诗中的经验或情境限指为一个人的经验或情境；在中国旧诗里，语言本身就超脱了这种限指性。因此，尽管诗里所描绘的是个人的经验，它却能具有一个‘无我’的发言人，使个人的经验成为具有普遍性的情境这种不限指的特性，加上中文动词的没有变化，正是要回到‘具体经验’与‘纯粹情境’里去”，而“不少白话诗人却倾向于将人称代名词带回诗中”①。

白话新诗人称代名词的使用，非常突出地体现于郭沫若的这首《天狗》中。这首诗一共29句，所有的诗句竟然都以“我”字开头，不是“我是什么”，就是“我怎么样怎么样”，“我”始终是一个主词，其身份一以贯之，不曾有过丝毫的变动。

这真是一种极有意思的表达，这种几乎全都是“我……”的诗句构造，不仅迥异于中国旧诗，而且在新诗的创作中也是极为罕见的，套用一句现在时髦的话，这一句式真正可以说是具有郭沫若特色的表达。

这种表达依据现代心理学的解释，可以说是一种有意味的强调。从起始的“我……”到结束时依然故我的“我……”，29个同样的句子，事实上就是29次的重复，重复就是强调，《天狗》一诗的意旨因此是极为明确的，诗所要表达的就是诗的抒情主人公对于自我的高度强调。

《天狗》一诗因此是一首关于“我”的诗，

“我”是谁？诗人有明确的交代，“我是天狗”。但“天狗”是一个比喻，说“我是一条天狗”，“我”的含义还是不分明，所以在完成了“我是一条天狗呀”的假设之后，诗人便对“天狗”进行具体的交代了，我要吞月，我要吞日，我要吞一切的星球，我要吞全宇宙，“我”于是比较分明了：我是月的光，我是日的光，我是一切星球的光，我是X光线的光，我是全宇宙底Energy的总量！但这种分明没承想其实却是否定性的，承认了“我是光”的表达，“天狗”一词就没有了具体的意义。诗人因此不能不开始怀疑，他记起了最初的“天狗”假设，所以他幡然悔悟般地赶忙补充说：我飞奔，/我狂叫。/我燃烧。/我如……但是我飞跑，/

① 叶维廉：《中国现代诗的语言问题》，见《中国诗学》，北京三联书店1992年版，第247页。

我飞跑，/我飞跑，跑着跑着，诗人却失望地发现这一个是许多东西的“天狗”已经没有了自己的实际意义了。所以他不想要这个通过一番努力构建而成就的“我”了，他想把建起来的一切又都毁坏，所以他说：“我剥我的皮，/我食我的肉，/我吸我的血，/我噬我的心肝”，当我把一个刚才辛辛苦苦建立的我全都毁坏了的时候，诗人讲，“我便是我呀！”但这样什么都没有了的“我”还有什么内容呢？他的存在还有什么意义呢？诗人觉得这是一个不能面对的问题，因此他最后说：“我的我要爆了！”“我”爆了，再谈“我是谁”因此也就没有必要了，不谈了，也就回避了由此而来的一切一切的尴尬。

这真是一种紧张的阅读，也是一种让人备感无聊的阅读。诗人说出了一个词——“我”，他整个诗的写作就是要给我们解释这个“我”，“我”的语意像一种诱饵，它的香味召唤着我们的鼻息，我们紧紧地跟着诗人由此而展开的语符指向。一个一个的语符接踵而至，与之相随，我们产生了种种收获的快感，但谁知种种收获最终却又都失去，诗人通过语符忙碌进行的语意建设，谁承想实质上却是一种瞎熊掰包谷——不对——一种拆东墙补西墙似的无实质意义的活动。

《天狗》一诗中“我”的故事因此是一个悲哀的故事，它让我们看到了语言的虚妄，前面的“我是”被后面的“我是”所替代，从“我是一条天狗”到是各种光再到“我便是我呀！”忙碌了一场，辛苦了一场，结果却是一个不能承受的“爆”字。语言对语言的伤害由此而昭然若揭，抒情者越是急于表达，便越是不能将自己说清。自己的声音将自己的声音覆盖了，这到底是谁的错？

但上述我们所做的一切，我们的失望，我们的不满，仅仅是一种非常表层浅显的诗歌还原，若是在此基础上我们能跳出文本，换一个角度，将这种表述置之于时代的背景，这错误却是有其突出的文本象征意义的。

20世纪初的中国，是一个很特殊的历史时段，在这一时段，外在的压力迫使老大的中华帝国发生了由旧到新的现代性变化。对于中华文明而言，这一变化是一种历史的进步，但是这种进步具体到实际的实施，却表现成为一种极为痛苦的自我否定到新生的裂变过程。一个生长于传统的人将传统否定之后他还能是什么？这种由旧到新的必要性郭沫若在《凤凰涅槃》里已经充分地强调过了，但是如何进行？这首《天狗》则极为具体形象地揭示了在这种裂变过渡过程中一个事物确立新质的艰难与困苦形态。

《天狗》一诗的自我构建因此是深层意义上的一种隐喻或者象征，诗人借自我形象所要抒发的，事实上就是整个中华民族那时在面对现代化的命题时内心产生的真实心理——焦灼、茫然甚至因为不知所措而产生的悔痛般的自虐。

《天狗》一诗或者说郭沫若诗歌的时代意义由此而有了具体的显现，面对宇宙，面对滚滚的世界潮流，诗人渴望新生，渴望能够强大而不被他人轻视的愿望，其实也是那时中华民族的真实心声。

所以，诗中抒情主人公的自我构建虽然最终也没有一个明确的图像，但诗人借此所展现的那种渴望新生、想成而难成、欲罢而不能的真实心境，却是有着普遍而又让人感动的意义的。

郭沫若终其一生都在寻求着这种对于民族对于时代的表达，但是不幸，愈是到后，他诗中的“天狗”一样具有鲜明个性特色和饱满内涵的自我形象便愈是减弱和暗淡，所以诗歌的动人魅力也因此而逐渐散失，直至最后，他慢慢成了一种一如学者李辉所言的“太阳下的蜡烛”[①] 一样的存在。

写《天狗》的郭沫若因此可以说是很早就死了的。他放弃自己，不遗余力地对别人的紧紧跟随，特别是后来在一次一次的政治运动中，为了配合运动而对自己进行的一次一次的批判和否定，很像是《天狗》一诗中焦灼、紧张甚至自虐的抒情主人公形象，忙碌而又无果，不断地追求进步，到终了却成了一个笑话，一种悲剧。

从这一意义上讲，《天狗》一诗也可以说是诗人早早就写出的一个关于自我的谶语。

---

① 李辉：《太阳下的蜡烛》，见《反思郭沫若》，作家出版社 1998 年版，第 211 页。

无法持续的青春

——郭沫若诗歌创作中的"青春期写作"表现

谈论郭沫若诗歌创作的人，受既定观念和外在大环境的影响，大都较为关注其与爱国主义、浪漫主义等的关系，从大的方面讲，这自然没有什么错，但若是将话题集中到郭沫若之成为诗人郭沫若的原因等更为本质的问题，上述一些几乎已经是"定论"的东西，却往往显现出了某种大而化之的浮泛和模糊。所以近几年的研究，人们较多注意从一些更为内在的因素来重新审读郭沫若及其诗歌，像外国哲学、文艺思潮、诗学经验与郭沫若诗歌创作的美学观念形成，像郭沫若的家世、所接受的启蒙教育、特别是个人性情与其诗歌艺术表现之间的关系，等等。这种审读中内含了对于郭沫若诗人身份和诗歌特点的双重回归。

郭沫若诗歌创作中的"青春写作"话题，就是在这样的背景下浮现于历史描述的地平线的。在将郭沫若的诗歌放置到整个20世纪中国新诗发展的大语境之中，思考郭沫若的诗歌到底给中国新诗提供了怎样的启示的时候，当代诗人伊沙明确地提出了郭沫若诗歌写作上的"青春期"① 表现话题。伊沙的观点因为过于迫切的现实功利追求（他是要以郭沫若及其诗歌为借口，表达他对于知识分子写作的意见），所以言论往往非常个人化、情绪化，极多偏执、过激。不过实事求是地讲，作为一位艺术感觉不错的诗人，伊沙对于郭沫若诗歌的评价还是非常启示人的。即如我们已经提到的"青春期"表现话题，就已经涉及了郭沫若诗歌创作的极为核心和关键的地方，所以，自他之后，这一话题便不时有人提及。但总体看

① 伊沙：《抛开历史我不读——郭沫若批判》，见《十诗人批判书》，时代文艺出版社2001年版，第20页。

来，大家的谈论都较为简略，未能将“青春写作”这一本来很有价值的话题充分展开。

一

诚如伊沙所言，郭沫若诗歌创作中“青春写作”的“青春”二字首先是一种时间概念。诗人的第一首诗写于1918年，名为《死的诱惑》，是年诗人26岁；1921年8月诗人29岁时发表了他的第一本诗集《女神》，此后，他一发不可收，在不到八年的时间里，先后出版了奠定他在中国新诗史中位置的《瓶》、《星空》、《前茅》、《恢复》四本诗集。1928年后，他虽然还写了好多的诗，但质量却远非前时可比，诗名犹在，诗才却逐日为其他外事所消磨。所以，从1918年到1928年，更准确地讲，从1918年到出版《瓶》的1925年，也就六七年的时间，一个人从26岁到33岁最具活力的青壮年时期，郭沫若就基本完成了自己作为一位诗人的形象塑模。

不过，这只是极为表面的描述。事实上，郭沫若诗歌创作中的“青春写作”之“青春”意味，更为本质的地方还在于他的创作所体现出来的诗人不安、焦灼、自负和自卑极度对立和统一的生命状态和呈现这种生命状态的独特话语言说方式。

在将郭沫若和鲁迅进行比较时，温儒敏先生曾讲：“打个比方，如果说鲁迅像一座山，深稳崇峻，郭沫若可以说是一个海，波涛汹涌，热情奔放。”[①] 温先生的话说得很好，海——本质上是一种液体的、波动的不安存在，它非常准确和形象地揭示出了诗人郭沫若内在生命的特征。事实上，郭沫若的诗歌就像是一片波动不已的大海，它总是在动着，以其狂躁不安的紧张节奏时时给人以强烈的心理冲击。像《晨安》：

晨安！常动不息的大海呀！
晨安！明迷恍惚的旭光呀！
晨安！诗一样涌动的白云呀！

---

① 温儒敏：《中国现当代文学专题研究》，北京大学出版社2002年版，第35页。

晨安！平匀明直的丝雨呀！诗语呀！

晨安！情热一样燃着的海山呀！

晨安！梳人灵魂的晨风呀！

晨风啊！请你把我的声音传到四方去吧！

……

暴风雨般的38行诗，一口气喊出的27个“晨安”，这样的诗歌容不得你低回沉迷或沉思冥想，泥沙俱下，洪水滔天，激情的裹挟之中你只能随波逐流，体验那山呼海啸似的生命奔腾的快感。

诗人内在精神世界中这种海一样的波动，始自于诗人自我构建、自我体证的迫切需要。就像是一个刚刚走进社会中的青年，敏感着时代的巨大变化，他意识到了自我进行构建和确证的重要性，所以他像凤凰一样地渴求着自我的更生（《凤凰涅槃》），像炉中的煤一样地表达着对“年轻的女郎”似的祖国的热爱（《炉中煤》）；他在梅花树下醉歌，“一切偶像在我面前毁破！”（《梅花树下醉歌》）在“青沉沉的大海”面前，礼赞新生的太阳（《太阳礼赞》）、女神的再生（《女神之再生》）；他高唱毁坏、努力和创造（《立在地球边上放号》），他歌颂人类一切的匪徒（《匪徒颂》）。他对于黑夜、礼教等束缚的叛逆、损毁、诅咒，和他对于光明、年轻、新生、创造等的歌颂、礼赞是一个统一体的两面，前者是要挣脱所有，而后者是要创造所无，其实质都是要强调自我的意义，青春的价值。但是由于自我本身还缺乏明晰的内容和充实的力量，所以诗人诗歌中所表现的自我构建和体证又表现出了非常明显的盲目性。一方面，他不断地呼唤着对于旧的事物、旧的生活的大胆否定、批判、破坏，对于新的事物、新的生活充满急切的歌颂、礼赞，就像那烈火中的凤凰，诗人渴望着能够通过对旧我的毁灭而实现自我的更生，在烈火的锻炼中重铸一个健康、强壮的新我。但是另一方面，这个新我到底是怎么一个模样？它到底应该如何铸造？诗人的内心又充满了怀疑、迷茫和苦闷。两个方面互相牵扯，恰如两种力量在黑暗中的较量，你来我往，你退我进，残酷的争斗既引发了精神海域掀天的巨浪，同时也造就了青春世界极为壮观的心理图景。其具体情况就像《天狗》一诗所表征：“我是一只天狗”，诗歌的写作在其开端就揭示了自我身份认定的目标，抒情者渴望通过自己的工作完成一个“天狗”一样的“我”的形象描述。为了实现这个目标，诗中的主人公“我”从“外”和“内”两个方向进行了摄取能量和营养的“吞食”，并且希望借助于这样的“吞食”，积聚能量，完成对于一个强大的自我的构建，但是出乎读者想象、事实上也出乎诗人预料的是诗中的主人公“我”所进行的两种构建自我的“吞食”行为，在性质上却是相互否定的。我吞月，我吞日，吞一切的星球，甚至茫茫的宇宙……目的是为了加强“我”，完成“我”，但在这种加强和完成的过程之中，我剥我的皮，我食我的肉，我吸我的血，我噬我的心肝……结果却是毁坏了我，却是我的不可能完成。忙碌了半天，辛苦了一场，诗的结尾抒情者却说：“我便是我呀！/我的我就要爆了！”似乎是完成，但又分明是“爆了”，是不能完成。在谈到诗歌中的“自我”话题时，研究者邹羽因此讲：“显然，‘自我’在叙述中是一个问题而不是一个答案，是困惑而不是灵感，是欲望的对象而不是欲望的源泉。最终使《天狗》的汹涌的能量无处安放的原因是言说者自己身份的无法确定”，说到底，“只有在话语的界限变得动荡不定的时候，自我才会丧失明确的自身认同方式”[①]。诗中对于自我所进行的描述，就好像许多青春的成长故事，个我的无限制的张扬和理想的不断碰壁，焦灼、渴望、痛苦，主人公主体的精神世界紧张、饱满但又脆弱不堪，趋于极端而缺乏稳定感的情绪变化活化了人们在青春期的生理、心理特点。

二

对应于这种不成熟，所以，郭沫若诗歌的表述多半是非常夸张的，诗人总喜欢将话说到极端，就像《凤凰涅槃》中的“凤歌”所示：“我们飞向西方，/西方同是一座屠场。/我们飞向东方，/东方同是一座囚牢。/我们飞向南方，/南方同是一座坟墓。/我们飞向北方，/北方同是一座地狱。”就像《天狗》诗中天狗的狂叫：“我把全宇宙来吞了”，“我是全宇宙底 Energy 的总量”，“我在我神经上飞跑，/我在我脊髓上飞跑，/我在

① 邹羽：《批判与抒情——论郭沫若早期诗作中的自我问题》，见《二十世纪中国文学史论》（第二卷），东方出版社 1984 年版，第 5 页。

我脑筋上飞跑”。或者很大，或者很小，小大之间没有一种过渡，大幅度的跳动显示出来的就是诗人精神世界的波动和不安。

除了夸张之外，诗人还喜欢将一种表达不断地重复，像《晨安》中一口气喊出的27个“晨安”，像《地球，我的母亲》中每节开头都使用的21个“地球，我的母亲!”以及《太阳礼赞》中不断的“太阳哟!”“太阳哟!”《匪徒颂》中的“万岁！万岁！万岁!”的重复，为激情所裹挟，诗人心中似乎有许多的话要说，说之不尽，便只好一次一次地重复，仿佛说的次数多了，声音也就大了，听的人也就不能不注意了。某种意义上讲，这是一种典型的没有长大的孩子气的表达，接近于宣泄，又像是撒娇，似乎感觉自己很大了，已经完全可以独立了，但又似乎不能相信，所以向前迈出步子之后又不断地向四周张望，看看别人是否在注意自己。

与此相同的还有“啊啊”“呀呀”“哟哟”等感叹词和感叹号的高频率的使用。就像《立在地球边上放号》一诗所示：

> 无数的白云正在空中怒涌，
> 啊啊！好幅壮丽的北冰洋的情景哟！
> 无限的太平洋提起他全身的力量要把地球推倒。
> 啊啊！我眼前来了的滚滚的洪涛哟！
> 啊啊！不断的毁坏，不断的创造，不断的努力哟！
> 啊啊！力哟！力哟！力哟！
> 力的绘画，力的舞蹈，力的音乐，力的诗歌，力的Rhythm哟！

有人因此谓郭沫若的诗歌为“喊诗”，这称谓不是褒奖，但也在不经意之中说出了郭沫若诗歌创作的一个重要特征。这种“喊”，人们可以以为它太夸张，太直接，太不具有文学话语所应该具有的蕴藉属性，但是换一个角度，这种表达也自有它内在的一种青春质地，充分体现同时也证明了那个特定的时代诗人精神的饱满，以及他的饱满的情绪为现实催化之后地火一样不可抑制、喷涌而出的抒情特点。

与上述的情况相一致，在诗歌的艺术表现上，郭沫若选择并推崇的是一种可名之为“灵感冲动式”的写作方式。在致宗白华的信中他曾说：“雪莱（Shelley）有话说得好：‘人不能够说，我要做诗（A man can-not say, I will compose poetry)'。歌德也说过：他每逢诗兴来时，便跑到书桌旁边，将就斜横着的纸，连摆正它的时间也没有，急忙从头到尾矗立着便写下去。"这事实上就是郭沫若极为推崇的诗的"写"法，所以在引言之后他又解释说："我看歌德这些经验正是雪莱那些话的实证了。诗不是'做'出来的，只是'写'出来的"①。

这种反对"做"而强调"写"的灵感冲动式写作，其在艺术形式上的行为表现就是反抗一切形式的束缚，最大限度地追求写作的自由。谈及诗歌的形式表现，郭沫若不止一次地强调："我也是最厌恶形式的人，素来也不十分讲究她。我所著的一些东西，只不过是尽我一时的冲动，随便地乱跳乱舞罢了"。"诗的本质在抒情，抒情的文字便不采诗形，也不失其诗"②，"总之，诗无论新旧，只要是真正的美人穿件什么衣裳都好，不穿衣裳的裸体更好"③。依郭沫若的观点，诗人的诗情就像是一条河流，河流的生命在于流动，所以它存在的最好的方式也就是流动本身，至于如何流动？在何处流动？——渠里，江里，河里，还是海里？那反而是极为次要的东西了。

因为这种诗体诗形上无拘束的自由追求动机，所以，在诗歌表现的审美标准上，郭沫若便极为推崇"自然"观念。他说诗是诗人"心中诗意诗情诗境之真纯的表现，生命泉中流出来的 Strain，心琴上弹出来的 Melody"，所以"我对于诗的直感，总觉得以'自然流露'为上乘，若是出于'矫揉造作'，不过是些园艺盆景，只好供诸富贵人赏玩了。天然界的现象，大而如寥无人迹的森林，细而如路旁道畔的花草，动而如巨海宏涛，寂而如山泉清露，怒而如雷电交加，喜而如星月皎洁，没一件不是自然流露出来的东西，没一件不是公诸平民而听其自取的。亚里士多德说'诗是模仿自然的东西'，我看他这句话，不仅是写实家所谓忠于描写的意思，他是说诗的创造贵在自然流露。诗的生成，如象自然物的生存一般，

① 郭沫若：《论诗三札·二》，见《中国现代诗论》（上卷），花城出版社 1985 年版，第 55 页。

② 郭沫若：《论诗三札·三》，见《中国现代诗论》（上卷），花城出版社 1985 年版，第 59—60 页。

③ 郭沫若：《论诗三札·一》，见《中国现代诗论》（上卷），花城出版社 1985 年版，第 53 页。

不当掺以丝毫的矫揉造作。”[①]

这种“自然流露”观念及其实践解放了汉语诗歌，使新诗从“放脚的妇人”彻底蜕变为“天足的少女”，表现出了前所未有的活泼和生动，它后来的发展虽然渐趋于极端，诗情的表现由自然追求而流为没有节制的泛滥，引发了新月及现代诸诗人的激烈批评，但是总体看来，它身上所体现的那无拘无束、充满活力的青春气息却永远是郭沫若诗歌乃至整个中国现代新诗最可宝贵的东西。

三

时世的发展让写《女神》的郭沫若后来很快就变得“老成”了，《星空》、《瓶》两本诗集已经细弱如诗人“青春的尾巴”，模样虽还生动，但精气神却显然已经不足了。此后的诗集如《前茅》、《恢复》以及新中国成立之后写著的《新华颂》、《百花齐放》等，诗人虽时时也作少年的宏声高唱，但因其个性渐弱，激情内敛，追求自由的心性已逐步为外在的社会、政治所束缚，所以，诗人写作诗歌之时，便往往左顾右盼，瞻前顾后，诗中虽然依旧不乏诗人的聪慧和才情，但这些聪慧和才情更多表现于政治选择和思想表态上的敏感和机智，而与接近于审美的重个性、重自我的清纯青春气息的自由表达则关系日渐疏远。

青春的死亡，对于郭沫若也罢对于整个中国新诗也罢，应该说都是一个巨大的损失。时过境迁，重新回视“五四”及其郭沫若《女神》时期的诗歌写作时，我们不能不感叹，那真是新诗的一个不可重复的美丽年代。一个青春的时代，选择了一位青春的诗人做自己的形象大使和发言人，时代和个人、现实和艺术的双向互动，造就了一种极为难得的历史的双赢局面。

但可惜的是时代与诗人这样默契的配合此后便很少了，“狂飙时代”的郭沫若之后，我们看到一方面是生活的困窘，政治要求的日益紧迫，另一方面是诗人主体的孱弱和世故，所以除了极少数的诗人，如被痛苦熬煮

---

① 郭沫若：《论诗三札·三》，见《中国现代诗论》（上卷），花城出版社1985年版，第59页。

着的穆旦、为乡村忧伤的海子等外，大多数的中国诗歌便很少弥散鲜明的青春气息了。太多的诗歌，不是儿童化就是老人化，天真的歌唱多，理性的议论多，表现的花样多，但是充斥于郭沫若前期诗作中的那种动人的激情却太少，淋漓的元气却太少，浑然的才气却太少，君临万物的大气却太少。

海子离开之后，中国当代诗歌愈来愈清晰地体现出了某种技术理性趋势，诗人越来越重视诗的技术、语言，重视诗人的学识、智慧，单独来看，这些变化自然都是好事，但是看着一首首从容、规范，技术到可以一句一句给学生做文本分析但却不给人任何情绪感动的诗歌标本之时，人还是会情不自禁地回想“天狗”一样的郭沫若的那些汪洋恣肆、激情澎湃的青春写作，回想郭沫若曾经身处的那个充满矛盾和痛苦，但同时也充满活力和新奇的“五四”时代。不管怎样说，青春毕竟是一个人最美丽的华章，哪怕它曾经是多么的幼稚，多么的让人不堪回首！

时间的故事

——郭沫若诗歌研究的历史阶段性分析

“一千个观众就有一千个哈姆雷特”，体现接受美学理论精华的这句话清楚地表明，一个存在于历史描述中的文学对象，它的面貌一般都由两个方面构成：一是对象自身的历史，这是客观的既成的历史；二是人们对于它接受的历史，即人为的当下的历史。据此，我们可以知道，作为一种历史的存在，郭沫若的诗歌创作自然也由两种历史构成，一是郭沫若诗歌创作的实际历史情形，即他写了多少诗？在什么情景下写的？写出后怎样出版、发行等等；二是人们对于其创作出的作品的阅读、接受情况，即读者是如何阅读的？批评家是怎样批评的，等等。以前人们对郭沫若诗歌的研究大多较注重前一方面，这有必要，但从历史构成的整体性眼光看，却显然还存在着不足，缘此，变换角度，从对郭沫若诗歌本身的考察一转而至对于其诗歌的接受和批评的考察，也就成了新近郭沫若研究的一个悄然但却富有意味的变化。

立足于读者的接受考察郭沫若的诗歌创作之时，可以发现郭沫若诗歌创作的历史其实也表现为一种读者接受的历史：《女神》的时代成就了《女神》的辉煌，《恢复》、《前茅》的时代规范制约了《恢复》、《前茅》的特征，而1958年的新民歌运动则直接孕育了《新华颂》、《百花齐放》诗集的出现。郭沫若诗歌创作中体现出的这种时代性，从其所置身的政治利益集团的眼光看，自然是诗人不断追求进步的表现，故而对他所做的评价（如国家权威机构以及体现国家意志的各种教材、书籍报刊等的叙述描写）相应地也便一直很高。早在1946年11月16日，在重庆文化界的朋友们为郭沫若举行的五十诞辰暨创作生活二十五周年的茶话会上，周恩来就曾讲郭沫若“不只是革命的诗人，也是革命的战士”。在同日的《新华日报》头版刊载的《我要说的话》一文中他还说："鲁迅是新文化运动的导师，郭沫若便是新文化运动的主将。鲁迅如果是将没有的路开辟出来的先锋，郭沫若便是带着大家一道前进的向导。鲁迅先生已不在了，他的遗范尚存，我们会感觉到在新文化战线上，郭先生带着我们一道奋斗的亲切，而且我们也永远祝福他带着我们奋斗到底。"郭沫若逝世后，邓小平在其所致的悼词中也讲："郭沫若同志不仅是革命的科学家和文学家，而且也是革命的思想家、政治家和著名的社会活动家"，"他和鲁迅一样，是我国现代文学史上一位学识渊博、才华卓具的著名学者。他是继鲁迅之后，在中国共产党领导下，在毛泽东思想指引下，我国文化战线上又一面光辉的旗帜"。[①] 一前一后，不同时代两个声名极佳的政治领导人对郭沫若所做的评价，充分体现了他们所属的政治集团对于郭沫若的意见：诗人一生追随革命，服务于政党政治，所以他所服务的革命和政治，反过来也维护诗人，给予他实际的推崇。

"鲁郭茅，巴老曹"，主流叙述中影响极广的这个现代文学大师排名次序，是艺术的，但同时也远远超出了艺术的范围。受其影响，很长一段时间内，在诸多教材、专著、论文众口一词大谈郭沫若的爱国主义思想、反封建意识和不断进步的革命精神之时，人们并未发现在对郭沫若诗歌的理解中，先前的看法和评价其实更多来自于诗歌之外，大多其实是非诗的。然而，时过境迁，当郭沫若创作所赖以发生的历史语境已然成为了一种身后的历史之时，因为时代而出名的郭沫若诗歌，谁料到也因为其与中国当下社会环境的格格不入而不再为人看好。"《鲁迅全集》一套涨到600多元还供不应求，而郭沫若的全集只能沦落到旧书摊而且无人问津。"[②] 新锐批评家余杰的话说得很夸张也很尖刻，但它也揭示了一种事实，与官方为代表的中国主流意识形态层面不同，民间社会——特别是专业的当代诗歌读者，对于郭沫若诗歌的态度真的是与原先的理解非常不一样的。诗人伊沙曾说："抛开历史，我是不看郭沫若的。"[③] 联系身边的事实，这句话代表的，显然不只是他个人的看法，

① 邓小平：《郭沫若追悼大会悼词》，见《人民日报》1987年6月19日。

② 余杰：《王府园中的郭沫若》，见《反思郭沫若》，作家出版社1998年版，第283页。

③ 伊沙：《抛开历史我不读——郭沫若批判》，见《十诗人批判书》，时代文艺出版社2001年版，第18页。

所以温和如温儒敏教授一样的人也不能不指出："有一种学术界流行的排座次的说法是'鲁郭茅巴老曹'，不一定准确，但也可见对郭沫若的评价甚高。而'非专业的读者'则比较重个人或行时的审美趣味，注重文本，不太顾及'历史链条'，并不看重像《女神》这种时代性、现实性强的'经典'。当今许多青年读者对郭沫若其人其诗不感兴趣，评价不高，用的多是'非专业读法'。这两种读法本无所谓高下，然而当今许多大学的讲台或专家的文章对郭沫若甚表称许，而一般读者却不敢恭维，这种两极性的阅读现象就值得研究。"①

温教授的话讲得很好，其中有两点特别启发人：一是"两极阅读现象"的提法，虽然对他的专业和非专业的截然划分笔者不完全赞同，但笔者以为"两极阅读"本身却很有意义，它准确概括了大一统政治秩序松散之后人们对于郭沫若诗歌表现出来的不同态度；另一点是他在评价历史对象之时顾及"历史链条"、历史地看待郭沫若其人其诗的主张。

遵从他的"历史的理解"观念而对郭沫若诗歌的接受状况进行考察之时，我们可以发现人们的接受本身便显现出了非常鲜明的历史意味：不同的时代，生活不同，审美的标准不同，所以人们对于郭沫若诗歌的看法也极不同。为了说明这一状况，以《女神》为例，下面我们作一具体的分析。

一

学界对于《女神》的研究，依其关注话题和价值取向的不同，大体可以划分为三个阶段：1921—1949 年为第一阶段；1949—1978 年为第二阶段；1978 年到现在为第三个阶段。

第一阶段人们的认知主要立足于两重关系，一是《女神》与中国新诗乃至整个中国诗歌的关系，二是《女神》与时代的关系。

从前者出发，研究者关注较多的是郭沫若诗歌的创新特色，以为作为

① 温儒敏：《浅议有关郭沫若的两极阅读现象》，见《中国文化研究》（春之卷），2001 年。

一位富有独创性的诗人，正是郭沫若真正从诗歌的精神上更新了白话诗歌，开辟了新诗得以发展的道路。《女神》发表不到一年，郭沫若的好友郁达夫就撰文说，在“五四”诗坛上，“完全脱离旧诗的羁绊自《女神》始”。[①] 闻一多更是说：“若讲新诗，郭沫若君的诗才配称新诗呢，不独艺术上他的作品与旧诗词相去最远，最要紧的是他的精神完全是时代精神——二十世纪的时代精神。”[②] 其后，朱自清在 1935 年 12 月编选《中国新文学大系·诗集》时也说，在“五四”诗坛上，新诗几乎都是“以描写实生活为主题，而不重想象。中国诗的传统原本如此”，由此，他认为从内容到形式对中国诗歌进行彻底改造并取得显著成绩的新诗人当首推郭沫若。他说：“他的诗有两样新东西，都是我们传统里没有的——不但诗里没有——泛神论，与二十世纪的动的和反抗的精神。中国缺乏冥想诗，诗人虽然多是人本主义者，却没有去摸索人生根本问题的。而对于自然，起初是不懂得理会；渐渐懂得理会了，又只是观山玩水，写入诗，只当背景用。看自然作神，作朋友，郭氏诗是第一回。至于动的和反抗的精神，在静的忍耐的文明里，不用说，更是没有过的。”[③] 表述虽然很简单，但要言不烦，他的话从内在精神的比较之中准确揭示出了郭沫若新诗写作的审美特质。

如此这般的研究持续了很长一段时间，“左翼”的批评家周扬后来就顺此思路发挥说：“在‘五四’的老人中，郭沫若先生是比较后起的。不用说第一个尝试白话的胡适，就是周作人、沈尹默、刘半农、康白情、俞平伯几个，在诗坛上都似乎要比他露面得早一些。然而，他却后来居上了！他的诗比谁都出色地表现了‘五四’精神。在内容上，表现自我，张扬个性，完成所谓‘人的自觉’，在形式上，摆脱旧诗格律的镣铐而趋向自由诗，这就是当时所要求于新诗的。这就是‘五四’精神在文学中的爆发。初期的诗人大都是循着这个路走的。郭沫若自然走的是同样的路。然而，你看，他是走得何等地与众不同啊。在诗的魅力和独创性上讲，他简直是卓然独步的”[④]。据此，钱杏邨甚至认为：“《女神》是中国

---

① 郁达夫：《〈女神〉之生日》，见《时事新报·学灯》1922 年 8 月 2 日。

② 闻一多：《〈女神〉之时代精神》，见《创造周报》1923 年 6 月 3 日第 4 号。

③ 朱自清：《中国新文学大系·诗集导言》，上海文艺出版社 1981 年影印版，第 5 页。

④ 周扬：《郭沫若和他的〈女神〉》，见《解放日报》1941 年 11 月 16 日。

诗坛仅有的一部诗集，也是中国诗坛上最先的一部诗集”[①]。

第二点是第一点的延伸，当人们从郭沫若的诗与新旧诗的关系分析《女神》的独创性时，注意力常常自然就滑向了新诗与时代的关系。这一关系，朱自清从其所体现的“二十世纪的动的与反抗的精神”一侧曲言旁说，闻一多则直言《女神》的“精神完全是时代精神”，“‘五四’以后初步觉醒的青年，他们的烦恼悲哀真象火一样燃烧着，潮一样涌着”，“他们心里只塞满了叫不出的苦，喊不尽的哀。他们的心快塞破了”，这时候，“忽地一个人用海涛底音调，雷霆底声音替他们全盘唱出来了。这个人便是郭沫若。他所唱的就是《女神》”，缘此，闻一多总结说：“有人讲文艺作品是时代的产儿。《女神》真不愧为时代的一个肖子。”[②]

不过，这一时期对《女神》的研究不尽是上述的肯定和褒奖，相反的意见也有许多。《女神》中的一些作品最初在《时事新报》的《学灯》副刊上发表时，编辑宗白华在赞赏之余就善意地向郭沫若指出：“你小诗的意境也都不坏，只是构造方面还要曲折优美一点，同做词中小令一样。要言简而曲，词少而工。”[③] 这是最早从纯粹的诗歌形式和艺术方面指陈郭沫若新诗写作缺陷的评论，论者的参照是中国古典诗歌的经验，但指出的问题却是实实在在存在着的，所以，这样的批评也是真实地体现了那样的时代的。

其后，随着中国现代新诗的逐渐成熟，在实现了由破坏到建设的转换之后，人们对于《女神》为代表的郭沫若诗歌的批评也渐渐趋于成熟。20世纪30年代，闻一多首先从继承民族传统文化的立场出发批评了郭沫若《女神》在形式和精神两方面表现出来的欧化倾向。在将《女神》和新出版的《星空》、《前茅》和《恢复》比较之后，钱杏邨也以为《女神》的“历史地位是稳固的，它是永久的创作”，《星空》可以附在《女神》里，即对社会的诅咒和愤慨，模糊的反抗精神和对原人生活的渴求等大体相似，“《前茅》却不然……《前茅》以及另一诗集《瓶》，实际

---

① 钱杏邨：《诗人郭沫若》，见《郭沫若文学研究管窥》，天津教育出版社1987年版，第52页。

② 闻一多：《〈女神〉之地方色彩》，见《创造周报》1923年6月10日第5号。

③ 宗白华：《宗白华致郭沫若》，见《郭沫若全集》（第15卷），人民文学出版社1990年版，第32页。

上是我们觉得没有一首赶得上《女神》的，大部分都是做的，做成的，而不是书写出来的。”[①] 话说得有点绝对，立论的政治意味也有点太强，但基本的感觉是对的。与此不同，立足于诗歌的艺术本位立场，废名则不仅指出了《女神》所具有的“楚国骚豪的气氛”，以为“大概因为诗情解放而古代诗人的诗之生命乃在今代诗人的体制里复活”，而且形象地描述说：“他（指郭沫若）的诗本来是乱写，乱写才是他的诗，能够乱写是很不容易的事。”[②]

概括而言，这一时期人们对《女神》的研究，注意力集中于时代、社会与其关系之时，也比较注重诗歌本身，较多独立自主的个人性意见。

二

第二阶段即 1949—1978 年这一阶段，即新中国成立之后的三十年。虽然有文化大破坏的“文革”十年，但这一阶段郭沫若的《女神》及其诗歌的研究还是取得了几个突出的成就。

一是研究专著的出现，像 20 世纪 50 年代末 60 年代初一版再版的楼栖的《论郭沫若的诗》；二是文学史著述对于郭沫若研究的注意。后一点的产生有两个背景，内地由于意欲构建新民主理论而引发的“现代文学”学科的筹建，为了适应学科的建设，王瑶从古典文学的研究转至现代文学的研究并编写了影响极大的《新文学史稿》，蔡仪写作出版了《中国新文学史讲话》，丁易编写了《中国现代文学史略》，刘绶松也编著了《中国新文学史初稿》等；海外学者基于对三十年中国新文学的总结也编写了许多的新文学史著，如司马长风的《中国新文学史》，林莽的《中国新文学廿年（公元 1919—1939)》，季辉英的《中国现代文学史》，等等。这些史著都在相应的章节论及了郭沫若的诗歌创作，并在史的背景下对他的诗歌创作于新诗的意义进行了评价；三是随着现代文学学科的建立，有关郭沫若诗歌的研究进入了大学的课堂，许多大学开始有了专门研究郭沫若

① 钱杏邨：《诗人郭沫若》，见《郭沫若文学研究管窥》，天津教育出版社 1987 年版，第 52 页。

② 废名：《谈新诗》，人民文学出版社 1984 年版，第 147 页。

诗歌的专家学者。不过，需要强调的是，这种进入因为有着非常突出的意识形态背景或者说政治意味，所以施教者的主体性或个人特点多半是很不分明的，许多人的看法基本上都是对王瑶《新文学史稿》观点不同版本的阐释和演绎，其话题也主要集中于两个方面：内容主题上的反帝反封建思想以及爱国主义思想表现，还有艺术表现上的浪漫主义特征。

纵观这一阶段对于《女神》及整个郭沫若诗歌的研究，我们可以发现如下一些特点：第一，人们对《女神》及郭沫若诗歌的理解大都以政治性的分析为主，偏重思想内容上的政治意义揭示而忽略艺术本身的表现，非诗的、硬性的政治化演绎很多而具体的、审美的文本分析非常少，研究者的主体性、创造性严重缺乏。许多研究立足于政治斗争的需求，对郭沫若及其诗歌人为地拔高，有意将他的诗歌看作先进艺术的代表而掩盖其他更为真实的历史事实；第二，海内外态度截然对立。对于郭沫若的诗歌，内地明显偏重于内容，即表现了什么，评价也甚高。而海外则较为重视艺术形式本身，即怎样表现的，贬斥明显多于褒奖。举例如与王瑶《新文学史稿》的"时代精神"、"反帝反封建和爱国主义"、"浪漫主义的风格"等的用词和论述不同，司马长风论及郭沫若的诗歌时则说："他的诗的特色是富于想象，和反抗的热情，缺点是大喊大叫，许多诗酷似口号的集合体。"① 柳无忌更是从个性风格与艺术的关系中分析说，郭沫若"作为一个充满不羁的想象和奔放的热情的浪漫诗歌和爱情故事的作家，出现在中国文坛上。他的第一部诗集《女神》（1921 年）用其大胆的渗透当时盛行的病态的忧郁的自由的诗句，引起了轰动"，"而其文学创作则缺乏一个认真的艺术家所应有的品质。一个天生的浪漫主义者，转变为马克思主义者，他似乎生活在人为的气氛中，在这种情况下，他的才智往往用于为共产党政权的秉公服务"②。第三，对应那一段历史，学界特别是大陆学界对于郭沫若诗歌纯正踏实的学术研究数量比较少，而且水平也明显偏底。

但即使是在那样的非学术的环境中，真诚且富有洞见的研究依然在进

① 司马长风：《中国新文学史》（第 1 卷），香港昭明出版社有限公司 1975 年版，第 100 页。

② 柳无忌：《中国现代文学的实验和成就》，见《中国现当代文学研究丛刊》1984 年第 4 辑。

行。如张光年先生对于郭沫若诗歌的研究，便有点超越于整个时代的意味。在《论郭沫若早期的诗》一文中，针对抗日战争以后郭沫若诗歌写作存在的问题，他讲：郭沫若在抗日战争和新中国成立后写的诗歌，辑印出来的有《战声集》、《蜩塘集》和《新华颂》。这个时期的诗集，真是一往直前地实践了作者在1936年9月的宣言："我要以英雄的格调来写英雄的行为，我要充分地写些为高雅之士所不喜欢的粗暴的口号和标语。我高兴做个'标语人'、'口号人'，而不是一定要做'诗人'。"（见《质文》二卷二集《我的作诗的经过》一文）这真是一种过激之论。并不是说，作者这个时期的写作没有继续保持瀑布一般的政治激情；也不是说，这些诗歌没有及时地起到推动生活前进的显著效用；不，这些都是肯定的，不可动摇的事实。但是，既然诗人已经自愿地降低了对自己诗歌的美学要求，既然不再考虑把自己的光芒四射的热力凝聚在意识形象的结晶中，那么这个时期的新诗就自然不能像我们前面谈到的前期诗歌那样在人们心胸里保持永久的激动的力量。不用说，在这个时期，作者的人格的光芒通过他的革命的政治活动、学术活动、保卫和平的活动、广泛的文化活动和文艺活动多方面地、越来越强烈地放射出来，这些都是行动的诗，或诗的行动，同样是我们引以自豪的。作者已不再像《女神》时代那样，把自己全部的热烈而巨大的人格关注在诗歌的形式中。① 特殊环境之下的特殊表达，话说得辗转腾挪，但态度却是认真的，在大家普遍不愿或不能顾及美和艺术的时代，他却能够以此为据指陈郭沫若诗歌的问题，这样的发言是有一点空谷绝响的意思的，其所昭示的意义在于任何时代都有诗歌的真正读者，而真正的读者的阅读和接受永远都是个人的、内心的。

三

第三阶段（1978年至今），这是郭沫若研究经过短暂的恢复而逐渐进入正规发展的时期。这一阶段的郭沫若诗歌特别是《女神》的研究有这样四种背景材料需要提及：一是1978年6月12日郭沫若的逝世和其后中共中央为其举行的追悼大会，邓小平在其所致的悼词中对郭沫若的高度评

① 张光年：《论郭沫若早期的诗》，见《诗刊》1957年第1期。

价为官方或主流的研究确定了基调；二是随着国家改革开放和思想解放运动的不断展开，郭沫若及其诗歌的研究逐渐获得了一种较为自由和宽松的氛围和环境，个人化和不同于官方或主流的学术研究得以成为可能；三是1978年1月，郭沫若著作编辑委员会成立，确定编辑出版《郭沫若全集》，这一举动不仅在现实上为规范的学术研究提供了权威可靠的作品版本，而且也从精神上给研究者以极大的鼓舞；四是郭沫若研究学会相继在乐山、山东和四川等地方成立，有些研究机关成立了专门的郭沫若研究室，一些高等院校开始开设郭沫若专题研究课程并招收专门研究郭沫若的研究生，继"鲁学"之后，"郭学"在现代文学研究领域拉开了序幕。

在这样的时代语境之中，学术界对于郭沫若诗歌特别是《女神》的研究也出现了许多的变化。这些变化主要有：第一，由单一到丰富。一样的《女神》，研究的视角却一变再变，从内容到主题，从版本到形式，从语言的追求到风格的构建，人们的看法由单一渐趋多样；第二，由外在到内在。从《女神》与时代、现实的关系到诗人写作时的艺术追求、抒情技巧的运用，再到其与外国诗歌的关系、内中所含的精神个性、民族神话原型等等，从1978年到现在，人们对于《女神》的关注大体经历了一个从思想内容到艺术追求再到文化象征的逐渐深化的过程；第三，由点到面。《女神》虽然仅仅是一本新诗诗集，但由此拓展，人们的关注范围却逐渐旁及整个郭沫若创作、新诗的历史、诗与社会、诗与政治、新诗与传统、新诗与外来影响、汉语诗歌的现代化等越来越多的话题，《女神》的研究逐渐辐射成为一个庞大的话题体系，具体支撑了"郭学"的基本格局；第四，是从官方到学院到民间，人们对《女神》并及郭沫若诗歌关注时的意识形态意味逐渐淡薄，学术性、主体性逐渐加强，分歧、对立甚至冲突愈来愈多也分明，温儒敏先生讲的"两极阅读"即为典型的例证。这样的分歧、对立甚至冲突在"郭学"或《女神》研究的整体格局构建中是必要的，它们可以在互补张力之中扩大并且完善郭沫若研究的整体框架。

但在强调郭沫若诗歌特别是《女神》研究整体进步的同时，我们也必须看到由于时代差异所造成的"历史的距离（或隔膜）"也正在负面地影响着人们对《女神》和整个郭沫若诗歌的看法。其中最为突出的表现有：第一，因人废诗。一些研究者依据郭沫若在新中国成立后特别是文化大革命中的一些过激或不正确言行，断定他人格和精神的畸变和扭曲，并进而由此推断文如其人，郭沫若人既如此，所以其诗也必然没有多少可观。第二，因后废前。一些人立足于郭沫若后期写的一些非诗之诗，特别是一些违心之诗，进而推及郭沫若前期的诗歌写作，认为它们在本质上都是一样的精神受制于他人的次品。第三，由上两点自然形成的因今废古。一些研究者一味地从眼前的观念出发，用现时当下的标准评价《女神》和整个郭沫若诗歌，觉得它们幼稚、浅薄，从根本上是不足为诗的。第四，和上述表现不同，一些地方性和个人化研究，出于极为狭隘的个人视野或现实动机，情绪左右，观念先行，将研究等同于某种领导意图或地方利益的证明，缺乏学术研究所应该具有的科学态度。

上述现象的形成，一是因为与具体文本的脱节，一些《女神》研究者写研究《女神》的论文，但是却根本不读或者说不认真细读《女神》中的具体作品，研究没有具体真切的感受，所以只能玩空手道或人云亦云；二是因为一些研究者的大脑中缺乏历史整体观念。历史地研究对象，即将研究对象置之于其所从出的具体历史语境分析、阐释其意义内涵，并进而评价其价值，原本是学术研究中的不求之求原则，但遗憾的是，现在许多研究郭沫若诗歌的人却严重脱离或无视郭沫若生存的时代，对他并及他的写作缺少一种必要的历史同情，不能知世，自然也就难以知人、知文了。

问题的根源依然在于时代，正如政治化的时代给予郭沫若的诗歌以政治化的理解一样，人们现在在研究中表现出来的这些脱离时代、不注重历史联系的做法，其背后的心理所体现的也正是我们这个时代的一些特征：浮躁、功利、学术的商业化制作，等等。一时代有一时代之文学，这句话套用在郭沫若诗歌的阅读和研究上，也可以说一时代有一时代的郭沫若诗歌。时世推移中历史的盛衰沉浮是一种必然，但也有许多人为的无奈。在文章的结尾，笔者想说的话就是，时代的水平是由时代中的人所体现的，一种接受是一定的能力的体现，所以，谨希望随着时代的发展和接受者认知态度的日渐成熟，人们对于郭沫若诗歌的研究也能减少一些人为的无奈，增加一些学术的成熟和理性。

爱的教训和温柔的抚慰

——从文本和历史语境的关系看冰心的散文创作

无论是在取材的广泛性上还是在表现的深刻性上，受制于个人经验和认识水平，冰心的散文都无法和现代散文史中的一流大家如周作人、鲁迅、林语堂等相比。在这一点上，她甚至不如后起的一些同性作家，如萧红和张爱玲。

然而，值得一提的是，和她的做人一样，无论是过去还是现在，在文学的接受活动中，冰心的散文却都始终极得人缘，有着非常广泛的读者受众。因为这一点，所以从某种意义上讲，冰心可以称得上是现代白话散文的通俗作家，提到中国现代白话散文，一般人的印象中，冰心的创作似乎是少不了的。

之所以如此，直接的原因自然是因为冰心散文的广泛普及。在现代散文各家中，冰心的散文可以说是报纸杂志刊载率和大中小学文学课或语文课上选讲率都极高的文章，考虑到中国普通民众受教育的实际情况，以及社会传播媒体和信息接受效果之间的关系，这一点可以说是至关重要的。

但是，这还不够。如果我们进一步追问，冰心的散文何以会长时间被传播媒体所关注？立足于作者文本和具体历史语境之间的关系，我们则会看到一些更有意思也更深层的东西。

一

郁达夫先生曾经说：“我以为读了冰心女士的作品，就能够了解中国一切历史上才女的心情：意在言外，文心已出，哀而不伤，动中法度，是女士的生平，亦即是女士的文章之极致。”[1] 反复体味这段话，笔者个人以为对理解冰心和她的散文是很有意义的。

这段话首先确认了冰心创作的女性身份，用更为浅显直接的话说，就是冰心的文章是真正的女人所写的文章。表面上看，这一点似乎根本不值一提，冰心是个女作家，她写的文章还能不是女人写的？但是，静下心来想一想，将这种常识置放于20世纪缺乏对常识保持基本尊重的中国历史之中，我们则会发现这种强调其实是很具有认识价值的。

明月，荷花，青山，大海，永久的自然、母亲、孩子的话题，以及恒定不变的爱的主题，其软性美好的一面，本身已经很女性化了，再加上温柔、亲切、婉转、抒情的叙述语调，冰心的散文在整体上便不能不氤氲着一种浓浓的女性味了。

“是除夜的酒后，在父亲的书屋里。父亲看书，我也坐近书几，已是久久的沉默不语——”（《往事》（二）之八）

“我以抱病又将远行之身，此三两月内，自分已和文字绝缘；因为昨天看见《晨报副镌》上已特辟了‘儿童世界’一栏，欣喜之下，便借着软弱的手腕，生疏的笔墨，来和可爱的小朋友做第一次的通讯。”（《寄小读者》之《通讯一》）

女儿，姐姐，奶奶，在横贯20世纪的中国历史中，年龄在不断地变化，说话的声音因时间的前移也在不断地变得缓慢，可是冰心很好听的女性音质却历经风雨而不曾改变。

在一个和平、健康、人性不被扭曲的社会，这一切本来都是极好理解的，山不转水转，女人为女人的特性是有着其不转恒定的一面的。可是我们已经说过了，20世纪的中国本质上是无法用常识去描绘的，战争，斗争，竞争，时代把女人推到了历史的前台，具有了许多女性以前不可能具有的抛头露面的机会和权利，然而，与此同时，铁血烈火的严峻生存背景之下，沉重、坚硬、粗糙的生活却使女人在不断获得其做人的新内涵之时，愈来愈男性化，愈来愈将其作为女人的一面丧失。

“起来，不愿做奴隶的人们，把我们的血肉筑成我们新的长城”，“中华儿女多奇志，不爱红装爱武装”，男性化的历史潜在地规约了20世纪

① 郁达夫：《中国新文学大系·散文二集导言》，上海文艺出版社1981年版。

中国作家的叙述在总体上的男性化特征，研究者陈思和将这一特征界定为“战争文化特征”。[①] 俗话说“物以稀为贵”，冰心散文的意义由此而来，在一种整体上的严肃、沉重的男性话语的喧嚣之中，她的温柔、宁静、优美的女人气十足的叙述，作为一种别样的新鲜存在，其对人的吸引力也就不言而喻了。

作为一个“文革”的过来人，学者王尧谈到冰心的《寄小读者》时曾经讲过这样一段意味深长的话：“我后来曾想，我所见到的那些红卫兵们如果曾经读过《寄小读者》并且被深深打动过，即便是去抄家是否可能收敛些？我觉得我和我的这一辈人在应该懂得爱也需要爱的时候，爱却被莫名的恨代替、毁灭。冰心在《寄小读者》中反复说到的爱、母爱是对人类永恒的讴歌。冰心说过，‘这如火如荼的爱力，使这疲缓的人世，一步一步地移向光明。’读过《寄小读者》、被爱滋润过、又记住了爱并且去爱的人，是幸福的。我曾经想过而且现在还这样想，在现代散文中如果选一本类似于《圣经》的书，那么这本书无疑是《寄小读者》”[②]。

爱的圣经，王尧的话主要涉指《寄小读者》的内容，但事实上，它还可以被投射到语态，正像王尧自己所言，这爱的圣经同时也是一部用温柔亲切的女性声音写作而成的20世纪中国散文中的经典美文。

二

除了界定清楚了冰心散文在叙述语态上的女性身份之外，郁达夫先生还进一步说：“意在言外，文心已出，哀而不伤，动中法度，是女士的生平，亦即是女士的文章之极致”。这是就冰心的做人特点和她的文章的美学特征而言的，讲冰心的做人也罢做文也罢，是都有着一种恰到好处的节制规范之美的。

考察冰心的一生，她自然也有因对现实的生存苦难有所认识或因自己被别人误解而心有不满的时候，最明显的例子譬之如写“问题小说”的

① 陈思和：《当代文学中的战争文化心理》，见《二十世纪中国文学史论》，东方出版中心1997年版，第115页。

② 王尧：《询问美文》，山东画报出版社1997年版，第15页。

那一个阶段。但是，冰心之所以是冰心，就在于她在遇到这些不平的时候，既不会拍案而起，倾力反击，也不会耿耿于怀，心生怨毒，相反，她的素养和心性使她往往能在心中自己将这些不快悄悄化掉，稍做蹙眉之后，依旧用一种微笑对待他人。在这一点上，她不像鲁迅，鲁迅很伟大，但他生前生后因为不轻易宽恕伤害过自己的人和事，所以招致的敌人也很多。翻看 20 世纪文学史料，我们看到年轻时也好老年时也好，对于冰心及其创作，都有人在公共场所讲过一些不恭敬的话，如梁实秋，如张爱玲、如王朔，有的人的话甚至说得很难听，像张爱玲对于冰心因人及文的评价。但是别人说是说，对于别人的说，我们发现冰心一般都极少给予回答。她的沉默成全了她的好名声，只有来言，没有去语，别人也就不好意思再说她了，不仅不说，而且还渐渐感到有点对她不住，反过来对她因此起一种别样的尊重。

自律、节制、规范，主动地寻求着和他人可以相通的一面，冰心做人的这些特点，作为一种深层的价值观念，同样深深地内蕴于她的散文创作。

她的散文自然是她的性情的一种充分流露，然而在表现自己的时候，和许多女性作家的写作不同，冰心表现出了一种女作家少见的冷静和节制。

在我看来，冰心的个性最为充足的表现，在于她写作的语态上，敏感、细腻、精致、文雅，甚至还有一份身为女人的娇和媚，她的语态给人们泻出了她作为女人的些许春光。但是，唯其如此，我们也便更有理由相信，冰心对于自己个性的表现，是经过了修饰的，是不直接而婉转的。

冰心自己曾经说过，自己的写作所要表现的是那种“满蕴着温柔，微带着忧愁，欲语又停留”[①] 的感觉。“蕴着”、“微带”、“欲语又停留”，这些精心选择和组织的词和句子，极为典型地体现了冰心创作的美学追求，也证明了上面我们所提出的看法。冰心的散文创作，虽然有着极灵敏的感觉，自己自认为是“满蕴着温柔”的，然而通盘阅读整体考虑，我们则会发现冰心的散文，因着这种过分强烈的自律节制的美学追求而表现出了许多很有意味的问题。

---

① 冰心：《诗的女神》，见《晨报副镌》1921 年 12 月 24 日。

她在自己的文章里表现的大都是一些普泛性的感情，亲人之爱，朋友之情，山水之乐，青春之忧，深度和范围都没有超出普通的读者多少，是他们平日里所体验着或所体验过的，只是他们不能像她那样非常好地表述。而作家个人作为一个独特的生命体，她在自己生命历程中的一份区别于他人的感受、思考，在冰心的写作中，含金量则明显不足。

冰心由此是一位容易被大家的经验所认同的作家，我的一个学生讲："冰心从人生温馨的一面入手写作，取材有着某种对现实人生的超越性，然而她所表达出来的却是一份通俗性，这是一种很有意思的现象"。我觉得他的话讲得很有道理，冰心之所以容易为一般读者所喜欢，这种表达内容之中的通俗性是不能不提到的一个重要的因素。

不仅是表达的内容，而且在表达的形式上，冰心的散文由此也出现了一些相关特征。譬之如她的运思方法。冰心很喜欢通过联想而构筑她的散文，她的名篇《笑》以及《往事》中的许多篇章都是具体的例证。之所以如此，一方面当然是因为散文的务实而不务虚的性质使之然，但另一方面，也实在是因为冰心的创作习惯。联想和想象，表面上看起来差不多，但细加分辨，一个是对已有材料的激活，而一个是对还没有存在的东西的一种预构，后者之中所含的创造性是要远远大于前者的。冰心在自己的创作中，对于联想而非想象的频繁使用，非常微妙地体现了她对于一种超越现实的精神存在的不经意地回避。在论及冰心的创作时，梁实秋先生当年曾说，冰心的创作"表现力强而想象力弱"、"理智富而情感分子薄"①，我以为这话是说得很到位的。

又如她的语言使用。谈到语言，冰心曾说："我主张'白话文言化'，'中文西文化'，这'化'字大有奥妙，不能道出的。只看作者如何运用罢了，我想现在的作家如能无形中融合古文和西文，拿来应用于新文学，必能为中国的文学界，放一异彩"②。她是这样说的，她也是这样做的。她的散文语言，在现代白话的基础上，既别揉了西文灵活、婉转、流动之特点，和中国旧散文相比较，显示出清新面貌，但又根植浸润于中国旧文学，凝练、典雅、诗意，富有深厚韵味。

---

① 梁实秋：《当代中国女作家论》，上海书店 1985 年版，第 213 页。

② 冰心：《遗书》，见《冰心全集》（第 1 卷），海峡文艺出版社 1999 年版，第 431 页。

这种亦新亦旧、既中又西的语言追求，说到底是另一种的自律和合规范。何以如此说，理由在于进一步体味和揣摩冰心的话和她的创作，我们便会知道她的融合其实是有所偏重的，在新旧之中是偏于旧的，在中西之间是偏于中的，这种偏重表面上看来似乎没有什么，但仔细一想，联系到大多数中国读者的文学经验形成，其本身是立足于中国本土和在古典文学的巨大阴影之下的事实，这种追求应该讲是有着一种了解之后的聪明迎合的。

“哀而不伤，动中法度”，郁达夫先生的评价因此是深入到冰心做人和做文的骨子里的。“哀而不伤”是就主体情感表现的自律节制而言的，“动中法度”则是就它表现的客观效果而言的，考虑到中国传统文化中流传甚广影响至深的“克己”“从众”与中国普通读者道德观念之间的千丝万缕的联系，以及20世纪中国异常严峻的意识形态控制，因此从上到下，无论是政府的文化宣传部门还是普通老百姓所组成的文化市场，它们对于冰心及其创作的接受也就极其自然了，因为说到底，冰心的创作是大家可以接受也能够接受的。

缘时而写，为人而写，冰心的这种写作立场迥异于和她同时代的作家所普遍采取的启蒙立场和个性张扬原则，她的选择是她的性情所致，也是她的聪明所致，她散文创作的成功由此而来，其局限也由此而来。此情此景，想起来叫人好不感慨！

新诗写作中的技巧专家

——卞之琳诗歌写作的艺术分析

卞之琳的诗歌创作起步于20世纪30年代初期，主要集中于30年代中后期的几年时间。创作的时间短，加之他不是“倚马可待”、“斗酒诗百篇”类的才情型诗人，字斟句酌，精雕细刻，创作态度甚为严肃，近似于贾岛、孟郊的“苦吟”，所以，相较于现代诗歌史中的其他出名诗人，他的诗歌的数量也便相对显少。

不过，他诗作的质量却非常高。他的诗歌创作大体上可分为四个阶段：第一个阶段（1930—1932），是承续“新月派”影响的时期；第二个阶段（1933—1935），是向以瓦雷里为代表的后期象征主义进行转换的时期；第三个阶段（1935—1937），是真正进入现代主义创作状态的时期；第四个阶段（1938—1939），是为了抗战而创作的时期。四个阶段，诗风在不断变化，水平却基本在稳定的发展中保持了大体上升的趋势。其主要诗作，“醉心于新诗技巧与形式的实验”①，化“大处茫然”为“小处敏感”，以内敛、节制、精巧的艺术表达构筑起了一座座意蕴的迷宫，充分体现也代表了现代汉语诗歌在某一历史阶段艺术上所可能达到的水平。

卞之琳诗歌的艺术表现可用“微雕的盆景”一喻形容。盆景制作的高手，往往能在尺寸空间之内，模山范水，浓缩人生，于有限艺术之表现中追求人生无尽的意味。和那些盆景高手一样，卞之琳在其诗歌的写作中，也较少谋求长篇幅、大题材表现，不愿意用数量和题材的特殊炫人耳目。他的诗往往很短，像《断章》、《墙头草》、《归》、《鱼化石》，等等，

① 钱理群等：《中国现代文学三十年》，北京大学出版社1997年版，第367页。

只有四五行，但诗意却不因此而显单薄。典型如《鱼化石》一诗，诗只有四句：“（一条鱼或一个女子说：）//我要有你的怀抱的形状，/我往往溶化于水的线条。/你真像镜子一样爱我呢。//你我都远了乃有了鱼化石”。但句句有典，第二句作者自注说：“其相似于法国保尔·艾吕亚的两行诗：她有我的手掌的形状，她有我的眸子的颜色。我们有司马迁的‘女为悦己者容’”。第三句“从盆水里看鱼化石，水纹溶溶，花纹也溶溶，令人想起保尔·瓦雷里的《浴》”。第四句则起自于斯特凡·玛拉美，“（冬天的颤抖）里有‘你那面威尼斯镜子……’一段”。第五句作者也解释说：“鱼化成石的时候，鱼非原来的鱼，石也非原来的石了。这也是‘生生之谓易’。近一点说，往日之我已非今日之我，我们乃珍惜雪泥上的鸿爪，就是纪念。”小小一诗，背后竟联系着如此贯通中西古今的哲学和思想，致思之幽深，蕴情之婉转，组织之精巧，一般人自是极难企及。

“一粒沙里见世界，半瓣花上说人情”，谈论卞之琳，人因此而誉其为“微雕大师”[①]，证之于事实，确应算是不爽之语。

卞诗“微雕盆景”样的精巧智慧，具体有如下四个方面的体现：

一

一是日常生活的诗思提升。在诗歌材料的选择上，卞之琳是个很特别的诗人，他不喜欢选择大题材，也无意于人们平常深以为然的“情感事件”类特殊题材，他的诗大都以日常生活中习常片段为素材，喜欢从生活的小处、平处入手，抓住一些我们因熟悉而熟视无睹的生活印象，通过诗与思的巧妙提升，从中营造出一种并不单薄的情化理趣。

卞先生曾自谦说，自己做人是“小处敏感，大处茫然”。误读误解，这话其实也是很适用于他的诗歌创作的。例如《断章》之诗，诗材原本是极为常见和普通的，一个看风景的人被另一个看风景的人当风景一样看了，俗常的人生景观，原本似乎没有多少话可说，但卞之琳的功夫，却偏偏是能在这貌似无事的人生中生发出广大的人生意义来。他让本来静态的

① 张同道：《微雕大师：卞之琳》，见《探险的风旗——论20世纪中国现代主义诗潮》，安徽教育出版社1998年版，第229页。

画面流动，不经意中在第一幅画面上衍化出第二幅画："明月装饰了你的窗子，/你装饰了别人的梦。"较之于第一幅画面，第二幅画面显然有些发虚，但就是这样的虚虚的一引，静态的空间却突然神不知鬼不觉地流动了起来，空间中注入了时间，白天一眨眼就变成了夜晚，旋体的四维世界中，除了人们常言的"看与被看"、"装饰与被装饰"的理化思索之外，我们分明还可以感觉到一点玄玄的因缘甚或悄悄的苦恼、寂寞等。其他如写乡下人城里生活的《寂寞》、写战争阴影下春天的北京城的《春城》，甚至直接写抗日生活的《一位刺车的姑娘》、《放哨的儿童》等，话题虽然不同，但作者在诗中依旧写的只是一些小的、平的内容，养蝈蝈、听钟表、垃圾堆上放风筝等等，成功依然在于诗人的成功点化，在于小平之处的巧妙开掘。消除寂寞的蝈蝈的家园却是象征死亡的墓草，为主人提示时间的夜明表主人死了三小时了它却还在嘀嘀哒哒地走。不能承受的生命之轻便是一种沉重，生活庸常处的深远致思，诗人丰富的内心赋予他的诗作同样丰富的意义内涵。表面上看，卞之琳的诗歌对于意义的表达总是非常少，但是他简略的表达总是能够迫人在不知不觉中去做长远的思想，就像一滴水对于海洋的呼唤，小而不小，平而不平，卞诗绵绵不尽的韵味因此而自然产生。

二

二是材料组织上的复杂对接。新文学因着内在的启蒙要求，所以在整体的表达上便显现出了一种通俗易懂的特征。为时代大的文学环境所影响，在诗歌材料的内在组织上，与中国旧诗和现代外国诗歌不同，中国现代诗歌因之表现出了一种追求同一和统一的单向对接特点。这种组接的优点是顺畅、整体性强、好理解，同一属性材料的同声歌唱在表意上使得诗歌具有了一种诗意表述的清晰的透明度，易于为读者接受消化。但不足也非常明显，那就是由于诗歌在结构组织上的简单，所以感情意义的表达也太过直接、肤浅，太平太白，缺乏韵味。

卞之琳在诗歌的写作上没有顺应新诗的大流，虽然在他开始写诗的时候，正是讲究"通俗易懂"的中国诗歌会的活跃时期，但由于深受追求多元性的国际现代诗歌思潮的影响，加之作为一名敏感的诗人，他对当时中国人精神存在的复杂状况有着远远超越他人的深刻感知，因此他便选择了一条和当时的主流诗歌创作不一样的路向——承继了后期新月派的“唯美”、“纯诗”要求，但同时也借鉴了李金发、闻一多等人的创作态度和艺术表现方式，正视现代生活和现代人的复杂性，注意撷取种种性质不一甚至截然相反的生活材料，通过巧妙的艺术手段将其组合对接，从诗歌的内在结构上注意营造一种能够派生出复杂内容的意义生成机制。

他的诗，表面上看非常通俗，口语化、日常化，读起来感觉很像是一个老朋友带着点调皮向你开的玩笑，但事实上，其内在的组织却往往极为复杂，浅显的诗句因为身后的复杂关系网络，所以并不好懂。人们对他的诗歌的误读误解因此就成了一种非常普遍的现象。翻看资料，我们能够看到即使是在当年，即使是解诗的高手如朱自清、李健吾先生，因为对于其诗阅读的不甚仔细或者说对于其复杂的材料组织重视不够，所以也便常常导致了对于他的诗歌的误会。“我一生写诗产量贫薄，能为较多人接受的更寥寥无几。”[①] 这是一种寂寞，但也是一种自觉，卞之琳先生由此注定了不是一位热闹的诗人，但他的为数不多的诗作却因为“时间磨透于忍耐”的寂寞，所以在时过境迁之后却依然能够熠熠生辉。

卞之琳诗作在结构组织上的复杂性集中体现于诗人对于性质不同甚至截然相反的材料的有意识的组接上。举例如《春城》一诗，诗的背景是一种投放炸弹的日本人的飞机的威胁，然而作者在背景上表现于我们眼中的却是老北京人在春天的纷乱中的偷闲、调笑、找乐——睡觉的睡觉，游春的游春，“小孩子也学老头子，/别看他人小，垃圾堆上放风筝”。梦一样的醒，醒一样的梦，生活就是这样矛盾、冲突却又真实和谐，面对此情此景，诗人的内心像五味瓶一样复杂，担心、同情、悲哀、戏谑……诸多诸多的感受，难以一一尽呈，所以只好一遍一遍感慨：北京城：垃圾堆上放风筝。

这样的矛盾组接使他的诗作往往生发了一种特殊的反讽效果。像《寂寞》一诗：“乡下小孩子怕寂寞，/枕头边养一只蝈蝈；/长大了在城里操劳，/他买了一块夜明表。//小时候他常常羡艳，/墓草做蝈蝈的家园；/如今他死了三小时，/夜明表还不曾休止。”诗中涉及了三个时段：

---

① 周良沛：《永远的寂寞——纪念诗人卞之琳》，见《新闻学史料》2000 年第 3 期。

小时候、长大了、死后三小时；三个空间：枕头边、城里、坟墓。小时候小孩子怕寂寞，便养了一只蝈蝈，可他艳羡的蝈蝈的家园却是墓草——他所不知道的死亡的象征。死亡对于生命的嘲笑，这是第一层的反讽。空间从乡下转到城里，小孩子长大了，出于同样的对于寂寞的恐惧，他买了一只洋蝈蝈——夜明表。从活的生命到玻璃、金属混合而成的坚硬冰冷，这是第二层的反讽。到了最后，墓的气息弥漫，死亡的主题得到证实，小孩子死于城市的操劳，而陪伴他的夜明表却毫不理会，继续转动，用它的机械冷漠地打量人的脆弱。这是第三层的反讽。养蝈蝈、买夜明表，乡下孩子一生的努力就是消除寂寞，但是他死了，表却还走着，主去客存，为生命报时的表不曾想它的功用却在记录人的死亡，出乎意料的结果充分印证了生命根本处的寂寞特质，人生因此本质上就像是一个巨大的反讽。

反讽的实质来自于人生经验的复杂和矛盾，这种复杂和矛盾体现于艺术的表现，便使得卞之琳的诗歌在对于诗人自我的表现上充满了戏剧化味道。像《睡车》："睡车，你载了一百个睡眠；/你同时还载了三十个失眠——/我就是一个，我开着眼睛。/撇下了身体的三个同厢客，/你们飞去了什么地方？/喂，你杭州？你上海？你天津？/我仿佛脱下了旅衣的老江湖，/此刻在这里做店小二。"以传统之眼看，睡车象征中国，诗作似乎主要想表现"众人皆醉我独醒"的主题，但是以现代诗学理论看，这首诗似乎有着更为复杂的意味：失眠者（店小二）为第一自我，眠者（同厢客）为第二自我，而睡车则应是自我的整体。它所隐语的是自我的昏睡状态，表现了人的清醒部分（意识）对于沉睡部分（下意识）的关照和侍待。整首诗就像是人与人自己在昏黄灯光下的一种对话，诗意飘忽而又微妙，具有很明显的玄学色彩。这种戏剧化的表现造成了卞之琳诗歌在文本结构上的复杂性，就像《距离的组织》。诗人在诗中设置了两个角色：第一叙述人——我，第二叙述人——友人，他们分别代表的是自我的两面或两个不同的自我。第一自我从想读《罗马衰亡史》转入昏昧状态，第二自我则把我从昏昧的梦中唤醒。在两个自我的悄悄的叙述和对话中，诗人巧妙地协调组织了远与近、实与虚、宏观和微观、表象与实质、古与今、罗马帝国和星球、梦与星、友与我等多重关系，在相互之间的矛盾关联之中构建起了一种近似于迷宫的表意结构。对于这种营造，虽然诗人自谦说："整诗并非讲哲理，也不是表达什么玄秘思想，而是沿袭我国诗词的传统，表现一种心情或意境”[①]，但事实上，它却因此给人们的解读带来了极大的困难，使人们很难像读其他现代诗一样，确切明白地掌握它的诗意。

三

三是语言表现上的独异追求。和同时代的其他诗人相比，卞之琳诗的语言有两个显著的特点，一是口语化，二是简洁化。他用词普通、日常、精少，却往往能在平白寡淡之中别造洞天，产生出乎意料的蕴藉含蓄效果。

他的成功与他独自特别的语言组织有关。他喜欢将抽象词语和具象词语进行搭配，像“你装饰了别人的梦”（《断章》）、“友人带来了雪意和五点钟”（《距离的组织》），等等。如此这般的搭配，词语与词语相互影响，其结果便使得实体词抽象化，抽象词实体化，像“说不定有人，/小孩儿，曾把你/（也不爱也不憎）/好玩的捡起，/像一块小石头，/向尘世一投”（《投》）。“小石头向尘世一投”，因为和虚茫的尘世的关联，小石头的投，实体词虚化，凭空就有了无主、迷茫甚至命运对于人的戏谑意味，日常生活形而上提升，小孩子偶发的举动不经意中转化成为人对自己命运的一种显示，生命的空茫感骤然跃上了纸面。而因为小石头和投，虚空的尘世也便不再仅仅表达人间的含义，它在悄然间开始具化，面对着人的作为举动，它的嘴角慢慢地显现出了嘲讽、冷笑的表情，它所表达的生命的无聊感和生存的虚妄实质也便真切得有了一种具体的质感。他还喜欢将习惯上用于写人的词与写物的词连缀，如“窗子在等你的凭依。/穿衣镜也在怅望，何以安慰？/一室沉默痴念着点金指”、“衣襟上不短少半条皱纹”（《无题二》）等等，这使他的诗有了高频率的拟人运用特点，诗句的表达因之不仅生动、具体，而且伴随着主体的客体化展开，主体的思想隐匿在事物特征的描写之后，和事物的特征一道，对于诗歌所欲表现的情感从深层的机制上给予节制，使诗歌的语言因为这种有意识的节制而获得

---

① 卞之琳：《距离的组织》，见高恒文编《卞之琳作品新编》，人民文学出版社 2009 年版，第 60 页。

了一种特殊的精练、含蓄的品格。

在诗歌语言的组织上，卞之琳最为喜欢的方法还是和意象的矛盾组织法一样的反向词语组织。他在诗句的营造中特别愿意将两个词义不同甚至截然相反的词语搭配在一起，在相互的衬托和冲突之中强化各自的表现力。像“忽听得一千重门外有自己的名字”（《距离的组织》）、“檐溜滴穿的石阶，/绳子锯缺的井栏……/时间磨透于忍耐”（《白螺壳》），等等，不同词义的两个词语从方向不同的两个极端彼此靠近，既加强了对方，又形成了两者之间更为宽阔的新的语义场，从内在机制上深化了诗歌语言的意义表现。

此外还有用典、象征等，像《距离的组织》、《鱼化石》之类诗，句句用典，诗句的注释居然远远大于诗句本身。复杂的语境和深远的寄寓，卞之琳诗歌的语言真正可以称得上是“词约而义丰”，读者因此而感觉不好懂，诗人也自觉曲高和寡、缺乏响应也便是情理中的事了。

四

四是与诗人自觉接受西方现代主义诗学影响而形成的美学观念关系至为密切。卞之琳曾花费了不少时间，精心翻译并研读了瓦雷里、里尔克特别是艾略特的诗歌、诗论。这些诗人的诗歌主张和实践虽然在细微之处不乏差异和区别，但在总体上却都具有鲜明的象征主义诗美特点，并且带有一些古典主义的意味。在诗歌的美学观念上，象征主义强调表达的节制原则，“以为直言一个事物，就等于放逐了由这个事物所引起的快感的四分之三”[①]；古典主义更是以为“甚至最富有想象力的、最奔放的思想中也有一种遏制、一种保留。古典主义诗人从来不忘记这种有限的、这种人不可越的限制”[②]。“诗，不是放纵感情，而是逃避感情，不是表现个性，而是逃避个性”[③]，艾略特是一位现代主义大师，但他高扬的这些与古典主

---

① 杨柳：《花非花——象征主义诗学》，北京旅游教育出版社 1991 年版，第 3 页。

② 休姆：《浪漫主义与古典主义》，见戴维·洛奇编《二十世纪文学评论》（上册），葛林等译，上海译文出版社 1993 年版，第 107 页。

③ 艾略特：《传统与个人才能》，见《卞之琳译文集》（中卷），安徽教育出版社 2000 年版，第 280 页。

义一致的诗学立场，却深刻地影响了卞之琳。在《雕虫纪历·自序》一文中他曾讲："用冷淡盖深挚"，自己"仿佛故意要做'冷血动物'"，其中的观点可算是"逃避"思想的又一种翻版，从中我们可以清楚地感觉到诗人意识深处潜流着的艾氏诗学思想。

对于卞之琳诗美追求的理解，需结合他所身处的中国诗歌的大的生存语境。和新月派一样，在20世纪30年代，卞之琳也清楚地意识到了当时弥漫于中国新诗坛的浪漫主义诗风的浅薄、粗俗，由此他认同了新月诸君子所提出的新诗自律主张，认为中国新诗在情感和自我的表现上需进行节制。但是与新月派的做法不同，作为一名更多受西方现代诗风熏陶和天性内敛冷静的诗人，他同时注意到了新月诗人对于新诗所进行的手术，究其实质不过是一种外部矫形，还不足以改变当时大多数诗人浅薄抒情的状况，由此，他变外在表层的规范而成一种内在深层的美学态度和诗学观念的规范，强调以理节情，潜心做诗，态度和看法正好和郭沫若原先的主张相反。

受其美学观念的影响，卞之琳的诗因此便有了一种冷抒情或者说硬抒情的味道。即如他的《投》一诗："独自在山坡上，/小孩儿，我见你/一边走一边唱，/都厌了，随地/捡一块小石头/向山谷一投。"本来好好儿的故事，但是突然地一停顿，一转，故事就成了别样的故事了，"说不定有人，/小孩儿，曾把你/（也不爱也不憎）/好玩的捡起，/像一块石头，/向尘世一投"。明明是人生的大的悲恸，但作者却一副与我无关的模样，生命的无奈空茫只成了嘴角那一抹说不清道不明的微笑。即使是对于别人的炽热如火的爱情，在卞之琳的表达里却往往只呈现出淡淡的流水之形态："隔江泥衔在你的梁上，/隔院泉挑到你杯里，/海外的奢侈品舶来你胸前：/我想要研究交通史。//昨夜付一片轻喟，/今朝收两朵微笑，/付一枝镜花，/收一轮水月……/我为你记下流水账。"（《无题·四》）潮水样的冲动，千言万语的表达，说出来却最终是这样的一种寂寞、枯燥的"交通史"和"流水账"。

这种冷抒情或硬抒情亦可称为反抒情，其在卞之琳的诗歌写作中有如下一些具体的表现：其一，经验取代了情绪而成了诗歌的主要表现内容。这种追求源自于艾略特的"诗是许多经验的集中，集中后所发生的主张"诗学观念，它使得卞先生的诗实现了由抒情向智性的思考的转换；其二，诗歌表现上的非个人化特征。艾略特曾有言说，诗歌“不是表现个性，而是逃避个性”。针对浪漫主义的“自我表现论”，卞之琳强化了诗歌的小说化、戏剧化倾向，他诗中的抒情主人公多为小说化、戏剧化角色，他讲自己“绝大多数诗里的‘我’也可以和‘你’或‘他’互换。写私生活也尽量客观化、他化”；其三，针对浪漫主义无节制的情感宣泄，艾略特曾有“诗不是放纵情感，而是逃避情感”的极端话语，卞之琳也讲自己在诗中仿佛有意要做一个“冷血动物”，力避直接的主观表达，而多借用景物人事故意遮蔽和掩盖自己的情感。

反抒情使卞之琳的诗歌相较于当时一般的诗歌而有了一种特殊的效果，遣词用语貌似平淡，但实际却千锤百炼，不言而言，不说而说，诗歌在必要的节制和寄寓之中，别有一种精致的丰富或丰富的精致。这一情况正如他自己对中国传统诗歌的评价：“诗的语言必须极其精练，少用连词，意象丰富而紧密，色泽层叠而浓淡如微，重暗示而忌说明，言有尽而意无穷。”[①]

较为逼仄的个人经验和依旧有些古典的美学情趣、艺术追求，诗人卞之琳在某种意义上讲只能说是中国新诗史上的一位“小家碧玉”。但“自‘五四’以来的抒情成分，到《鱼目集》作者的手下才真正消失了”[②]。所以卞之琳确如闻一多所言，可称得上是新诗写作中的一位“技巧专家”[③]，他的诗篇大都像一座座的小小迷宫，体态虽小但暗布机关，智慧精巧的表达为现代汉诗提供了极为成熟和杰出的智力诗样本，以个人的努力推动和深化了现代汉诗的艺术实验，充分显示了一种不同于中国新诗主流创作的诗歌实践的独自追求，证明了学院和艺术派诗歌实际所取得的成绩。

---

① 卞之琳：《今日新诗面临的问题》，见《卞之琳文集》（中卷），安徽教育出版社 2002 年版，第 489—490 页。

② 穆旦：《〈慰劳信集〉——从〈鱼目集〉说起》，见香港《大公报》文艺综合版，1940 年 4 月 28 日。

③ 闻一多：《给臧克家先生信》，见《闻一多全集》（第 3 卷），三联书店 1982 年版，第 368 页。

后花园隐藏了多少秘密

——萧红小说《后花园》中"后花园"意象的意蕴解读

生活的紧窘，频繁迁徙的辛苦，战争所致的国家民族的灾难，身体和情感层叠累积的创伤，因此1940年的萧红，生命可谓已如暮春的花或深秋冷风中的红叶，不失美丽，但已显现出了行将谢幕的色泽。

"是凡跟着太阳一起来的，现在都要回去了。人睡了，猪、马、牛、羊也都睡了，燕子和蝴蝶也都不飞了。就连房跟底下的牵牛花，也都一朵没有开的。含苞的含苞，卷缩的卷缩。含苞的准备着欢迎那早晨又要来的太阳，那卷缩的，因为它已经在昨天欢迎过了，它要落去了。"① "它要落去了"，正是在这样的心境下，萧红写了一批回忆家乡和童年的作品，如《呼兰河传》、《小城三月》等，《后花园》即是这批作品中极富代表性的一篇。

死的预感并及生的挣扎，推广开来，通过一己命运而起的茫然时空中对于人类生命本质的反省，复杂的心境引发了纷乱的思绪——些许想说的话，些许想说但却因不知该怎么说所以又被强行咽回去的话，《后花园》的创作包括作品中后花园意象的营造，在回忆与虚构、作者和人物、文本和读者等多重关系的联想之中，因此也便有了丰富的意味，成为读者进入和理解晚年萧红精神和作品世界的一个极为重要的切入口。

一　作为磨房意象对立面存在的后花园意象

《后花园》是一篇小说，小说的写作大都以人物故事的叙述为主，但是，和许多小说的写作不同，在这篇作品（其实更多的作品）中，

① 萧红：《呼兰河传》，《萧红文集》，华夏出版社2000年版，第126页。

萧红在讲述人物故事之前、之中、之后，不仅先后分三次花了许多的笔墨对后花园的景象进行了描写，而且在其描写之中，有意识地将后花园意象和磨房意象进行对照，于对照之中体现她意欲传达的生命态度和观念。

首先，磨房在主人公的视野之内，而后花园在主人公的视野之外，于叙事者眼中充满生机的后花园，在主人公一面，却只是一种“在之不在的存在”，他的无意识的忽略，显现的是一种生命或美丽被荒弃的虚无属性。

“正临着这热热闹闹的后花园，有一座冷冷清清的黑洞洞的磨房，磨房的后窗子就向着花园。刚巧沿着窗外的一排种的是黄瓜。这黄瓜虽然不是倭瓜，但同样会爬蔓子的，于是就在磨房的窗棂上开了花，而且巧妙地结了果子。”——通过小说开头的这段描写，读者可以看到后花园和磨房本是紧挨着的，而且后花园的花是努力地想走进磨房的视野的。甚至“到六月，窗子就被封满了，而且就在窗棂上挂着滴滴嘟嘟的大黄瓜、小黄瓜；瘦黄瓜、胖黄瓜，还有最小的小黄瓜纽儿，头顶上还正在顶着一朵黄花还没有落呢……于是随着磨房里铜筛箩的震抖，而这些黄瓜也就在窗棂上摇摆起来了。铜箩在磨夫的脚下，东踏一下它就‘咚’，西踏一下它就‘咚’；这些黄瓜也就在窗子上滴滴嘟嘟地跟着东边‘咚’，西边‘咚’”——小黄瓜是这样可爱，后花园是这样的动情，但是磨房呢？“可是磨房里的磨倌是寂寞的……阴天下雨，他不知道；春夏秋冬，在他都是一样……他什么都忘了，他什么都不记得了，因为他觉得没有一件事情是新鲜的。人间在他全然是呆板的了。他只知道他自己是个磨倌，磨倌就是拉磨，拉磨之外的事情都与他毫无关系。”

藤蔓封满了磨房的窗棂，而窗棂却永远都像一只睁不开的眼睛，美丽的寂寞和花开花落的无意义，后花园如此这般的存在，读者自然也就能够明白在有关后花园的描写之中，作者为什么会一而再、再而三地感叹：“人们并不把它当做花看待，要折就折，要断就断，要连根拔也都随便”；“这花园从园主到来游园的人，没有一个是爱护这花的”；或者，“后花园的园主也老死了，后花园也拍卖了”。但“这拍卖只不过给冯二成子换了个主人”——卖了就卖了，磨房没有翻新，天老地荒的日子，没有谁会去关心或者还怀念那卖出去的后花园。轻描淡写的叙事，但是读着读着，读者却总会感觉有一种别样的不满或痛惜浮现于心头，仿佛那些花，那开着花的后花园原本是不该被冷落的。

其次，磨房是冷清和寂寞的，它只有单调的声响和永远的灰暗，但后花园却是热闹和鲜活的，它有着丰富的色彩和充沛的活力，缘此，如果说磨房意象代表的是生命的死寂、是人的生活的无望的话，那么后花园意象代表的则显然应该是生命的活力、是大自然充满野性的生长的自由。

不管是“正临着这热热闹闹的后花园，有一座冷清清的黑洞洞的磨房”，还是“从磨房看这园子，这园子更不知鲜明了多少倍，简直是金属的了，简直像在火里边烧着那么热烈。可是磨房里的磨倌是寂寞的”；不管是“六月里，后花园更热闹了起来，蝴蝶飞，蜻蜓飞，螳螂跳，蚂蚱跳。大红的外国柿子都红了，茄子青的青，紫的紫，溜明湛亮，又肥又胖，每一棵茄秧上结着三、四个，四、五个。玉蜀黍的缨子刚刚才出芽，就各色不同，好比女人绣花的丝线夹子打开了，红的绿的，深的浅的”，可是“磨房里，一匹小驴子围着一盘青白的圆石转着。磨道下面，被驴子经年地踢踏，已经陷下去一圈小洼槽。小驴的眼睛是戴了眼罩的，所以它什么也看不见，只是绕着圈瞎走”；还是“这些都是草本植物，没有什么高贵的。到冬天就都埋在大雪里边，它们就都死去了。春天打扫干净了这个地盘，再重种起来。有的甚或不用下种，它就自己出来了……它自己的种子，今年落在地上没有人去拾它，明年它就出来了；明年落了子，又没有人去采它，它就又自己出来了”，“园主人把后花园的房子都翻了新了，只有这磨房连动也没动，说是磨房用不着好房子的，好房子也让筛箩‘咚咚’地震坏了”……时时处处有意识的对比：人的和自然的，静的和动的，活泼的和死寂的，顽强的和破落的，等等，磨房意象越是灰暗、冷清、死寂、没有色彩，指向人的生存现实，后花园意象便越是明亮、热闹、活泼、充满生机，体现出生命本真的意义形态。

在这样的对比之中，作者于不同生命形态所持存的情感态度也便得以分明显示：磨房所代表的是单调、重复、没有生机的灰暗人生，所以它们是悲剧的，是被作者所否决的。而后花园所代表的是丰富、活泼、自由而野性的明亮人生，所以它们是明亮的，是天长地久而且生生不息的。而由此出发，作者关于露水之夜冯二成子伸出手摸了摸窗棂上的黄瓜，而后天快亮了，而后磨房唱了起来，他开始大声疾呼，他开始听见了院子里姑娘的笑声，他开始有了疼痛和记忆，他看见了远处的旷野，他突然不满于各种低头忙碌生活的人的描写，也便生发出了鲜明的意义所指：后花园即是一种价值人生的体现，所以，人物从磨房里伸出手或走出去，他感知到了后花园的存在，他原本麻木的生命意识也便被逐渐唤醒。

二　作为主人公冯二成子人生表征的后花园意象

在和磨坊意象进行对比之时，后花园意象更多意义上是一个自然意象，它的意蕴往往即是通过它特别是其中的花的生命特征而显现的，但是，作为一篇小说作品，后花园意象无论本身具有怎样的独立性，因为小说作品实际上对于人物命运更为倾心的关注，所以其在本质上自然也便成为一种作者塑造人物形象、书写人物命运的道具或手段。

将后花园和小说主人公冯二成子联系起来，在冯二成子生命的展开和书写之中另行打量后花园的存在，后花园的意象由此就有了第二层的存在意蕴。

首先，对立于冯二成子封闭、灰暗、重复、缺乏生机的人生，后花园意象所体现的是一种反向的野性、开放、明亮、生动的生命方式。

冯二成子所置身的磨坊是“冷清清的黑洞洞的”，但紧邻的后花园却是“热热闹闹的”；“磨坊里的磨倌是寂寞的”，“他终天没有朋友来访他，他也不去访别人，他记忆中的那些生活也模糊下去了，新的一样也没有。他三十多岁了，尚未结过婚，可是他的头发白了许多，牙齿脱落了好几个，看起来像是个青年的老头。阴天小雨，他不晓得；春夏秋冬，在他都一样。和他同院的住些什么人，他不去留心；他的邻居和他住得很久了，他没有记得；住的是什么人，他没有记得”。“他什么都忘了，他什么都记不得了因为他觉得没有一件事情是新鲜的”，但后花园的“这些花从来不浇水，任着风吹，任着太阳晒，可是却越开越红，越开越旺盛，把园子耀得闪眼，把六月夸奖得和水滚着那么热”。“胭粉豆、金荷叶、马蛇菜都开得像火一样。其中尤其是马蛇菜，红得鲜明晃眼，红得它自己随时要破裂流下红色汁液来。”因此“从磨坊看这园子，这园子更不知鲜明了多少倍，简直是金属的了，简直像在火里边烧着那么热烈”。

——完全不同的色彩、状态和给人的印象，后花园的热闹、鲜明、饱满以致蓬蓬勃勃的生命形态，其所对应的便是冯二成子生活空间并及精神世界的沉寂、灰暗和干瘪，正是在这种意义上，作者愈是显示其对后花园的喜爱、赞叹和肯定，也便愈是表露出她对冯二成子人生的不满、不屑和否定。而磨坊的窗子紧闭着，但黄瓜的须蔓却爬上了窗棂，窗棂上却挂满了滴滴嘟嘟的各种黄瓜的景象描写，因此就像是一种富有意味的象征，其中有嘲讽、有否定，但更含着一种人生对另一种人生的急切深沉的呼唤和期待。

“从磨坊看园子”，因为这样的象征，所以作者刻意设置的这种瞭望，也就成了作者对于人物的希望，成了现实对于理想、美好人生的形象期待。而依据这样的思路去解读，黄瓜的须蔓爬上窗棂和冯二成子在露水之夜将手伸出窗外的描写，也便不能不成为一种隐秘的心灵的呼唤与回应，主人公生命意识的觉醒，譬如他突然有了不安，他开始用力打梆子，他大声疾呼，他在第二天发现那边住着人，他甚至走出磨坊，在院子里看见赵姑娘，他竟然慢慢有了回忆和偷偷的爱情之类，自然也就成了人物内心被后花园所呼唤和启蒙而后逐渐苏醒的生动展示。

其次，出离对比框架，在主人公和后花园意象关系的另一层面，亦即人物和后花园意象的一致或一体一面，后花园意象亦像是冯二成子人生的一种暗喻，暗示或象征着他生命本真的属性。

“这都是些草本植物，没有什么高贵的。到冬天就都埋在大雪里边，它们就都死去了”，或者“人们并不把它当做花看待，要折就折，要断就断，要连根拔也都随便”，这些片段是写花，但何尝又不是写人，花的生命的低贱并及由此导致的不被人所看待，这样的状况何尝又不是冯二成子生命状况的一种隐射啊？“它自己的种子，今年落在地上没有人拾它，明年它就出来了；明年落了子，又没有人去采它，它就又自己出来了”，或者“铲地的人一遇到它，总是把它拔了，可是越拔得快，那第一班开过的花子落下，落在地上，不久它就生出新的来。所以铲也铲不尽，拔也拔不尽，简直成了一种讨厌的东西了。还有那些被倭瓜缠住了的，若想拔它，把倭瓜也拔掉了，所以只得让它横躺竖卧的在地上，也不能不开花”，这样的描写，其中有赞许，花园中的花就像现实中的冯二成子，生了，就自然的长着，一次一次的打击——母亲的死、赵姑娘的出嫁、赵老太太的搬走、寡妇老王以及他们共同孩子的死，甚至，“后花园的园主也老死了，后花园也拍卖了"，但是它们都不能阻止冯二成子继续打他的筛箩，摇它的风车；但更多悲叹，冯二成子的生命即是那后花园中的花，随意地生，随意地死，生生死死都是没有人理会的："这花园从园主一直到来游园的人，没有一个是爱护这花的。这些花从来不浇水，任着风吹，任着太阳晒"。而且更要命的是，"它自己的种子，今年落在地上没有人拾它，明年它就出来了；明年落了子，又没有人去采它，它就又自己出来了"，单调、不被关注且永不觉醒的生命，但是它们却年年岁岁地无意义重复着，茫然，轮回，就像是主人公冯二成子年年岁岁重复着的日子。花是花，花非花，花即人，在对后花园与作品人物多重相似关系的表现之中，读者有理由相信，在作者萧红的眼中，后花园不仅是一个自然意象，而且更是一个主题意象，其中蕴涵了作者对于她笔下人物的同情和理解。

三　作为作者童年记忆载体的后花园意象

无论是写人叙事还是描景状物，在文学深层的动机上，任何写作手段的使用，究其实质，都不过是作者为了满足自己精神需求的表达。即此，在将《后花园》的写作和1940年萧红生存的具体语境加以连接而进行解读之时，读者有理由相信，后花园意象的营造，除却文本内部上下文关系及其与小说人物关系的设置所生发的意蕴之外，它其实还应该内含作者萧红许多的现实寄予。

首先，从个人的角度看，1940年的萧红，可谓身心疲惫：不断的迁徙，身体的病弱，和萧军的分手及分手后他们的孩子的夭折，生活的种种挫折和窘困，使萧红陷入了空前的伤感和苦闷之中。现实不如人意，作为对现实的反抗或逃避，于是她便开始怀旧：

> 家乡是多么好呀，土地是宽阔的，粮食是充足的，有顶黄的金子，有顶亮的煤，鸽子在门楼上飞，鸡在柳树下啼着。马群越着原野而来，黄豆像潮水似的在铁道上翻涌。[①]

① 萧红：《给流亡异地的东北同胞书》，见肖凤编《萧红散文选集》，百花文艺出版社2004年版，第238页。

在这种怀旧的眼光中，现实的苦难和记忆中的负面内容逐渐弱化，距离强化了意义，主体的需求选择也打磨着记忆中的内容，于是，呼兰小城，童年的种种，特别是童年寂寞记忆中自由自在、美丽和有着慈祥祖父的后花园，由此也便成为她此时许多作品中不断被讲述的内容：

> 我家有一个大花园，这花园里的蜂子、蝴蝶、蜻蜓、蚂蚱，样样都有。蝴蝶有白蝴蝶、黄蝴蝶，这种蝴蝶极小，不大好看，好看的是大红蝴蝶，满身带着金粉……花园里明晃晃的，红的红，绿的绿，新鲜漂亮。①

或者：

> 太阳在园子里是特大的，天空是特别高的，太阳的光芒四射，亮得使人睁不开眼睛，亮得蚯蚓不敢钻出地面来，蝙蝠不敢从什么黑暗的地方飞出来，是凡在太阳下的，都是健康的、漂亮的，拍一拍连大树都会发响的，叫一叫就是站在对面的土墙都会回答的。②

——新鲜、漂亮、健康，很明显，这些都是现实生活中萧红所没有的内容，所以，难怪她感觉：

> 一到后园里，立刻就另是一个世界了。决不是那房子里狭窄的世界，而是宽广的，人和天地在一起，天地是多么大，多么远，用手摸不到天空。而土地上所长的又是那么繁华，一眼看上去，是看不完的，只觉得眼前鲜绿的一片。
>
> 一到后园里，我就没有对象地奔了出去，好像我是看准了什么而奔去了似的，好像有什么在那儿等着我似的。其实我是什么目的也没

---

① 萧红：《呼兰河传》，《萧红文集》，华夏出版社 2000 年版，第 151 页。

② 同上书，第 153 页。

有，只觉得这园子里无论什么东西都是活的，好像我的腿也非跳不可了。①

是的，诚如作者所言，后花园“另是一个世界”，是一个不狭窄的、高远的、鲜活明亮的世界。它来自于作者有关童年的真实记忆，所以在《后花园》这篇虚构的小说作品之中，读者总是能够不断看到记忆的影子。例如关于花园中花、黄瓜和倭瓜、各种昆虫的描写，甚至关于磨倌，关于花园的主人的描写：“后花园沿着主人住房的一方面，种着一大片花草。因为这园主人并非怎样精细的人，而是一位厚敦敦的老头。所以他的花园多半变成菜园了。”这样的描写，了解萧红，看过《呼兰河传·祖父和我》、《永远的憧憬和追求》和《祖父死了的时候》等作品的读者，相信都会因为熟悉而起一种亲切的感觉的；但同时也会知道，时过境迁，这样的描写其实也是承载了作者由现实而起的种种不满、逃避的需求的，所以，相较于真实的后花园，文本中的后花园似乎更美丽，更明亮，更富有生机，成为一种健康、自由生活的象征符号。

此外，超越个人的既有经验囿限，将后花园意象放置于萧红其时思维所涉指的更大时空范围，将它和萧红同一时期所关注的一些话题——如国民性批判、反战思考和生存的意义等连接起来之时，读者亦可以看到，《后花园》中作者对于盲目但却年年岁岁茂盛繁殖着的花草们的描写，若将它们与《生死场》连接进行阅读，未尝不含有一种作者对于麻木、茫然、缺乏自觉反省的国民精神缺陷的审视和悲哀。“经冬历春，后花园仍然热热闹闹地繁衍生息，自然地枯萎凋零。冯二成子、赵姑娘也如后花园的花花草草自然地生育繁衍，然后，孩子的妈妈和孩子也自然地相继死亡。在冯二成子，生育和死亡都像是后花园的花草，不过是一种自然现象，无法构成他真实的欢乐和悲哀。妻死子亡，冯二成子都无动于衷，他仍旧在磨坊里平平静静地活着，他已经再次丧失了人的特性”，即此，读者有理由相信，“到了四十年代，萧红仍然以她冷静而坚韧的目光烛照到我们民族这座古老的磨盘，在漫长的轮回中，磨道已经被驴子经年的踢踏，陷下一圈洼槽，任何进入磨坊生存的人，都将如陷入巨大的磁场般，

① 萧红：《呼兰河传》，《萧红文集》，华夏出版社 2000 年版，第 156 页。

被纳入这个磨道，参加轮回”①。而后花园的花没人种，却自己长出；没人管，却犹自茂盛；即使被拉倒、被拔掉、被折断，却依旧顽强生长、继续灿烂的情景叙写，在异族入侵国难空前的时候，诚如鲁迅先生所言：“这自然还不过是略图，叙事和写景，胜于人物的描写，然而北方人民的对于生的坚强，对于死的挣扎，却往往已经力透纸背”②。所以，当作者将后花园意象和磨坊意象有意对照，当她在对冯二成子为代表的灰暗、委顿人生进行无声的否决之时，这样的叙写，何尝又不含对于健康、明亮、有力的国民精神的期待啊？

后花园自有它的特征，这特征已然说明着后花园意象可能具有的意蕴，然而，一部作品的意蕴包括其中所营造的体现作者主要写作思考的文学意象的意蕴形成，不仅在于读者对于文本已有描叙所给予的表现的理解和体会，而且更在于在对文本内部各部分内容关系进行梳理把握之时，读者有意识地将这种关系扩展到作者整体的写作和生活并及其所置身的时代的广大背景之上，于多样新关系的建构之中所进行的积极而又个性化的解读。记忆本身的内容，小说文本结构所给予的特殊要求，加之作者现实生活内容在文本中的隐匿存在，“语境产生意义”，“关系产生意义”，也许只有在这样的广泛连接之中，我们才能体会一位萧红研究者所说的话：“1940 年，萧红在经历了战乱中的颠沛流离，遭受了感情生活的重创之后，从内地来到了香港，直到 1942 年 2 月病逝于香港。在香港的最后岁月里，虽然萧红离开了战乱中的中国内地，远离了家乡父老，但她对祖国、对人民对故乡的感情却更为深沉浓郁，这一时期成为她乡土文学创作的又一个丰收期……从这些萧红在生命最后岁月里发表的文字中，我们可以清楚地看到她对故乡人民的满腔痴情和挚爱。不管在任何情况下，最使她难以割舍的就是这种深入骨髓的故乡情，民族情，她在漂泊流离岁月里写下的众多乡土作品就是她心系故园的有力证明。作为一个游子，她对故乡的眷恋和挚爱，对于中国广大下层人民生存方式的审视和思考，也都在这些乡土作品中得到了集中体现”③。

---

① 钱理群：《对话与漫游——四十年代小说研读》，上海文艺出版社 1999 年版，第 80 页。

② 鲁迅：《萧红作〈生死场〉序》，见《鲁迅全集》（第 6 卷），人民文学出版社 1981 年版，第 408 页。

③ 单元：《走进萧红世界》，湖北人民出版社 2002 年版，第 16—17 页。

不经意的探索性

——叙事视角与萧红小说《后花园》的写作

小说是叙事文体，于叙事的思考，传统的意见以为关键在于所叙之“事”，所以情节、人物和环境就自然成为其主要关注的对象，而现代叙事学的意见却以为在于“叙”，即怎么讲出故事，所以叙事的视角、声音、技巧相应也便成为流行的概念。

以传统的意见看，萧红的小说《后花园》的写作自然不算怎样成功，小说虽然有一个基本的故事，然而无论是人物形象的刻画还是情节的交代，不仅逻辑关系的安排不紧凑，叙描也太过随意、片段或轮廓化，所以，在习惯于古典小说——如《水浒传》、《三国演义》——阅读的读者，便总以为这小说有点不太像小说或小说的味道有点淡。只是这传统的否决，以现代观念审视，却未尝不是一种别样的景观。即如叙事视角的选择，传统的叙事无论所叙之事如何丰富，所写人物怎样繁多，在一般情况下，故事的提供者和故事的讲述者总是同一个人，所以叙事的视角和声音总是趋于一致。但在《后花园》的写作之中，故事的提供者却不止一人，他们和叙事者的关系也不总是一致，叙事的视角因之也便突破了读者所习惯的传统叙事全知全能的限制，显现出了某种复杂、变化的特点，从而使得萧红的小说写作于不经意之中营造了一些极富个性的文体特征和颇具启示的探索意味。

一 《后花园》中的叙事视角类型

关于叙事的视角，学者童庆炳主编的教材《文学理论教程》定义为：“视角也称聚焦，即作品中对故事内容进行观察和讲述的角度。”[①] 作为教

① 童庆炳：《文学理论教程》（修订版），高等教育出版社2000年版，第220页。

育部推荐的面向21世纪课程教材，此教材所宣讲的观点影响甚巨，但仔细斟酌，却可以发现其中的表述，虽然吸收了一些现代叙事理论的内容，但是吸收却不完全到位，其中甚至存有某种明显的误解，即如其关于叙事的视角和声音的表述。

观察的问题和讲述的问题不是一回事，于此间人们的误解和混淆，通过语气和语态的辨析，现代叙事学大师热奈特曾深刻批判说："在我所称作的语气和语态之间的令人遗憾的混淆，即谁是叙事文中观察者的问题和完全不同的谁是叙述者的问题之间的混淆，或更直截了当地说，谁看与谁讲之间的混淆。"① 即此，人们也便可以清楚，观察指涉的故事提供者一面的事情，所以它和视角相关，说明的其实是故事讲述中谁看即谁在观察的问题，而讲述则指涉的是讲述者一面的事情，所以它和声音相关，说明的其实是谁说即谁给读者讲出故事内容的问题。

以此为据，分析萧红的小说《后花园》，可以发现无论是观察的视角还是叙事的视角，事实上都由两类人物分别予以承担：一类是孩子，由此也便相应形成了叙事过程中的儿童视角；另一类是大人，由此也便相应有了叙事过程中的成人视角的存在。

儿童视角主要用之于小说前半部分的叙写，亦即在关于后花园和磨坊的介绍之中。在这些段落中，萧红主要是通过一个孩子的眼光引导读者去观察和感知文中对象的。通过这种视角的运用，萧红不仅将读者引向了自己过往的童年经验，使不同时空的读者在与《呼兰河传》等作品的互文阅读之中，得以重新触摸她个人业已逝去的早年生命痕迹，感知到一个孩子深入骨髓的欢欣、自由、茫然和寂寞，而且在纯粹孩子样的感知和幻想之中，赋予文中对象以成人描述所不具有的鲜活和生动形态，使萧红的小说文字因此别具一种稚拙、淳朴和生机勃勃的气息：

> 到六月，窗子就被封满了，而且就在窗棂上挂着滴滴嘟嘟的大黄瓜、小黄瓜；瘦黄瓜、胖黄瓜，还有最小的小黄瓜纽儿，头顶上还正在顶着一朵黄花还没有落呢……于是随着磨房里铜筛箩的震抖，而这些黄瓜也就在窗棂上摇摆起来了。铜箩在磨夫的脚下，东踏一下它就

① 热奈特：《叙事话语　新叙事话语》，王文融译，中国社会科学出版社1990年版，第186页。

"咚"，西踏一下它就"咚"；这些黄瓜也就在窗子上滴滴嘟嘟地跟着东边"咚"，西边"咚"。

——这样的描叙，满是童趣，单纯的事物的颜色和声音反映，对应于孩子感知世界时单一的视觉和听觉方式，孩子的眼光，孩子的心理，一切的介绍仿佛都是发自孩子心中的。

六月里，后花园更热闹了起来，蝴蝶飞，蜻蜓飞，螳螂跳，蚂蚱跳。大红的外国柿子都红了，茄子青的青，紫的紫，溜明湛亮，又肥又胖，每一棵茄秧上结着三、四个，四、五个。玉蜀黍的缨子刚刚才出芽，就各色不同，好比女人绣花的丝线夹子打开了，红的绿的，深的浅的。

——而这样纯粹于视觉和以物喻物的打量，不仅生动了文中的对象，而且也在言说者与事物一体化关系的书写之中，诚如一研究者所言："当大自然将自己的无穷奥秘全部裸露在这些尚未被红尘蔽住心灵眼睛的孩子们面前时，他们不仅能得到自我心理、性格、体格发展所需要的宽厚与容忍，而且也能享受到好奇和幻想的天性任意驰骋与嬉戏的无穷乐趣"①。

成人视角则主要用之于小说后半部分亦即主人公冯二成子故事的书写。冯二成子是一个大人，在对这个人物的命运进行叙写之时，萧红又在其中寄寓了许多关于国民性和人的存在的文化及哲理思考，这些内容自然都是一个孩子无从感知的，所以，一俟小说将对后花园的介绍转到了对冯二成子的讲述，作品的叙事视角也便相应地由儿童转向了大人。

作为这种转向的标志，在对冯二成子故事的叙写之中，作者先是具化了文本中的观察视点，将叙事的内容局限于冯二成子的感知和思维，通过他的所见所闻所感所思，给读者介绍围绕他自己发生的故事。赵家女儿所给予的心灵震颤，送走赵老太太之后的落寞，和寡妇老王的悲剧婚姻，所有的事情都是通过冯二成子的眼光和心理而呈现的，所以，一切内容的表现之中，也便都附着或者带有了冯二成子的心理、观念。而后，在故事内

① 谭桂林：《论萧红创作的童年母题》，见《中国现代文学研究丛刊》1994 年第 4 期。

容的讲述之中，她又有意识地加强了叙事中的分析，亦即大人思维中常见的逻辑或理性的成分。譬如在写伸手触摸窗外黄瓜之后黎明时分冯二成子疯狂敲打梆子，好像要把梆子打断似的情景之时，成人视角的审视，便将冯二成子本人都未曾意识到的、潜伏于其心中的紧张、焦虑、恐惧和压抑情绪，给予淋漓尽致却又符合人物实际的呈现。

小说前半部分——即写后花园的部分虽然主要以儿童视角为主，但在主要的儿童视角之中，间或也有成人视角的介入。譬如“人们并不把它当花看待，要折就折，要断就断”，或者“这花园从园主一直到来游园的人，没有一个人是爱护这花的”之类的分析性叙述，它们将成人的批判性意识或观念嵌入儿童懵懂的观照之中，入乎其内而又出乎其中，使后花园的叙描因此和其后的人物故事相一致，启示、对照或者象征人物的命运，成为叙事整体的一部分。而小说后半部分——即对于冯二成子故事的书写虽然主要是通过成人的视角而完场的，但有时——譬如在冯二成子与寡妇老王结婚和结婚之后两种生活的叙述之中，作者又适时地插入了一段关于后花园的描写，这描写亦借用了儿童的视角，这种视角的借用，不仅改变了故事叙写之时略显匆忙的叙述节奏，而且也在成人视角所给予的灰暗叙事色调之中，复又加入些许亮色，回光返照似的，反衬也加速了人物悲剧结局的出现。

二 《后花园》中的叙事视角运用及其美学效果

叙事的视角，根本地说，涉指的是叙述时叙事者相对于文中事件所处的观察点问题。在一篇小说的写作之中，叙事者到底应该站在什么样的观察点讲述故事的内容？于这一问题的回答，学界的意见大体有两点：一是内容的特点，另一是作者所追求的叙事效果。

后花园和磨坊的景象是一种自然对象，自然对象本身不会说话，所以，在有关后花园和磨坊景象的叙描之中，依据对象的存在特点，萧红也便选择了较为客观、外在的儿童视角。通过这种较少受成人功利计算熏染的外在客观的儿童视角注视，一方面，因为缺乏来自于人的主观的干扰，所以自然景象显现出了一种迥异于人的现实存在的野性、本真的生机，荒芜、寂寞但却繁盛、顽强，一如对象自发自然的生存状态；另一方面，客观、本真的自然景象的呈现，因为毕竟还是影像于一个孩子的眼光的，所以，从其显现之中，细心的读者，在和《呼兰河传》等萧红叙写童年和故乡生活的作品进行互文的阅读之时，依然可以非常明显地发现这些景象的呈现之中萧红童年时候生命的痕迹。

虚构时的真实和作者自我经验在表述之中的呈现，实体叙描所带来的生活的真实感觉和经验认同所导致的自传写作意味，都使得《后花园》的叙事因此在基本的小说特征之外，复又具有了某种明显的散文化特点。

儿童视角如此，无独有偶，在小说后半部分对于成人视角的运用中，和一般小说写作时的旁观、外在之外视角选择不同，萧红有意识地运用了一种极为主观化的内视角即心理视角来书写冯二成子的命运故事。

心理视角易于反映人物在事件行进展开过程中的情绪变化，所以，小说在写冯二成子初始听到赵姑娘的笑声，后来在井边遇见赵姑娘、八月十五赵姑娘给他拿月饼进磨坊的情景并及赵姑娘出嫁、赵老太太搬走的情景之时，也便大都将所要讲述的内容框定于冯二成子的观念和意识，不仅写他的所见所闻，而且更表现他的所感所想，使人物的讲述由此往往与作者自己的思想情感相一致，或者干脆跳出人物身份的限制，使本来藏匿于叙述者身后的隐形作者直接从后台走到前台，取代人物，发抒一些人物自己都没有意识或者根本就不能生发的认识和情感，小说的叙事由之高度主观化，生发出一种浓郁的诗化或者抒情化味道。

无意识或人物不知觉的认识和情感的表达，可以冯二成子遭遇赵家姑娘笑声之前疯狂敲打梆子的那一段为其代表：

> 这时候，正是人们睡得正熟的时候，而冯二成子就像更焕发了起来。他的梆子就更响了，他拼命地打，他用了全身的力量，使得梆子响得爆豆似的。不但如此，那磨坊唱了起来，他大声疾呼的。好像他是照着民间所流传的，他是招了鬼了。他有意要把远近的邻居都惊动起来，他竟乱打起来，他不把梆子打断了，他不甘心停止似的。

在这段文字里，叙事所示之于读者的，表面上只有人物的行动，但是透过表面的行动，通过还原人物行动描述所伴随的心理活动，读者亦可以发现在人物貌似疯狂或着了魔的行动背后所藏匿的人物在自我意识复醒之前的种种亢奋、压抑、苦闷的心理内涵，且顺此心理展开阅读，其后人物与赵姑娘的遭遇、对自己母亲的回忆、送别赵老太太等事件便都像是一个人一生命运的诗化表达，满储了诗歌写作才具有的那种浓郁的抒情味道。

而作者从后台走到前台取代人物的表述，可以冯二成子送走赵老太太之后回家的那几段心理活动描述为代表："他想：人活着为什么要分别？既然永远分别，当初又何必认识！人与人之间当初又是谁给造了这个机会？既然造了这个机会，又是谁把这个机会给取消了？""他越走他的脚越沉重，他的心越空虚……他看了一看，他不能明白，这都是在做什么；他不明白，这都是为着什么。他想：你们那些手拿着的，脚踏着的，到了终归，你们是什么也没有的。你们没有了母亲，你们的父亲早早死了，你们该娶的时候，娶不到你们所想的；你们到老的时候，看不到你们的子女成人，你们就先累死了"，"你们是什么也不知道，你们只知道为你们的老婆孩子当一辈子牛马，你们都白活了，你们自己还不知道。你们要吃吃不到嘴，要穿穿不上身，你们为了什么活着，活得那么起劲！"故事讲述之中突然出现的这些感慨、议论，诚如一些研究者所讲："这里所出现的这些意象、心理、思绪，都是新的，是小说的前半部所没有的，敏感的读者不难注意到，小说叙述中所发生的变化：如果说小说前半部的叙述、描写，以至分析，都带有较大的客观性，是在讲单一的'磨倌的故事'；现在，隐含作者已经由隐至显，把越来越强烈的主观思绪和心理注入人物，'他'的故事，已不再纯是冯二成子的故事，也同时暗含着'我'的故事……现在，萧红正是把她在战争中的生命体验注入她的人物的身上"①。

自我真实生存经验的介入所形成的小说写作的自传色彩并及散文化、抒情化特征，在严格恪守小说叙事和虚构功能的读者看来，自然使得萧红《后花园》（其实也包括她大多数的小说）的写作因之而有了许多明显的"损伤"，但是，若不拘泥于理论的纯粹，忠实于文本实际阅读时的审美感受，萧红小说写作如此这般的色彩和特征，也许正如杨义先生所言："如果说，萧红小说在生活广度和思想深度上是其他作家已经到达、或可能到达的，那么她那种才华横溢、不拘俗套、其清如水、其味如诗的小说风格，则是别人无法重复、无法替代的。从某种意义上说，她小说的生命

① 钱理群：《对话与漫游——四十年代小说研读》，上海文艺出版社1999年版，第75页。

力主要在此，她对文坛的贡献在很重要的程度上也在此，她依凭一枝生花妙笔，使小说趋于散文化、抒情诗化和绘画化”[①]。

扩大一点讲，萧红在《后花园》等小说写作中通过叙事视角的设置和个性化运用所显示出来的小说叙事之中的这种散文化、抒情化审美特征，事实上也暗合了20世纪40年代初期，随着战争的日常化、生活化，中国小说界对于戏剧化小说模式的质疑所引发的新叙事或小说新写法的探索思潮。

不着意于典型人物的塑造和高度集中的故事情节的编织，而希望“用旧说部的笔法写一本散文体的小说”，这原是当时一位很有成绩的小说家芦焚在他的《〈马兰〉成书后录》一文中表明的看法。其后，周作人、废名等人起于对人为性太强的戏剧化小说的不满，期望小说的写作者们能够有意识地吸收中国古典诗词或笔记小品的写法，“将以前所写的小说都给还原，即是不装假，事实都回复原状”，展示生活的本色，用无情节、无波澜、无结构的平凡人生，成就完全“散文化的小说”[②] 或“随笔风的小说”[③]。响应这种号召，立足于战争年代变动生活中不变的“常”或永恒，逆浪漫主义和英雄主义小说写作的时代主流，沈从文也强调，自己希望打破“必如此如彼，才叫作小说，叫作散文，叫作诗歌”的定型格式，能够写出一种“糅小说故事游记而为一”的“新的型式”，用“写故事方法，带点‘保存原料’意味”[④]。

他们的意见事实上所体现的是在特定的时代语境和认识思考之下，起自于对当时文坛愈来愈单调的戏剧化小说写作主流模式的不满，一些有自己独立个性且执著于文学审美本性的理论家和作家对于中国小说所产生的新的思考和探索。受此思潮影响，在20世纪40年代，读者可以看到，废名、沈从文、汪曾祺等小说家也便先后写出了一些与主流写作非常不一样的“散文化”、“诗化”或者“抒情化”的小说，给现代中国小说的写作

---

① 杨义：《中国现代小说史》（第2卷），人民文学出版社1988年版，第562—563页。

② 废名：《莫须有先生坐飞机以后》（第8章），见钱理群主编《二十世纪中国小说理论资料》（第4卷），北京大学出版社1997年版，第473页。

③ 周作人：《明治文学之追忆》，见钱理群主编《二十世纪中国小说理论资料》（第4卷），北京大学出版社1997年版，第362页。

④ 沈从文：《新废邮存底》，见钱理群主编《二十世纪中国小说理论资料》（第4卷），北京大学出版社1997年版，第457页。

提供了一些非常不一样的探索文本。

很明显，萧红《后花园》类的小说写作即属于这样的探索之作，诗的意象，散文的结构和写实技法，不同视角所带来的不同讲述，使她表面看起来粗糙、随意、稍显零散的直觉式写作，在高度理性和程式化的戏剧化写作之外，却有如原生态歌唱一样，既和传统的小说写作不同，也和当时以西方近现代小说为摹本的新文学写作不同，给读者带来了前所未有的本真、率性、自由的新鲜感觉。

有缺点但却不能不喜欢，这也许就是大多数读者对《后花园》类写作的感觉。不过，有一点需要给以特别的说明，和前述作家相比较，萧红小说写作之中的这种不成熟但却充满魅力的探索追求往往是缺少明晰理论自觉的，她的作为，即如胡风在将她和萧军比较时对萧军所谈的那样："你是以用功和刻苦，达到艺术的高度，而她可是凭个人的天才和感觉在创作……"[①] 是出自本性、自然形成或曰是从其天性中长出来的。这种认知其实也符合萧红自己对于小说写作的理解，她曾经就说过："有一种小说学，小说有一定的写法，一定要具备某几种东西，一定写得像巴尔扎克或契可夫的作品那样。我不相信这一套，有各式各样的作者，有各式各样的作品。"[②]

自觉的理论追求所致的散文化小说写作和因其性情喜好而来的散文化小说写作，修为的方式不同，但殊途而同归，对于作家而言，重要的是文本，所以只要他或她写出了令人信服的作品，那么"条条大路通罗马"，他们的探索，不管有意还是无意，也便事实上都应该为人所尊重。

---

① 胡风：《悼萧红》，见王述编《中国现代作家选集·萧红》，人民文学出版社 1984 年版，第 3 页。

② 聂绀弩：《萧红选集·序》，人民文学出版社 1981 年版，第 2—3 页。

女性的散失

——张爱玲小说写作中的女性问题探索

谈论张爱玲小说的人，大都会提到人性。一位研究者说过这样决绝的一句话——“如若苛刻地只允许二个字来包容张爱玲的创作，几乎所有人选择的都会是——人性。”①

之所以如此，浑言之自然因为文学就是人学，人性的关注乃是一切文学的基本课题。具体到小说的创作，一如弗斯特所言：“我们可以对人性不喜欢，但如果把它从小说中祛除或涤尽，小说立刻枯萎而死，剩下的只是一堆废字。”② 析言之则在于张爱玲是一位对于人性问题有着非常明确的自主意识的作家，谈到作家写什么和怎么写的问题，她直言不讳地说：“我发现弄文学的人向来是注重人生飞扬的一面，而忽视人生安稳的一面”。“强调人生飞扬的一面，多少有点超人的气质。超人是生在一个时代里的，而人生安稳的一面则有着永恒的意味，虽然这种安稳常是不完全的，而且每隔多少时候就要破坏一次，但仍然是永恒的，它存在于一切时代。它是人的神性，也可以说是妇人性。”由此，她强调说：“我不喜欢壮烈。我是喜欢悲壮，更喜欢苍凉。壮烈只有力，没有美，似乎缺少人性”③。

她的小说就是她的这种理论的具体实践，在给她的第一本小说释名时她说：“书名叫《传奇》，目的是在传奇里面找普通人，在普通人里寻找传奇。”读一读她的小说，我们立刻就会清楚，她的话中的“普通人”是

---

① 张洪：《无奈与悲哀》，《当代作家评论》1994 年第 3 期。

② 弗斯特：《小说面面观》中译本，花城出版社 1981 年版，第 18 页。

③ 张爱玲：《自己的文章》，《张爱玲文集》（第 4 卷），安徽文艺出版社 1992 年版，第 173 页。

完全可以用“人性”而替换的。

不过，以小说创作为形式，在对人性进行关注探究之时，由于张爱玲特殊的女性视角，加之她独特的人性即是妇人性的观念的内在规范，所以，女性问题的思考和探索也就显得格外引人注目。

一

张爱玲的小说较多成功的女性人物形象刻画，曹七巧、白流苏、小艾、曼桢自是不用多提，愫细、葛薇龙、许小寒、言丹珠、娇蕊、烟鹂、玉清以及阿小，等等，也都异彩纷呈，各有特点。这些形象寄寓了张爱玲关于女性问题的思考，因此，分析这些形象，自然也就逼近了张爱玲的思考。

分析张爱玲的女性人物形象，我们有必要提及她曾说过的一段话。1946 年她的《传奇》增订本出版之时，解释书的封面，张爱玲曾说，它“借用了晚清的一张时装仕女图，画着个女人幽幽地在那里弄骨牌，旁边坐着奶妈，抱着孩子，仿佛是晚饭后家常的一幕。可是栏杆外，很突兀地，有个比例不对的人形，象鬼魂出现似的，那是现代人，非常好奇地孜孜往里窥视”[①]。对于此封面，研究者杨义也评论说：“这是张爱玲小说世界及其情调、色彩、韵味的极好的象征。”[②]

张爱玲的话，非常形象地揭示了她笔下的人物的基本特征和其所处的犯冲着的生活情境。在古与今、华与洋错综交杂的时空里，她的女性人物们为新旧两重束缚所规范，左也不是，右也不是，成为一种悲剧而又尴尬的存在。

她们首先是旧生活的一种奴隶，因循着过往的历史重负，本质上成为一种为男人而将自己失去的存在。

表面上看，张爱玲笔下的人物已然生活在一个新的时代了，物、词语、行为方式等等，使得新生活如《传奇》增订本封面上的现代人形，

① 张爱玲：《有几句话同读者说》，《张爱玲文集》（第 4 卷），安徽文艺出版社 1992 年版，第 260 页。

② 杨义：《中国现代小说史》（第 3 卷），人民文学出版社 2005 年版，第 453 页。

粗蛮而不可阻拦地逾墙而探了，然而遗憾的是久居于古旧世界中的人们，却又像画面中的那位女主人，兀自沉浸在熟悉的情调之中。老的已趋于僵硬，不愿也不可能再变；小的虽然敏感着新时代的到来，不得不时时迎合新的要求，但是在真实的意愿里，旧的生活却显然是她们所从出因而更为熟悉的生活，这种生活中的旧的物，旧的人，以及人与人之间所形成的旧的关系，像一张温柔的网，先在而又全面地规范着她们。

翻阅张爱玲的小说，我们看到他的女性们所处的背景几乎是清一色的——没落的旧式家庭。这些家庭像《琉璃瓦》中姚先生的家，《倾城之恋》中的白公馆，《金锁记》中的姜公馆，《茉莉香片》中的传庆家，《留情》中杨太太的府第以及《小艾》中的五太太的住所等等，它们都有着极为相似的性质，是张爱玲笔下的女性人物活动的具体生活空间。

无可置疑，这些家庭在过去的某一个时期都曾经荣耀过，但是这种荣耀，事实上与女性的关系又不怎么样，除了物质生活的暂时稳定之外，女性作为人的真实内涵其实是很少被顾及的。

在中国极为漫长的历史中，社会一直是男人的社会，女人的活动天地只有自己的家，而且权利极其有限。古训里有“在家从父，出家从夫，夫死从子”的纲常规范，《说文解字》中讲的“妇者，服也”的说法，其实是很能代表一班人对于妇女的看法的。这种看法从道德上规范了男人对于女人的绝对主宰权利，男人是女人的天，女人活着的全部价值就在于生男人和为男人，男人成了她们做人的基本和根本的内容，而她们自己作为人的尊严和内容则被社会完完全全地所忽视，她们充其量只是一些为男人的人。

旧式女人的这种命运，在张爱玲的小说中有着极为普遍的表现。《琉璃瓦》中的“瓦窑”姚太太，她一生的内容就是生产，作者在对她的身份做介绍时说：“姚先生有一位多产的太太，生的又都是女儿”。《金锁记》里姜公馆中的众媳妇们，无论她们嫁的男人是怎样的靠不住，她们却都得靠着，就像曹七巧，她的男人早已经废了，成了一个活僵尸，但只要他还有一口气，她就得守着，因为守着他，七巧就还是这个大家的媳妇。在所有这类女人中，《小艾》中的五太太可以说是一个典型。她既无姿色，性情又寡淡无味，所以嫁到席家后便不为五老爷所宠，婚姻形同虚设，在大家庭里只有一个既像弃妇又像寡妇的不确定身份。然而可悲的是，对于自己的身份她却并没有怎么样的自觉，相反，为了维持住她的正头娘子的地位，她曲意逢迎，忍气吞声，完全丧失了一个人活着所应有的尊严。书中有这样一段夫妻见面的描写：

> ……五老爷便在下首一张椅子上坐了下来，五太太依下侍立在一边。普通夫妻见面都是不打招呼的，完全视若无睹，只当房间里没有这个人，他们当然也是这样，不过景藩是从从容容的，态度十分自然，五太太却十分局促不安，一双手也没处搁，好象怎么站着也不合适。先是斜伸着一只脚，她是一双大脚，雪白的丝袜，玉色绣花鞋，那双鞋似乎又太小了，鞋口扣得紧紧的，脚面内唧唧的隆起一大块，可不是，又胖了！连鞋都嫌小了。她急忙把脚缩了回来，越发觉得自己胖大得简直无处容身。又疑心头发毛了，可是又不能拿手去掠一掠，那种行动仿佛有点近于搔首弄姿。要想早一点走出去，又觉得他一来了她马上就走了，也不太好，倒象是赌气似的，老太太本来就说景藩不跟她好是因为她脾气不好，这更有的说了。因此左也不是，右也不是，站在那里过了半天，方才搭讪着走了出来。她的手指无意触到面颊上，觉得脸颊滚烫，手指却是冰冷的。

为了一个不肯用正眼瞧瞧自己的丈夫，竟这样左也不是右也不是，旧式女人命运的可怜和心理的卑微，由此可见一斑。

不过，正如张爱玲惯常所以为的一样，这还没有完。旧时代男人是这样的重要，时代不同了，大多数男人的家都开始破落或者已经破落，窘困于经济上的拮据，许多男人已不似先前那般颐指气使，然而对于和时代背身而坐的女人，一切变化却显得过于细微。男人依旧是生活的中心，嫁人，嫁一个经济上有实力的“好男人”，依旧是张爱玲笔下女性们日常生活所主要考虑的话题，只不过相对于旧时“待字闺中”的从容，她们现在表现得更为迫切罢了。

从某种意义上讲，张爱玲的小说都是一份真真切切的嫁人录，书中的女性如《第一炉香》中的葛薇龙，《心经》中的段凌卿，《花凋》中的川嫦，《金锁记》中的长安，《倾城之恋》中的白流苏以及《红鸾禧》中的邱玉清，等等，过去它们都应该是大家闺秀，婚姻上一般都有着较为充裕的选择，但是现在，时过境迁了，她们所仰仗的高贵的家庭门第都贬值了，她们的身份因此也不能不发生变化。她们所精心修习的各种典雅的知识和文化，原本都是为她们的婚姻做准备的，但是现在在时代的蛮力面前，却显得有些捉襟见肘了。

张爱玲笔下的年轻女性们内心普遍存在一种嫁不出去的危机感受。如《第二炉香》中的蜜秋儿太太对于女儿与罗杰·安白登先生的婚姻的无缘无故的担忧，《金锁记》中长安对于童世舫的押宝，《心经》中段凌卿即使没名分也在所不惜的态度，《倾城之恋》中四奶奶一听说相亲，就对女儿宝络的拼命鼓动，以及《年轻的时候》中的那位异国女郎沁西亚"为嫁人而嫁人"的实际，都是对这一点的极好证明。也正是因为这一点，所以对于业已缔结的一份姻缘，书中的女性也就显得格外的重视。《第一炉香》中，通过作者的介绍，我们知道乔琪是一个不肯负责任而且可鄙的男人，乔琪自己也这样说自己。然而为了在无着落的生活的海洋中抓住这一块唯一的木板，葛薇龙还是步步退让，清醒着自己的堕落但还是紧紧地依傍着乔琪。葛薇龙如此，白流苏如此，正在体验着结婚的喜悦的邱玉清也是如此。在邱玉清给自己在服装店里挑结婚的衣服时，作者写道："坐在石鼓上，身子向前倾，一手托着腮抑郁地看着她的两个女傧相，玉清小心地不使她自己露出高兴的神气——为了出嫁而欢欣鼓舞，仿佛坐实了她是个老处女似的"。从自家的出身看，邱玉清的婚姻并不是一桩怎样门当户对的婚姻，然而能够嫁出去，并且对方有一份殷实的家产，这也就足以使她欣奋异常了。

此外，还有《等》中的那些太太们，《红玫瑰与白玫瑰》中的孟烟鹂等等，有了一份婚姻，即使这份婚姻如何地名存实亡或使她们遭受侮辱，她们也都毫无例外地迁就着，忍耐着，唯恐因为自己的某种不当而将这一点点的实在也失去。

在这样的生活中，女人还能够是女人自己吗？张爱玲不止一次地对这一问题通过自己笔下的人物进行过追问和反省。还在中学时代，在《霸王别姬》一文中，借助女主人公虞姬的口，她就讲："——啊，假如他成功了，她得到些什么呢？她将得到贵人的封号，她将得到一个终身监禁的处所。她将穿上宫装，整日关在昭华殿的阴沉古黯的房子里，领略窗子外面的月色、花香和窗子里面的寂寞。她要老了，于是他厌倦了她，于是其他的数不清的灿烂的流星飞进他和她享有的天宇，隔绝了她十余年来沐浴的阳光。她不再反射他照在她身上的光辉，她成了一个被蚀的明月，阴暗，忧愁，郁结，发狂。当她结束了她为他而活着的生命的时候，他们会送给他一个‘端庄贵妃’的谥号，一只锦绣装裹的沉香木棺椁，和三四个殉葬的奴隶。这就是她的生命的冠冕”。我们很难相信这是一名16岁的女中学生说的话，人生华美的袍子里所包裹的空洞苍凉的生命本质，竟是如此的真确！然而就此舍弃吗？似乎又不能。因此在与三少爷分手后，曹七巧情不自禁地就有了这样一段反省：“今天完全是她的错。他不是好人，她又不是不知道。她要他，就得装糊涂，就得容忍他的坏。她为什么要戳穿？人生在世，还不就是那么一回事？归根究底，什么是真的，什么是假的？”

戳穿之后什么就没有了，所以女人一生的时光就只好是等和忍。女人的这种遭遇，傅雷先生当年名之曰“无名的浪费”和“人的压瘪”，[①]张爱玲自己在《茉莉香片》一文中形象描述说：“她不是笼子里的鸟。笼子里的鸟，开了笼，还会飞出来。她是锈在屏风上的鸟——悒郁的紫色缎字屏风上，织金云朵里的白鸟。年深月久了，羽毛暗了，霉了，给虫蛀了，死也还死在屏风上”。

这便是老旧的生活在灵与肉两个方面对于女人的深层规范，它们不仅消解了女人之为女人的独立性，而且也在原始的人作为一个有生命的动物这一点上，使女人丧失了生命的活力，从而成了一种远离具体的人所存活的时代氛围、让动也动不了的真正意义上的行尸走肉。套用张爱玲自己的话，就是她们都成了一些“精致的废物”或“精神上的废物”。

二

旧式人物总是千方百计地固持着旧式的威严，但是时间的流逝，旧式的威严毕竟已经成了过时的威严，他们的节目演完了，他们不可能站在舞台的中心而永不谢幕。新的生活于是在张爱玲的笔下渐次走来，就像前面

① 傅雷：《论张爱玲的小说》，《张爱玲文集》（第4卷），安徽文艺出版社1992年版，第415页。

提到的《传奇》增订本封面上的现代人形，他爬过栏杆的脸面和身子，在窗子里是越来越探得深了。

女人们的生活因此而变。先是服饰，“民国初年的时候，大部分的灵感是得自西方的，衣领减低了不算，甚至被蠲免了的时候也有。领口挖成圆形，方形，鸡心形，金刚钻形。白色丝质围巾四季都能用。白丝袜脚跟上的黑绣花，象虫的形列，蠕蠕爬到腿肚子上。交际花和妓女常常有戴平光眼睛以为美的。舶来品不分皂白地被接受，可见一般”①。然后是各种家用摆设和日用品，钢琴、留声机、电话等开始有了。再然后就是日常接触的人也开始变着，暴发户，留洋学生，南洋华侨甚至各式各样的外国人等等，都是以前的闺阁生活所不能想象的。身处于这样的环境，强硬如曹七巧般的旧式人物也不能不感受到自己的衰老。《琉璃瓦》中好面子的郑先生在饱受儿女的折磨之后黯然地想，自己恐怕是活不长了。张爱玲的这种写法，是深藏着某种象征的意味的。

如此这般的情境，种种束缚女性的旧规范便不能不有所松动。和先前的女人相比较，新时代的女性似乎有着更多的自由度。她们可以穿突出自己身体的衣服，可以走出家门去看电影，去跳舞，甚至还可以堂而皇之地像孟烟鹂、邱玉清、许小寒、姜长安一样地去上学或走进社会去自谋职业。严格地讲，这种变化自然是极其有限的，无论是数量还是质量，它们都远未臻至较为充分的地步。但是这业已出现的变化，却也给人许多的信心，使人容易产生这样的幻想，从“五四”初期就提出的女性解放问题，现在是不是已经有了一种解决的契机？

背向我们的期望，张爱玲的回答是否定的。她敏感到了女性们的变迁，但在同时，通过对身边鲜活事例的考察，特别是经历了香港战乱时许多女孩子不顾一切地寻找嫁人的机会的事后，张爱玲便清楚了新时代女性们的变化，实际上是有着极为鲜明的被动性的。

这种被动性有着诸多的表现，其中之一，就是她们的走出家门——上学或者谋求职业，首先大都是由父母决定的。父母让上了就上，不让上了，随时就可能结束，就像郑川嫦和姜长安，她们没有自己的意愿或需求，一切尽凭他人安排。因此，即使半途而废了，多半也没有强烈的

① 张爱玲：《更衣记》，《张爱玲文集》（第4卷），安徽文艺出版社1992年版，第35页。

反应。

此外，这种被动性还体现在她们趋新适时的外表下，包裹着的往往依旧是一颗古旧的心。

翻阅张爱玲的小说，我们可以知道生活固然在外部日新月异地变化着，但是这种变化却实实在在只是外部的，对于书中的女主角们，这种变化却还不足以改变他们业已形成的生活观念或意识，使她们对以前的生活产生一种清醒的反省和检讨，以期让自己的生活产生某种实质性的变化。

从根本上讲，她的女性们多半只是一些习惯于低头走路的女人，生活的变迁并未能改变她们所走的路，她们只是感到不安，感到时代背景下旧式生活不能再继的生存的种种“惘惘的威胁”。所以，她们的努力是极其有限的，外在的种种变化并未能使她们成为一种对自己的命运有着清醒的主宰意识的人，新的生活中，她们依然延续着女人们在千百年历史中不变的课题——那就是嫁人。

不过，正如前面所言，在这一重意义上她们所面对的情况似乎比原来还要糟糕。沧海桑田，她们先前可以仰仗的家庭已不足为凭了，式微的式微，破落的破落，她们少了一份先前“待字闺中”的从容，相反却多了一份先前不曾有过的紧迫感。所以，在嫁人的问题上，她们便大都较先前主动，上学堂，谋职业，在社会上抛头露面，表面上看有了许多的解放和自由，但其实质，却正如书中人物所言，学校只是“新娘学校”，女店员，女打字员，都是“女结婚员”，“找事都是假的，还是找个人是真的”。因着这一目的，所以嫁不了人的，如川嫦，如《封锁》中的翠远，《倾城之恋》中的三奶奶四奶奶的女儿等，自然便都感到了一种作为女人活人的不自在。侥幸能够嫁人的如葛薇龙，如邱玉清、白流苏以及《“五四”遗事》中的密斯范等，也都不得不付出女性作为人的许多尊严。

除此而外，起于对战争年代动荡生活的深刻感知，张爱玲还从整体上对于即将到来和正在到来的新生活给予决然的否定。她不止一次地讲，“个人即使等得及，时代是仓促的，已经在破坏中，还有更大的破坏要来”。①在时代的这种整体的破坏中，女性作为社会中最弱的一种角色，危巢之下，

① 张爱玲：《〈传奇〉再版的话》，《张爱玲文集》（第4卷），安徽文艺出版社1992年版，第135页。

要求得以完卵自然是不可能的。所以，对于女性们来说，张爱玲的笔下便充满着时代的种种不友好。待在家中的妇女，丈夫往往看不起，她必须平心静气地承受丈夫在外边的胡作非为，譬之如《心经》中的许小寒的母亲，《红玫瑰与白玫瑰》中的孟烟鹂，《等》中的那帮太太；出去做职业妇女吧，“又要管家，又要做事，又要打扮”,[①] 辛苦不算，还往往要经受丈夫被别人夺去的危险。

张爱玲笔下的女人因此很难做人。守旧吧，不愿也不可能了。响应新生活的召唤，走进吧，新生活整体的破坏属性却又使她们心存种种的恐惧。就像葛薇龙，在时代的感染之下，她已经能够被父母送进学堂读书了。读了些书，她的眼睛慢慢地睁开了，她开始有了独立的做人标准。她的家从香港搬往上海时，她自己做出了决定，毅然向一直和父亲合不来的姑姑梁太太求取经济上的支援，并且自信自己能够出污泥而不染，好好读书，以其将来能够自立。

她的理想并不怎样高，充其量只是一个女孩子一份极为现实的打算。然而随着故事的发展，我们看到这份不算过分的人生期望却一点一点地破灭了，小说的结尾，作者写道“她已经没有天长地久的计划”了，生活对于一个本来自信的女孩给予了苍凉之极的嘲讽。由想念书到想嫁人，由想找一个理想的伴侣到抓住乔琪这个唯一可能的机会，由想与乔琪结婚到只能做他的情人，由情人再到发现乔琪的不忠而仍然嫁给他，直至死了心为梁太太弄人、为乔琪弄钱，葛薇龙可以说是一步步地看着自己等而下之地坠到生活的泥潭的。在她失败的途径上，每一次的退让都不是先前她所能欲想的，然而不容她准备，生活很快就给了她答案，她不愿意也没有办法，只好睁着眼看着自己走到自己所期望的对立面，一步一步接受无可奈何的命运。

与完全沉浸在旧式生活中的女性相比较，葛薇龙无疑有着较新的面貌，对于新生活的向往，使她对于旧式女性的悲剧性命运有了较为清楚的省察，所以她努力着挣扎着，极力想走出一条自己的自主之路，但不期结果却比旧式的女性更为不幸。她的遭遇一如自己所言：“我知道我变了。

---

① 《苏青与张爱玲对话录》,《张爱玲文集》(第 4 卷)，安徽文艺出版社 1992 年版，第 395 页。

从前的我，我就不太喜欢；现在的我，我更不喜欢。”她曾经想回到自己的过去，但是她的姑母正告她：“你变了，你的家也得跟着变。要想回到原来的环境里，只怕回不去了。”

旧的生活虽然不好，但是遵从旧的规范，女人们多少还有些安全感，而新生活的破坏性则从根本上抽去了女人们求取人生稳定的现实基础，在更多也更重的生活的压力之下，她们虽然被新生活拨开了眼睛，但却只能眼睁睁地看着生活的苦难将自己淹没。张爱玲由此清楚了新生活给女人所带来的更为深重的灾难，所以她笔下的女性们或是像《桂花蒸　阿小悲秋》中阿小一样，对于自由充满了无尽的恐惧和不安，或是像白流苏、孟烟鹂等一样，在解放之后又自觉地回返到旧的生活之中。

张爱玲曾经说过这样一段意味深长的话：“这时代，旧的东西在崩塌，新的在滋长中。但在时代的高潮来临之前，斩钉截铁的事物不过是个例外。人们只是感觉到日常的一切都有点儿不对，不对到恐怖的程度。人是生活在一个时代里的，可是这时代却在影子似地沉没下去，人觉得自己是被抛弃了。为要证实自己的存在，抓住一点真实的，最基本的东西，不能不求助于古老的记忆，这比瞭望将来要更清晰，亲切。于是她对于周围的现实发生了一种奇异的感觉，疑心这是个荒唐的古代的世界，阴暗而明亮。”[①] 这段话很好地证明了在对女性问题进行思考时张爱玲远较当时其他女作家深刻的一面：她既注意到了旧的生活的不合理，同时又没有轻易地相信新的时代的到来就必然意味着女人幸福世界来临的天真梦想；她既揭示了旧的规范之下女性天生为奴的可悲命运，同时又充分展示了新生活中女性重新为奴的悲剧，从而在新旧世界畸形荒诞的杂揉中，给读者形象地描绘了女性不得不失去自己的种种无奈和悲苦。

张爱玲的作品因此具有了别的女作家的作品所不具备的复杂和深刻，她关于女性所说的话，现在我们想一想，也还是不乏多样的启示意味。

---

① 张爱玲：《自己的文章》，《张爱玲文集》（第 4 卷），安徽文艺出版社 1992 年版，第 175 页。

下　　编

犹自遭遇的现场

不同的底层

——“五四”新文学的启蒙表达与当下的底层写作

20世纪80年代末期到90年代中期的“人文精神大讨论”渐趋平静之后，随着大众时尚文化的不断扩散和流行，加之文化资源开发中的新一轮复归传统取向，以“五四”新文学为代表的中国现代文学传统——包括其鲜明的启蒙理念也便逐渐为人所质疑。暴力、身体以及赤裸裸的性的意识和无意识的低俗描写，还有文体实验、形式探索、语言技巧、唯美和纯粹等的高蹈表现，文学中的启蒙意念追求，因其功利、严肃和高度精神化的属性，遂不仅为时尚所不容，而且也为诸多作家所唾弃。与此相应，启蒙话题因此也便渐渐淡出于中国文学的视野。

文学成为一种生意，写作成为一种制作，或者文学成为一种完全个人化的存在，写作仅仅成为一种自我世界的体征。在一段时间中，中国文学似乎无关于中国人现实的存在，成了一种无关痛痒的话语表达。这种情况到了新世纪却逐渐地发生了变化，其中最为典型的变化标志就是“底层写作”的出现。

在对当下中国底层写作的解读和分析中，我们既可以感知到作家对于现实特别是社会弱势群体生存的主动关注和承担，也可以体会到某种似曾相识的新文学传统——如现实主义、左翼文学等等内容的复苏。纵向观照，前后疏通，在对20世纪初和21世纪初中国文学将近百年的变化发展历史的观照之中，我们能够发现中国文学在不同历史时段非常不同的表现中所内含的一种奇妙的呼应和循环。

这种呼应和循环，既是文学自身运动的一种结果，同时也可以看成新世纪以来一些作家对于新文学传统现实开掘的一种结果，其凸显了“五四”新文学传统对于当下中国作家写作所可能发生的意义。缘此，以

“五四”新文学极为重要的动机构成——启蒙指归为话题，切入这种呼应和循环，比较两种文学在对待底层民众生存境遇的文学化表达上的异同，进而寻觅“五四”新文学传统对于中国作家当下写作所具有的可以不断再生的资源意义，自当具有现实和学术的双重价值。

一 “五四”新文学的启蒙诉求和底层关注

“五四”新文学的诞生，有中国文学运行发展的自身原因，但更与中国文学在近现代所遭遇的生存语境密切相关。长达半个世纪的中西冲突，失败，失败，再失败，没有做好准备，国门却被强行打开，这种极为被动的生存遭遇，造就了转型时期近现代中国知识分子根本性的生存焦虑。民族生存的危机感，救亡意识和持续不断的建立现代民族国家的心理诉求，很长一段时间因之也便自然成为中国知识分子的精神表达主题。

诉求的表达显现出了鲜明的阶段性特征，由军事而至实业，由实业而至政体，再由政体而至国民的精神，一路的变化是外力强制作用的结果，但也是知识分子主体认知不断深化的体现。“新其政而不新其民，新其法而不新其学”，国家和民族危机的改观便很难奏效，而民如何新呢？梁启超的回答是“欲新一国之民，必先新一国之小说”[①]。鲁迅有大体相似的认知，“人立而后人国立”[②]，所以他以为重要的是“国民精神的改变”，而“国民精神的引导，我那时以为最有用的就是文艺了”。“五四”新文学启蒙意念的萌生，即立足于其时知识分子如此这般的精神背景。

新文学的启蒙诉求由此有了两种基本的价值面向：一方面它是中国现代知识分子的一种自我精神救赎，通过启蒙确立自己的文化精英身份，体现自己的社会职责和承担，进而在自我反省与批判之中实现自我精神的超越，从而冲淡或者缓解外部现实所带来的生存焦虑，现代知识分子由此而寻求到了一种自我精神拯救的可能途径；另一方面它也是中国现代知识分

① 梁启超：《论小说与群治之关系》，见童庆炳主编《二十世纪中国文论经典》，北京师范大学出版社 2004 年版，第 2 页。

② 鲁迅：《文化偏至论》，见《鲁迅杂文全编》（一），人民文学出版社 2006 年版，第 51 页。

子群体对民众精神的救赎。“揭示民众精神的病苦，并引起他们疗救的注意”①，鲁迅的话，相信是代表了许多人的意见的。

在具体实施这种启蒙救赎之时，“五四”一代作家大都自觉地选择了底层国民的生活作为首当其冲的书写对象。之所以如此，主要的理由在于：第一，对于底层国民的人文关怀和文学表达，因为它从根底上疏通了中国知识分子以“天下情怀”和道义承担为代表的精神传统，所以在充分的社会价值的体现和道德荣誉感的建立过程中，极有利于在现代知识分子的自我救赎和对他人的救赎两种不同的行为之间，确立可以相互转换的中介机制，从而通过“他救”实现“自救”，迅速而有效地缓解他们内在的生存焦虑；第二，底层国民的生活和生存状况，在中国古典文学的书写中，一直是一个被有意忽略或淡化的区域，正是在这种忽略或淡化之中，新一代知识分子看到了更新中国文学的可能和突破点。写民众并且为民众，中国新文学的新的基质或者现代性内涵，其实就是因为对底层民众的思虑而派生的。

源自于启蒙诉求的底层民众生活或生存的关注和书写，充分地实现于“五四”时期新文学参与者们的文学理论表述并及文学实践。

梁启超的“新民”思想是“五四”新文学底层关注的最近本土理论资源，其后随着外来的人道主义思想的不断介入和扩散，先是陈独秀首倡《文学革命论》，他所提出的“写实的文学”、“国语的文学”和“平民的文学”等观念，即含有着眼于建设底层国民文学的革命意愿。后来胡适在一系列的文章中力主新文学要写“今日的贫民社会，如工厂之男女工人，人力车夫，内地农家，各种小摊贩及小店铺，一切痛苦的情形”②（《胡适学术论文集·新文学运动》），鲁迅明确提出了通过对于“下流社会”“貌似无事的悲剧”表现而揭示国民沉默魂灵的写作主张，周作人更是在1919年初直言建设《平民文学》，强调写“世间普通的男女的悲欢成败”，以达到“研究平民生活”，“将平民内生活提高”③ 的目的。

---

① 鲁迅：《我怎么做起小说来的》，见《鲁迅散文诗歌全编》，人民文学出版社2006年版，第304页。

② 胡适：《建设的文学革命论》，见胡适编《中国新文学大系：建设理论集》，上海文艺出版社2003年版，第136页。

③ 周作人：《平民的文学》，见胡适编《中国新文学大系：建设理论集》，上海文艺出版社2003年版，第136页。

受思想先觉者的理论影响，现代作家们对于底层国民生活的写作在“五四”时期就蔚然成风，——我们不仅可以列举文研会着意显示人生“血与泪”的“问题小说”，鲁迅展示“下流社会的不幸”的作品，以及乡土作家在偏远地域的乡土风情描绘之中对于底层民众困苦生活和愚昧人生的写作，而且也可以以“五四”时期曾经风行一时的“人力车夫”题材写作为标本，分析一个时代人们的兴趣所在。

新文学对于底层民众的生存和精神状态的高度关注，在“五四”之后更是与时俱进，不断地得以延伸和变形发展，通过各种文学样式并及富含新意的表达，为新文学提供也积累了丰厚的历史内容。从文研会的“血与泪”主张到革命文学的“血泪控诉”，到“中国诗歌会”的“被压迫者的立场”强调，到“左翼文学”的阶级代言，直到毛泽东的“为工农兵服务”；从写“下流社会的不幸”的鲁迅到揭示“风俗的野蛮”的乡土作家群，到执意于“乡下人”的沈从文，刻画老北京底层市民的老舍，写农民的赵树理和写边民的艾芜和流民的沙汀，甚至解放区的《白毛女》、《漳河水》等作品的作者的写作，读者可以清楚看到新文学的发展变迁始终贯穿了对于底层民众生活进行表现的持续热情。

二 “五四”作家底层意识的精神内涵

因为异常鲜明的启蒙指归——具体点说，就是对于民众精神教育目的追求，所以无论是理论上的提倡还是写作中的实践，“五四”一代作家底层意识的表现，也便附着了写作者主体诸多的精神内涵：

一是悲悯情怀。悲悯情怀源自于作家对于被启蒙的对象——底层民众生存处境的深刻了解和体察。自然的灾害，风俗的浸染，习惯的规范，等级社会层层的压制，统治阶级严酷的专制和巧妙的心治，加之因为受教育权的被剥夺因而造就的不能言说的沉默，在环视了对象所置身的生存境况特别是文化境况之后，已然觉醒了的启蒙者对于依然酣睡的底层国民也便充满了一种悲悯情怀。

“哀其不幸”，鲁迅所言的“哀”即这种悲悯情怀的具体显现。愚笨的单四嫂子，木然的闰土，无聊的阿Q，潦倒的孔乙己，在对人物种种行为心理的细节化刻画之中，鲁迅对于他笔下那些可怜可悲的人物给予了真切的同情和体怜。祥林嫂讲述失去孩子的痛苦但是别人却把这种讲述当成是有趣的谈资，她不幸死去但鲁四老爷却因为觉得她死的不是时候而大骂她是一个“谬种”。活着没有了意义，死去也要面对巨大的恐惧，在对人物于生死之间无处立足的尴尬处境的描绘之中，鲁迅显现出了一种近乎佛家主张的悲悯心肠。

二是人道主义立场。鲁迅的悲悯情怀不仅因为他心性的善良，而且更因为他在“五四”时期所心持的人道主义立场。关于这种人道主义，周作人曾解释说：“我所说的人道主义，并非世间所谓‘悲天悯人’或‘博施济众’的慈善主义，乃是一种个人主义的人间本位主义”。即从个人做起，“使自己有人的资格，占得人的位置”，进而“讲人道，爱人类”。[①]依据周作人的解释，人道主义就是先将自己当作人，然后将心比心，再由己及人，像爱自己一样的爱及他人乃至整个人类。

“我的确时时解剖他人，然而更多的是更无情面地解剖自己”[②]，正是通过对自己的深刻认知，鲁迅获得了一种触及别人灵魂的路径，从而真正从精神的深处理解并体谅了他的笔下各色人物种种看似反常、乖谬、荒唐的举动，从中剔抉出人性的正面或者可理解的内涵——亦即被生活所有意无意撕毁的价值意义。譬如《阿 Q 正传》中阿 Q 向吴妈求婚的事件叙述。被小尼姑骂了一句“断子绝孙”之后，辗转反侧了一夜，第二天阿 Q 便直接在别人的家里赤裸裸地向吴妈求婚：“吴妈，我想和你困觉。”阿 Q 的表达看似无理、荒谬，但是将这种无理、荒谬置之于中国民间信持的祖先祭祀风俗，特别是和自己长久的无性婚姻生活连接起来之后，鲁迅却引导读者从中体会出了阿 Q 作为一个真人的欲求的合理性。我们可以否决他的表达方式，但同时必须清楚他的动机、欲求却不都是错的或不应该的。

三是忧患意识。因为对于底层民众精神的深刻体察，所以在对他们施予种种的体谅和同情之时，“五四”一代作家同时也因之表现出了深广的忧患意识。文研会许多作家的创作揭示了底层社会生存的种种问题，周作人提到了中国社会人的问题的从未解决这一严峻的事实，鲁迅更是在

---

① 周作人：《人的文学》，见胡适编《中国新文学大系：建设理论集》，上海文艺出版社 2003 年版，第 195 页。

② 鲁迅：《写在〈坟〉后面》，见《鲁迅散文诗歌全编》，人民文学出版社 2006 年版，第 537 页。

“吃人”的历史和荒诞的现实的分析之中，洞察了底层民众种种的精神疾病。

“人立而后凡事举”，启蒙的指归就是希冀通过人的教育和培养建立一个强大的现代民族国家，但是现实中的民众却是这样的愚昧、麻木、无聊和不求上进，希望和现实的巨大反差，在执著地表现其启蒙理念的时候，“五四”一代作家因此不能不产生深刻的忧患意识。革命者夏瑜不惜为了拯救民众而牺牲自己的生命，但是当他在牢狱之中鼓动狱卒，说出“大清的天下是我们大家的”时候，大家——他所意欲拯救的那些人，却都以为他是“疯了”。这样的对象！虽然因为想着“遵命”，夏瑜死后坟头上有了没有预兆的白花，但是深入骨髓的担忧甚至绝望，最终却还是让鲁迅在小说《药》中安排了一个安特莱夫式的阴冷的结尾。

四是俯视的批判中的人性吁求。忧患产生于不满，不满的前提则是启蒙者和被启蒙者之间的差距。启蒙者感觉自己是少数已经觉醒了的人，而被启蒙者——即大多数的民众则依旧是在铁屋子之中沉沉酣睡的人。“五四”一代作家的社会批判意图由此而生，而批判之时明确的精英意识也由此伴随而生。基于这样的意识，表达者与预想的读者之间的关系，也便自然的体现为一种类似于教师给学生讲台上讲课时的俯瞰姿态，双方之间想象的交流虽然名之为交流，但是实际上却更像是启蒙者自言自语的一种个人独白。

新文学作家对于社会的批判集中于国民性的批判，因为借此，他们批判的锋芒不仅可以指向现实的政治，而且还可以通向历史文化的根源，从而将社会批判提升到文化批判的高度，从中挖掘出更深刻也更丰富的意义内涵。考察当时作家的写作，可见其国民性的批判更多集中于国民性构成中的负面、消极因素，很明显，这种批判基本上是否定性的，但其否定之中却内含了那一时代作家整体上对于健康或理想的人性——如向上、宽容、自信、执著、独立等等——的一种吁求。“哀其不幸，怒其不争”，其中的“怒”，即是一种不满、批判，但更是一种希望，一种期待。

三　当下底层写作的启蒙表达

因为现代民族国家的建立和建设对于国民素养不断深化的要求，加之

20 世纪中华民族生存语境整体的艰窘——外部持续不断的压力和内部持续不断的阻力，所以，启蒙的延续和沉重也便构成了 20 世纪中国文学最独特的现象：一方面是变相的延续，“五四”的思想启蒙—二三十年代的革命启蒙—三四十年代的民族启蒙—解放后的政治启蒙和知识启蒙—新时期的主体启蒙，等等，尽管表现的层面和区域不同，但是知识分子意欲通过某一方面的工作从而对民众实施其教育的步伐却始终没有真正停止过；另一方面则是延续中的艰难和沉重——外在的干扰，内部的阻力，生存和政治的双重压力，持续地对知识分子希望通过思想的教育从而实现民众精神健康强大的启蒙吁求制造了各种障碍，启蒙工作（有时甚至是降低要求的科学启蒙）的进行因此也便往往必须以知识分子的生命为其代价(譬如顾准和马寅初等人的遭遇)。

21 世纪以来，下岗工人、打工者、无业游民和因灾害疾病而使得生活陷入贫困的人组成了当代中国社会最为底层的存在。这些社会底层人员，他们收入低下，缺乏足够的财力完成必要的文化教育，文化水平普遍比较低，遭受侮辱和损害却不知怎样呻吟，被人不公平待遇却没有人替他们伸冤。中国当下的底层写作即缘起于这样的社会背景。

正是因为这样的背景，人们感觉到了当下的底层写作和“五四”新文学启蒙主题表达之间隐隐存在的某种可通或一致属性。

首先是题材选择上所体现出的作家对于社会底层问题的主体敏感。“五四”启蒙表达和当下的底层写作原本是不同历史时段不同中国作家对于社会的不同文学表现，但在表面的不同之中，人们可以发现，“五四”和当下的作家都注意到并在作品中表达了社会的不公平问题。“五四”作家大都不是纯正的文学家，文学在他们更多是一种参与社会和思想表达的工具或手段。因为痛心于民族精神的积弱不振和国家的软弱，他们写作的目的因此在文学之外也便更多思想教育的考虑。国家的强大在于人民精神的强健，但是在对国民进行精神体质考察之时，他们却发现他们所要依赖的民众大都身患严重的疾病——冷漠、孱弱、自私和奴化，等等。民众何以会病？被压迫却没有反抗，被欺凌却没有不满，被伤害却没有痛苦，满身疾病却没有自觉，在对可能的原因的分析中，“五四”一代作家发现了种种的不公平——现实的，但更是源远流长的历史的，几千年的中国历史都不过是穷人成为阔人筵宴的材料的历史，所以反传统的声音在“五四”

作家的表达中才格外响亮。

与“五四”时期相比，当下社会已经没有了绝然的阶级对立，改革开放之后，逐渐富裕起来的生活也让大多数的作家要么转向于唯美、形式的探索，要么热衷于感官刺激的大众文化的制作，在极具复制性的生产与消费之中和商人一样追逐利益所带来的快感。然而，在社会整体的平静和歌舞升平之中，当下的底层写作却在人们的唯美艺术探求和大众文化热闹之中，发现了为大家所忽视了的社会的不公和苦难：大量的工人下岗，愈来愈大的生活开销，但是当事人却缺乏更新的可能，就像方方所写的《出门寻死》一般；快速的现代化和城市化改造，农村人口不得不向城市转移，但在向城市转移的过程中，他们身上所发生的种种侮辱、伤害和不适应，干最脏最苦的活却拿最少的钱，没有身份，没有尊重，没有权力，没有话语，身体的痛苦和心灵的粗粝，本能的欲望和欲望受挫后的暴力反抗，那么多的无业游民，城市的黑暗中本就存在着大量的不和谐，何况在城市表面的日新月异背景上大量农村呈现出的令人震惊的荒芜和危机——老人的赡养问题，留守妇女的安全保障问题，孩子们的教育问题，等等，等等。当下的底层写作让更多的人开始注意到并反省起了虽然严峻存在、但是却在很长一段时间里被自己所听而不闻、视而不见的社会底层者的生活和生存。在这一方面，名噪一时的《故乡在远方》、《亲爱的深圳》、《在路上行走的鱼》等作品的写作都是典型的事例。

其次是写作动机上的道德同情感。虽然主要是批判，笔下所刻画的底层人物总是存在着这样或那样的精神或人格缺陷，但是在分析这些缺陷的形成之时，“五四”作家却往往将最为主要的原因归结为人物所置身的社会环境——人间的冷漠终于使孔乙己无路可走，而祥子的堕落则直接和城市对他的腐蚀和诱惑紧密相关。很明显，这是一种开脱，而这开脱的根源，则在于作家在写作动机上对于其所写的人物所寄寓的深沉的道德同情。在“五四”作家们看来：他们——作品中的人物只是他们所处的环境中的存在，他们只能成为环境允许他们成为的样子，所以他们的不幸，也便更多是为环境所给予的。

“怒其不争”固然是事实，但“怒”的前提却是“哀其不幸”。“哀”是什么呢？是同情，是悲悯，故而一切缺陷和弱点的揭示，其实也便根本上都缘自于一种本质上的爱。爱之愈深，恨之愈切，所以即便是阿 Q，即便是鼻涕阿二，在对他们种种滑稽和可笑的言行描写之中，读者还是能够感觉到作家对于人物内心深处种种努力和挣扎的体谅。“揭出病苦，引起疗救的注意”，鲁迅的话，典型地代表了“五四”作家对于启蒙写作的动机。

无独有偶，在当下底层写作中，大多数的作家对于自己笔下所叙写的对象也延续了这种出自于人道主义的道德同情。“他们是陷入困境的生存群落”①，或者“恢复同情和理解就是文学最大的政治”（韩少功语），印证这样的呼吁，读者可以看到在方方等人所写的《出门寻死》等“小人物”系列作品中，在对人物种种的困难和挣扎的叙写之中，写作者对于底层人物所持存的无限体谅和同情。“他们不应该这样”，“他们不得不这样”，“他们只好这样了”，在类似的口吻和语气表达之中，我们能够清晰地感觉到作家的道德立场和情感偏向。

此外还有代言人身份的设置。被凌辱但却没有感觉，身陷危机但却依旧在酣睡，无声的中国，真实的状况就像鲁迅所比喻的绝无完好的铁屋子，火烧起来了，清醒的人却只有少数的几个人，这几个人就是思想的启蒙者，所以无论从情理还是道义上，作为新一代知识分子代表的新文学作家也就成了民众的代言人。“我”就是“我们”，“我们”就是“我”，在“五四”作家的底层关注之中，我们既可以感觉到献身的狂热、精神的优越，同时也可以感觉到不得不替人说话的沉重和无奈，无论哪一面，它都体证了作家代言人身份的存在。

如果说“五四”作家的代言更多是因为民众的不觉悟、没有能力表达自己的话，当下底层写作中作家的代言则更多是因为他所表现的对象多半是社会的弱势存在，经济的贫困加之政治权利的缺乏，他们没有或者缺乏向社会表达自己的话语权。同情，体谅（甚至是对堕落和暴力的），愤怒，忧伤，有时干脆直接是以一位记者或作家身份的介入，正是在这样的表现中，我们可以感觉到当下底层写作中和“五四”作家一样的代言人身份设置。别人的生活，但却是知识分子自己的眼光和讲述，所以评论家阎晶即以为，“底层”归根结底只是“知识分子的一个说法，一种关

① 李建军：《当“底层”成为流行词》，见《中国青年报》2006年5月20日。

注”[①]。

这样的可通和一致，很容易让人以为中国当下的底层写作是对“五四”底层启蒙的又一次回归。相同的世纪初，相同的转型时期，相同的社会矛盾中的底层关注，人们很容易产生某种文学的轮回或循环的感觉。然而在这种大体可通或一致之中，仔细区别和分辨，我们还是可以看到二者间许多的差异。

一是写作语境的差异。“五四”作家的底层启蒙源自于民族生存的危机和苦难，他们写作的时代，因为不得不进入的“现代化”存在，即中国正在经历从古旧的封建专制体制向现代民主政治过渡的转型，民族矛盾和阶级矛盾空前激化，所以启蒙既是强国的需要，同时也是民族自我实现更新的需要。为这样的需求所内在规范，他们对于底层的关注和表达，因此也便既是针对底层国民的，是对他们的困难和不幸的揭示，对他们需求的代言表达，但也同时是针对现实的政治和历史的传统的，是对现实政治的残酷、僵硬、腐败的激烈批判，也是对于历史文化——特别是和统治者沆瀣一气的礼教文化的猛烈攻击。

与“五四”不同，当下底层写作所处的时代，我们的民族逐渐强大，国家正在稳步迈入较为平稳的发展之中，民族矛盾虽时有发生但却没有趋于极端，阶级的概念也逐渐被人们淡忘。而且最为重要的是，由于长期的意识形态教育，写作者和现实政治之间的关系不可能形成根本性的对峙。底层的出现缘自于经济快速发展之中社会阶层之间由于收入的差距所导致的政治、话语权利的分化。而底层写作对于底层的关注和表达所显现的主题，更多是对于社会分配公平的一种呼吁，对于社会弱势群体的关注和关心。苦难和不幸的表达有针对具体的不满，但却没有本质上、整体性的对抗。

二是关注层面的不同。因为本质上的“立人”观念，所以“五四”作家对于底层国民的表达，关注更多的是他们的精神，即鲁迅所说的“沉默的魂灵”，他们的国民性批判，也便多半是针对民众种种的精神疾病（如麻木、愚昧、迷信、奴性、无原则、自欺欺人等）而进行的。和“五四”不同，当下底层写作对于底层人群的文学言说，则更多局限于社

① 阎晶明：《底层如何文学？文学如何底层？》，见《北京文学》2006年第6期。

会的不公平现象的书写，主要表现在对于社会变化之中这些底层人群成为底层的种种外在原因并及他们生活的种种困窘的揭示。相比较而言，前者明显更多为对于人的精神所进行的表现，即对于他们内在精神生活的开掘，而后者则更加注重人的外部生存环境的描绘，着力于对于他们现实遭遇及其命运的摹写。

三是表现态度的区别。“五四”作家在关切之外还有批判，“哀其不幸，怒其不争”，鲁迅的看法典型地代表了他们的态度，发现病才能看病，也才能从根底上诊治病，所以其具体的写作，即如鲁迅的《故乡》、《祝福》等等，在深切的同情之外，也便更有不满，有否定，有更深的人性的拷问。两相比较，当下的底层写作对于自己的表现对象则更多普泛的同情和廉价的认同，一切都归结于外在，人物自身的精神审查则严重缺乏，所以鲜见鲁迅一样深刻的人性追问和人道吁求。不管是《那儿》中的朱卫国，还是《太平狗》之中的程大种或太平狗，抑或《故乡在远方》中的陈贵春、《在路上行走》中的杨把子，这些人物本质上都缺乏内省意识，形象的塑造因之也都显现出了干瘪、扁形特征，之所以如此，根本的原因即在于写作者因缘于自我的道德正确的内心认同因而在塑造人物时所有意无意显现出来的价值偏向，亦即当作家们把它们笔下人物的不幸遭遇统统都归结为社会不公这种外在原因时，普泛化的同情代替了主人公主体应有的自省，道德正确的优越感支配了叙事的伦理，同时也掩盖了因为作者思想的贫乏而导致的人物作为主体人而应该具有的对于生活的积极思索。

四是叙事设置的分歧。“五四”作家的底层启蒙写作在具体的叙事中，不仅在叙事者和人物之间存在着明显的距离设置，即如《孔乙己》的写作，人物是一种存在，是被讲述的对象，叙事者是一种存在，是具体的讲述者，叙事者和人物之间的差异——年龄、社会经验、文化水平等等，不仅极为形象地体现了启蒙者和其对象之间的现实关系，而且也很好地构建了文本内部的张力，在差异的有意识的表现中，丰富了文本的意蕴；而且在人物行为的结果设置中有意识地选择了否定性的实现方式，即如《为奴隶的母亲》的写作，人物顺从地接受了生活的安排，她的希望只是由此而得以改变自己的贫穷，但是结果却是更为痛苦的撕裂，不仅心被两个孩子所分开，而且生活并没有因此而发生任何实质性的改变。希望的被否决，努力的没有结果，生命的消失或者精神的堕落，“五四”底层写作的悲剧色彩由此而决定。和“五四”作家的底层启蒙写作不同，人们可以发现当下的底层写作者们在处置叙事者和人物的关系之时，往往将二者之间现实存在的距离加以祛除，叙事者较多选用一种平视的眼光，力求将主体的叙事和对象生活的客观展示一体化，从而追求一种接近于新闻报道般的“零距离”的真实。此外，在人物行为结果的设置上，区别于“五四”启蒙作家的否定式安排方式，当下的底层写作作家更喜欢选用一种肯定式的安排方式，即如《保姆》、《春草》等电视剧的表现，人物遭受不公但不放弃努力，结果好人有好报，生活的得以改变营造了一种终归让人满足的结局，故事的悲剧意味被人为淡化。

四　底层写作的不足与新文学传统之于当下的意义

作为一种极富意味的写作现象，中国当下的底层写作于2002年零星出现，代表作品有刘庆邦的《神木》、林白的《万物花开》等；2004年，“底层写作”作为一种异质性叙述渐渐浮出水面；2005年，“底层写作”和底层关注逐渐成为一种时尚的话题；2005年底的时候，“底层”一词已然成为中国文学界出现频率最高的词汇。这一时期，底层生活的表现业已成为一种热门时尚的写作，作品层出不穷——如《蚂蚁上树》、《肾源》、《亲爱的深圳》、《那儿》、《太平狗》、《命案高悬》、《大嫂谣》等；作家纷至沓来——如马秋芬、曹征路、陈应松、罗伟章、温亚军、吴君、鲁敏，等等。伴随着写作实践如此这般的发展进程，理论批评界对它的关注也逐渐加强，2005年之后，《北京文学》、《上海文学》和北京大学等刊物和学术研究机构曾先后对于底层写作现象进行研讨，各种理论批评刊物更是趋之若鹜，大有不谈底层免进来之势。

这样一种热潮的形成，当然有它存在的合理原由。在谈及当下的底层写作之时，学者陈福民曾说：“正是这种看似粗糙、观念化的写作，在前述文学娱乐的歌舞升平中，为人的文学和时代的文学保留了最后一点尊严，也为当下和未来的历史理解提供了一种伟大的注脚”①。论者李云雷

① 陈福民：《“底层写作”：没有完成的讨论》，见《探索与争鸣》2008年第5期。

也评论说，当下的底层写作，既是对此前热门的纯文学的一种纠正，“同时它们也不同于‘大众文化’的商业性、模式化与对大众心理的简单迎合，而力图以严肃的艺术态度进行创作，写出优秀的作品”[①]。他们的言论从不同的面向肯定了当下底层写作的成绩。但在肯定其成绩之时，我们同时也能够发现它的许多问题（特别是和“五四”作家的底层启蒙写作比较之时），其中最为严重的问题有两个：

一是叙事过程当中主体精神参与强度的弱化。为了说明其写作的真实性，当下底层写作者们往往有意识地消弭了叙事者主体和叙述对象之间的差异（对于这一问题，在将鲁迅和赵树理进行比较时，南帆先生有过较为精彩的论述[②]），将主观的讲述转化为貌似客观的展览。这样的处理，表面看似乎更为有利于生活的写真或反映，但实质上却大大减少了作品的精神内涵和降低了作品的艺术表现水平，使“底层”由写什么、怎么关注与怎样表现底层的多样复杂的存在简化为一种单纯的题材性存在，从而导致了知识分子本应有而且实际上也极为动人的悲悯情感和人道主义关怀的大大散失，典型的文本案例如陈应松的《马嘶岭血案》等。

仔细分析，这样的弱化所反映的，其实是写作主体在发现了自己对于对象进行意义处置和艺术表现的能力匮乏之后所采取的一种掩饰和讨巧。因为对对象生存境遇的不熟悉或者心理上的隔膜，没有真实深度的体验，所以便只好依靠新闻报道或者道听途说，从而使所讲述的故事本质上成为新闻事件的扩写，文本给读者提供的更多是信息而非感受和思考，平面化的产品所引发的自然也只能是平面化的消费，其写作也便很少给读者深刻而长久的冲击与思考。

二是艺术表现上的“审美脱身术”。在谈及对于当前的底层写作的印象时，有学者曾严厉指出：“在一些描写苦难，描写底层的作品中存在着‘美学脱身术’的问题，即它们不是深刻地反映现实中的问题，而是以其‘审美’遮蔽、掩盖、颠覆现实与对现实的叙述，以想象化的解决弱化了

① 李云雷：《如何扬弃“纯文学”与“左翼文学”——底层写作所面临的问题》，见《江汉大学学报》（人文社会科学版）2006年第5期。

② 王尧：《关于“底层写作”的若干质疑》，见《当代作家评论》2008年第4期。

问题的尖锐"[①]。这种"审美脱身术"的使用，诚如陈先生所言，它不仅使作家们难以真正正视现实的苦难，无法真正有效和深刻地反映现实中的问题，而且在一种老式的浪漫主义回归之中，使苦难的表达变得轻飘，使刻意营造的虚拟化了的温情暗暗替代了作家应有的历史价值的判断和对于现实走向的正面回答，意义的挖掘和艺术的表现因此都变得平庸，难以获取真正的超越。

此外还有底层写作的跟风现象，道德化强制，模式化和商业渗透等等。"底层写作没有达到所预期的把握现实、反映真实的效果，艺术质量也良莠不齐"[②]，或者干脆如某些新锐批评者所言："底层写作要用鞭子狠抽。"[③] 人们的不满因缘于底层写作自身的问题，正因为这些问题的存在，所以在对问题的形成进行分析和对底层写作进行历史化处理之时，我们可以发现"五四"的底层启蒙写作乃至整个新文学传统——如乡土写作、国民性探讨、左翼文学等所可能具有的资源或经验参照意义。直面生存的苦难，注意作家自己灵魂的拷问，更为普泛和深刻的人性之谜的探究，深沉的人道主义关怀寄寓等等，新文学作家们曾经在这些层面所进行过的真诚、独自的思考，相信经过现实的转化之后，还会对当下的文学提供种种参考和启示。

"现代文学传统的研究应当有'活气'，即格外关注那些在当代现实生活中仍潜在或显在起作用的因素。之所以叫传统，主要也就是指那些已经承传下来的东西。在现实生活中不难发现，由新文学所造就的普遍性的审美心理，阅读行为和思维模式等等，显然都是不同于古代文学传统的，从这些方面进入，也可以直接触摸到现代文学的根源。"[④] 这是温儒敏先生在谈及现代文学传统和当下写作的关系时所发表的一种意见，它启示我们学术研究的活力即在于从现实的文学现象为出发点对于文学传统所进行的重新思考。当下的底层写作和新文学传统的底层表现之间存在着太多的

---

① 李云雷：《如何扬弃"纯文学"与"左翼文学"——底层写作所面临的问题》，见《江汉大学学报》（人文社会科学版）2006年第5期。

② 李保平：《不要为底层写作编故事》，见《文艺报》2007年11月20日。

③ 同上。

④ 温儒敏：《思想史取代文学史？——关于现代文学传统的二三随想》，见南京大学现代文学研究中心主编《中国现代文学传统》，人民文学出版社2002年版，第21—22页。

联系，依照上述的观点，由此进入，我们也许真的能够通过一种重新关照和梳理新文学传统的有效渠道，从而借助于现实的力量，推动中国文学研究的发展。

别样的现代

——20 世纪中国马克思主义文学理论的现代性观照

谈到20世纪中国马克思主义文学理论的建构之时，将这种建构和现代性加以连接，这样的做法为时下许多年轻学者所不齿。之所以如此，是因为在许多人看来，现代性的概念，依西方一般性的认知，譬如马歇尔·伯曼（Marshall Berman）的看法，便以为“所谓现代性，就是发现我们自己身处一种环境之中，这种环境允许我们去历险，去获得权力、快乐和成长，去改变我们自己和世界，但与此同时它又威胁要摧毁我们拥有的一切，摧毁我们所知的一切，摧毁我们表现出来的一切”①。其质的规定，不脱在批判和反思的基础上重建或不断生发人类理性和智慧的要义。而以这样的要求审视，20世纪中国马克思主义文学理论的建构工作，则不仅缺乏现代性所应有的自我“批判和反思”机制，难以使理论工作者在自己身处的环境中“去历险，去获得权力、快乐和成长”，而且在具体的实践中，因其独尊一家之言而对其他种种可能的排斥，事实上也使中国现代文学理论在很长一段时间之内基本上退出了国际交流的时代场域，于西方理论界新见迭出快速发展之时自己却了无建树。缘此，他们便以为，20世纪中国马克思主义文学理论的建构，不仅基本上外在于西方现代性追求的大潮之外，而且在某种意义上讲，它甚至显示出了些许和20世纪时代主潮不相和谐的反现代性的意味。

“同情的理解”或站在对方的认知视点之上，上述看法的形成，自然容易发现其所可以依赖的现象依据和思维逻辑。但是，若换一种视点，或

① 马歇尔·伯曼：《一切坚固的东西都烟消云散了——现代性体验》，徐大建、张辑译，商务印书馆2003年版，第15页。

者从更为全面的立场去看，上述看法的偏执事实上也显而易见。现代化是多种多样的，现代性的认定当然也绝对不会仅止于一种，所以，若依西方某些人的标准要求，20 世纪中国马克思主义文学理论的建构可能较少现代性特征，但是若参照中国的实际情况，对问题进行更具整体性的思考，充分注意现代性表现的具体性或个别性，现代性和 20 世纪中国马克思主义文学理论建构之间的关系，也便未尝不可以进行一种重新的表述。

一

谈到现代性或现代化，一般人的意识中，自觉不自觉总会以欧美为代表的西方发达国家近现代模式说事，但事实上，诚如美籍华裔学者李欧梵先生所言，“根本世界上就存在着多种现代性”，“有所谓西方的现代性，也有非西方的现代性”。中国的现代性即是西方现代性之外的“另类现代性”，它的具体内涵，“我认为从中国文化的范畴来谈，现代性的基本来源是‘现代’这两个字，‘现’是现今的现，‘现代’或说‘现世’，这两个词是与‘近代’或‘近世’合而分、分而合的，恐怕都是由日本明治维新时期创造出的字眼，它们显然都是表示时间，代表了一种新的时间观念。这种新的时间观念当然受到了西方的影响，其主轴放在现代，趋势是直线前进的。这种观念认为现在是对于将来的开创，历史因为可以展示将来而具有了新的意义。从这里就产生了‘五四’时期‘厚今薄古’的观念，以及对于‘古’和‘今’的两分法……我认为这种现代性的观念实际上是从晚清到‘五四’逐渐酝酿出来的，一旦出现就产生了极大的影响，尤其是对于历史观、进化的观念和进步的观念”①。

李先生的话相信不一定人人都赞同，然而其中却内含了两个极有意义的思考点：一是中国“现代性”的“现今”或“现世”所指；二是“古”“今”两分基础上的“厚今薄古”观念。说得清楚一点，中国的现代性，既指一种不同于过去或以前的现今或当下时间属性，更指一种“厚今”、“薄古”所强调的进化进步的价值属性。这样的思考，它的好处，就是不仅将问题的讨论引向了明晰的中国语境，而且也指向了具体的

① 李欧梵：《中国现代文学与现代性十讲》，复旦大学出版社 2002 年版，第 3、4—5 页。

历史内容，从而让人们真切体会中国现代性表现的复杂和特殊。

而以这样的思考审视20世纪中国马克思主义文学理论的建构工作之时，它的现代性表述也便有了可能的理论支撑和合理的历史依据。

首先，从时间属性上看，很明显，马克思主义文学理论的引进和建构，对于中国文学理论而言，原本只是近现代以来的事情。具体点说，真正发生影响并有意义的工作，应该说是从“五四”时期才开始的。毛泽东曾有过一个说法：“十月革命一声炮响，给中国送来了马克思列宁主义”[①]，在马克思主义与中国之间历史关系的发生这一点上，他的表述无疑是非常符合实际的。而且需要强调的是，相较于哲学、经济、政治学等思想的引进吸收，中国马克思主义文学理论的建构作为人们运用马克思主义思想的一些基本观点对于中国文学所进行的思考和实践活动，应该说它的开展实际要更晚，以斯洛伐克著名汉学者玛利安·高利克的看法，“1923年底至1924年初，‘政治性的’，甚至是马克思主义批评观点的文学论文第一次在中国出现了”[②]。

基于此，可以进行如下推论：既然马克思主义思想理论的引进、接受和中国化改造只是20世纪中国才出现的事情，那么20世纪中国马克思主义文学理论的建构也便只能是20世纪中国理论批评家运用马克思主义的学说针对文学特别是中国现当代文学的实践所进行的理论思考，它和近代之前的中国古代文论有着非常明显的历史时段区分，所以，其本质上应该被看作是中国文学理论的一种现代构成，是中国现代理论工作者对于文学所进行的现代性思考的一部分，现代性应该成为其区别于中国古典或古代文论的鲜明属性特征。

但自然，时间属性上的现代性只是一种较为表层的指称，而于此基础上更进一步，在时代精神的根本归属上，受制于现代中国因缘于中西交往过程中屈辱性的失败而起的强烈的“救亡图存意识”，并及在此心理背景下所体现出来的现代性追求动机，所以，20世纪的中国，整体上讲，可以说就是中国人不甘落后，不甘被边缘甚至被灭绝于世界民族之林的求新

① 毛泽东：《论人民民主专政》，《毛泽东选集》（一卷本），人民出版社1964年版，第1360页。

② 玛利安·高利克：《中国现代文学批评发生史（1917—1930）》，社会科学文献出版社1997年版，第135页。

求变求发展的奋斗努力之国度。在这一段历史的发展之中，现代性或现代化追求显然成了一个贯穿且突出的主题，只有在这个主题背景之下，20世纪中国发生的那么多看似矛盾的现象，如启蒙和救亡、西化和民族化、进步和保守、革命和反革命、改革和反改革等等，也才能从本质上给予合理的解释。

正是由于现代中国社会并及由此而致的现代中国人在精神—文化心理结构上所引发的这种全面而深刻的现代性转换，整个的现代中国文学理论，诚如谭好哲等研究者所言："随着中国社会由古老的、封闭的封建社会向现代的、开放的现代化社会的转型，历经近代以来一百多年的变革和发展，中国文学理论在文学观念和研究方法、概念设定和体系构架等各个层面，均发生了现代性转变，获得了现代性新质……直至今日，中国文学理论时时都在面临变动发展着的时代现实所提出的诸多新的'现代性'的文学和审美问题的刺激与冲击，这些新的'现代性'的文学和审美问题已然需要文学理论持续不断地做出反应，予以回答。由此可以说，中国文学理论建设是中国现代化进程中的一个现代性事件，是一项正在进行中的、尚未完结的现代化工程和事业"①。

20世纪的中国文学理论建设整体上都是"现代化进程中的一个现代性事件"，20世纪中国马克思主义文学理论分属于20世纪中国文学理论之整体，立足于这样的整体属性立论，从现代性视域审视并描述20世纪中国马克思主义文学理论的建构，自然也便不应该被看作是"偏题"或"跑题"之作。

二

自然，从历史时位和20世纪中国文化整体的现代性属性背景下言说20世纪中国马克思主义文学理论的现代性属性，还只是一般或普适的推论。而与此相比较，20世纪马克思主义文学理论在其实际建构中所表现出的努力，事实上更容易说明其问题的实质。

① 谭好哲、任传霞、韩书堂：《现代性与民族性——中国文学理论建设的双重追求》，社会科学文献出版社2005年版，第1页。

其一，从最初的接受动机上讲，中国文学界甚至整个文化界对于马克思主义思想的选择，原本就是20世纪初叶中国知识界“别求新声于异邦”的问道于西方的一种具体表现。马克思主义思想最初也只是作为和达尔文、康德、黑格尔、尼采、叔本华等人的理论一样的一种新的学术思想而被引进和了解的，它的能到乃至能在中国立足，并且在“五四”落潮之后迅即从各种思潮中脱颖而出，成为一种主导型的思想学说，还原历史语境，考量社会心理，其中的原由诚如一些学者所言：“中国自从与西方资本主义文明大规模接触后，就走上了现代化的不归路。这是一个从社会到心理，从经济到文化，从生活方式到世界观，从伦理道德到风俗习惯的漫长、全面、深刻的转化过程。中国人原有赖以安身立命的东西似乎一夜之间失去了效力，无法继续指导中国人的思想行为。在面临社会形态转换的同时，中国人更面临一个意识形态的转换。中国人需要有一个新的意识形态来为他们新的思想行为提供合法性根据。这一新的意识形态在中国现代性追求进入第二个阶段时逐渐显出身形，通过承担并完成历史救亡任务而将前一时期的多元思想逐渐归结为具有现实针对性的一元，最终取得了合法的指导性地位，这种意识形态就是马克思主义。马克思主义为中国社会和思想带来的曙光，以其伟大崇高的理想成为指导中国革命和文化思想建设的主导意识形态。中国现代文学理论的现代性追求也从第二个十年开始直接与无产阶级革命斗争这一中国社会现实结合起来，因此具有了鲜明的政治、阶级色彩。其追求目标开始由具有启蒙价值的新文化理论转向具有社会救亡功能的文学理论体系，以马克思主义为指导的新的文学理论形式——马克思主义文学理论成为应时代之需的主流思潮，并在他者语境中实现了新一轮的理论综合”①。

很明显，中国的现代性追求，因为其特殊的生存焦虑，原本根源于建设现代民族国家的强烈愿望诉求，所以无论是“五四”时期精神启蒙的倡导还是二三十年代无产阶级革命斗争的鼓动，中国知识界于马克思主义思想学说的最初选择，事实上都不能不与这种现代性追求的根本动机密切相关，20世纪中国马克思主义文学理论建构的诸多内容，如实用特征、

① 谭好哲、任传霞、韩书堂：《现代性与民族性——中国文学理论建设的双重追求》，社会科学文献出版社2005年版，第140页。

工具属性强调等等，多半也只有在这种大的现代性动机之下，才能得到更为合理的解释和说明。

其二，在20世纪中国马克思主义文学理论的建构过程中，不仅人们所使用的一些基本理论概念和术语，如“反映性”、“典型性”、“社会主义现实主义”、“审美意识形态”，等等，具有着明显区别于中国古典文论理论话语的时代特点，而且在对一些更为重要的理论话题——如文学与革命的关系、文学的阶级性、文学的民族性、作家与生活的关系、作家主体的世界观改造等问题——的思考中，理论家们实际所进行的思考，像李大钊、胡风、童庆炳、钱中文等，便既表现出了中国马克思主义文学理论工作者与国际现代思潮（如民粹主义、表现主义、无政府主义甚至后现代主义等）之间的某种前因后果的影响关系，同时也内含了与各种非马克思主义的现代主义思想有意无意谋求对话的隐形思维结构，所以，论争，斗争，批判等等，各种发言事实上都是以和现代社会大背景之下某种对象（虽然许多时候这种对象只是虚拟的）进行对话而展开的。

正是在这样的意义上，温儒敏先生所说的一段话也便给人很好的启示。在论述20世纪中国马克思主义批评的表现问题时，他讲：“本世纪（即20世纪）马克思主义在中国形成和传播过程中，也始终受政治变迁的影响。它本来就是一种很有活力的理论体系，在适应与参与政治变革的过程中为政治所左右，势必得到不同的理解，在一些与政治相关的敏感的问题上形成阐释上的分歧。而且马克思主义批评有天然的战斗性，它要不断批判抵制与它的基本原理相悖的其他文学理论批评体系，构成一种激烈的‘对话’，这种‘对话’在事实上也不能不影响到马克思主义批评本身，使他不断因势利导地调整改变自己的某些具体的理论命题”①。他的话清楚表明，20世纪中国马克思主义文学理论包括其批评的构成原本是复杂的：它既随着政治形势的变化而不断变化，因而其内部总是存在着不同的理解；它又在与不同的文学理论批评体系——特别是各种现代主义理论——的激烈对话中，不断对自己进行着各种各样的调整。

以这样的理解审视20世纪中国马克思主义文学理论建构过程中的一些重要现象，譬如说胡风的“主观现实主义理论”的构成，我们便能够

---

① 温儒敏：《中国现代文学批评史》，北京大学出版社1993年版，第153页。

发现胡风的意见，既本自于正统的马克思主义理论思想，但是它又有其鲜明的当下指向或现代属性，其不仅是在与当时的各种文艺理论思想——如性灵主义、公式主义、客观主义等——的斗争中逐渐形成的，而且其思想资源的背后，除却马克思主义基本理念和现实的体悟之外，事实上还有风行一时的精神分析学说影响的痕迹。①

即便是文学与政治的关系或现实主义理论等一些看起来比较普泛的话题，若认真梳理它们的建构历程，深入其脉络肌理，其中内含的精神品性和意义价值，事实上也便的确如陈晓明先生所言："文学被赋予重大的政治使命，这是中国文学特殊的现代性进向。但是如何使革命的政治与文学更加紧密地结合，那就要依赖对现实主义理论的更严格和更有开拓性的探究。从为人生的艺术，到广义的写实主义，再到社会主义现实主义，革命政治与文学的结合就一步步走向明晰和具体，中国的左翼文学也就开始具有了更加明确的理论内涵。现实主义的深化和巩固，就预示了社会主义革命文学全部的历程。在现实主义理论基础上来阐释革命文艺，就不再是政治和文学分离的情况，或是文学与政治的二分法的对立，而是完全把二者重合在一起的具有现代性的崭新高度的文学时代的开启。"②

所以，问题的关键可能还是要涉及人的认知角度和思维方法。此前很长一段时间之内，在思考20世纪中国马克思主义文学理论的建构之时，批评者们似乎更愿意将话题置之于20世纪中国特别是左翼之后到改革开放之前的一段历史时间之中，并且将中国马克思主义文学理论的建构与"五四"文学革命运动所开启的现代启蒙传统和新时期以来的改革开放思想对立起来，就中国谈中国，就马克思主义谈文艺理论，所以也便难免将本来一体化的历史进行人为的间离，将复杂的事情简单化处理，从而使20世纪中国马克思主义文艺理论的建构这种本来内化于世界范围内民族国家知识分子现代性追求和近现代以来中国知识分子不断寻找西方参照、积极进行民族振兴的现代性努力的行为，脱离其存在的整体背景，真空化

① 关于这一点，参见胡风《略谈我与外国文学》之文，载《中国比较文学》1985年第1辑。在这篇文章里，胡风虽然不否认厨川百村的理论有其唯心论的片面性，但是他坚持认为厨川所说的"创作过程总是从这种主观需要（苦闷）出发"的意见是对的，是有着积极意义的。

② 陈晓明：《重论现实主义理论源流及其斗争——革命文艺理论的发生学探讨》，载《文艺争鸣·理论》2008年第11期。

或封闭化，自我放逐于中国文学的现代性描述之外。意识到问题的存在，若是我们能够主动变换思路，不仅注意从世界角度看中国，将20世纪中国马克思主义文学理论的建构行为置之于20世纪世界范围内整体的现代化进程之中，而且也注意将20世纪中国马克思主义文学理论的建构和“五四”时期的启蒙思潮，和中国改革开放之后积极的对于以西马为代表的现代西方思想的介绍吸收等取向进行连接，于时空二端进行整体的贯通，我们自然便能够发现，20世纪中国马克思主义文学理论的建构，无论其实际取得的成绩怎么样，但在行为的根本属性上，它本来就是或者应该是20世纪世界现代性追求的一种构成，是带有中国自身特点的别一种现代性追求或努力的具体表现。

洗涤他们的灵魂

——启蒙视域下赵树理小说的民俗文化表现

因为与土地和传统至为紧密的联系，所以民俗之“民”，最为重要的构成首先便是农民，民俗文化因此也便相应地成为农民文化生活极为重要的构成。赵树理的小说写作多以农民生活为其表现内容，浓郁的民俗文化风味因此也便自然成为其小说写作中极为重要和显著的美学标志。

在对赵树理小说中的民俗文化表现进行审读之时，学界已有的研究较多集中于“他写了哪些民俗文化”和“他是怎样表现这些民俗文化的”两个问题，而对于与此紧密相关的另外一个前提性的问题——即他为什么要关注民俗文化或者是站在什么样的立场和角度上去表现民俗文化的这一问题，则普遍地给予了某种不经意的忽视。这样的忽视引发了赵树理和民俗文化关系话题研究的不足和局限：“观念决定行动”，不明白作家“为什么写”的问题，对于作家“写什么”和“怎样写”的问题自然难以获得真正的清晰。

赵树理为什么会写以及如此那般的写民俗文化？这一问题和他的文学写作动机和意图关系至为密切。参照具体的文献史实，赵树理从事文学写作的动机和意图，可以从两个方面获得基本的理解：一方面，作为一名深受“五四”新文化运动影响的现代作家，加之对于中国民间社会和底层民众远较他人真切的理解，他的写作自然顺延或者说承袭了“五四”乡土文学的启蒙主题，存有通过思想的教育而唤醒民众改变自己和国家命运的真切思想启蒙动机和意图；另一方面，因为失望于“五四”新文学与底层民众的隔膜，加之主动的政治责任承担，他的写作亦表现出了“维护宗教一样维护革命”[①] 的

① 赵树理：《运用传统形式写现代戏的几点体会》，见《赵树理文集》（第4卷），工人出版社1980年版，第1777页。

解决“工作问题”的明晰政治动机和意图。两种动机和意图在他的写作实践之中不断交织、冲突，不仅构成了他复杂和生动的精神存在图像，而且也至深地营造了他作品的面貌和品格。本文的写作择其一面，主要从启蒙视域观照和审视赵树理小说中的民俗文化表现，力求能够通过一己的努力，从一个特殊的途径进入到赵树理和其小说写作世界的深层理解之中，同时也对启蒙话题在20世纪四五十年代的别样表现和中国现代小说的现代性建构进行一点个人的思考。

一

与现实政治革命所保持的极为紧密的关系，加之因为对于“五四”新文化思想和中国乡村社会普通民众之间“天悬地隔”的分离状况的真切体察，所以，赵树理的小说写作和以“启蒙主义”为其目的的鲁迅等新文学大家的写作是存有着明显的差异的。但是需要说明的是，无论怎样强调赵树理写作和“五四”主流话语写作之间的不同，却都不能从根本上否认在看得见的不同之外，作为一位成长于现代中国文化语境且置身于中国现代新文学整体背景中的中国现代作家，他与“五四”启蒙主义文学思想之间不可能不发生的内在关联。

首先，我们可以看到，赵树理本人的人生和文学觉悟原本就是一种思想启蒙的结果。

赵树理小名叫“得意”，这个名字是他先前经商、壮年之后又返乡务农且粗通文墨的祖父取的，其真切而又生动地表现了在数代单传之后一个小男孩的到来给一个家族所带来的巨大的喜悦。他出生的村子叫尉迟村，虽然时代已然到了新的世纪，但是在婚丧嫁娶、迎来送往、四时节庆并及尊卑长幼和婆媳关系诸多方面，这里的规矩和讲究却还“和前清光绪年间的差不多”①。母亲及其舅舅一家信奉一种叫“清茶教”的小型宗教，她们认为“神在柜中，柜中放两半盆清水，清水上放筷，平时不开。教徒不用烟酒葱蒜。每天查一次水缸，缸里若有什么东西，如蜘蛛等，认为

---

① 赵树理：《孟祥英翻身》，见《赵树理文集》（第1卷），工人出版社1980年版，第195页。

是得罪了神。柜里的筷子受到震动开了叉，也认为是得罪了神”[①]。父亲则虔诚于“准宗教”式的阴阳八卦术，一如《小二黑结婚》中的二诸葛，“抬脚动手都要论一论阴阳八卦，看一看黄道黑道”。生长于这样的环境，环境文化先在而且日常化、细节化的长期影响，所以，在1925年夏进入山西省省立长治第四师范读书之前，食素戒荤，敬惜字纸，相信“举头三尺有神灵”，赵树理自然也保持着和其生存环境高度一致的保守、愚昧和迷信习惯特点。但是，他所保持和信崇的这些东西，在进入到长治师范——准确点讲，在接触到了以同学王春为代表的新文化、新思想之后，经过和他的辩论，“每次都输，输了才接近他”，于是崇奉他为自己的“启蒙老师”[②]，在他的引导下，不仅慢慢破除了笼罩在他头顶的迷信雾霾，开始认同并主动了解“五四”新文化思想，而且也“开始接触‘五四’以来新文学，特别喜欢鲁迅、郁达夫的作品，以及文学研究会的《小说月报》、创造社的《创造季刊》等。学着写了新诗新小说，学习欧化”[③]。

自身的这种“被启蒙”而后得以觉醒的经历，此外，在获得了新的知识和思想，运用新的眼光对于“天聋地哑”的中国偏僻乡村社会进行重新观照之后，赵树理事实上也便认同了“五四”主流文化所主张的“思想启蒙”观念。在长治师范上学期间，每逢回家探亲，深感于家乡时时处处的迷信重重，他便有意识地将学校里学到的科学知识和先进思想用之于周围亲人生活的改造，虽然结果不过是连连碰壁，但是也正因为这样的不断碰壁，所以当他能够拿起笔大声地对底层民众说话之时，希冀通过鲜活生动的故事讲述，揭示乡村百姓在无意识状态下为落后的风俗习惯所蒙蔽因而不能自觉到其为人所欺辱和剥削的真相，从而达到教育百姓、促使其积极投身于争取自身解放的目的，也便成为了赵树理小说写作重要且贯穿始终的主题。

为这种主题表达的需求所内在支配或驱使，在有关民俗文化内容的表现上，我们也便能够发现，和鲁迅一样，或者说自觉不自觉地承袭了鲁迅

① 赵树理：《运用传统形式写现代戏的几点体会》，见《赵树理文集》（第4卷），工人出版社1980年版，第1775页。

② 同上书，第1776页。

③ 《赵树理著作年表》，见《赵树理文集》（第4卷），工人出版社1980年版，第1940页。

小说写作所惯用的处置方法，赵树理也便往往将底层民众的民俗生活，更多看作是一种负面的生活内容，且在这种内容的展示之中，更喜欢把关注的重点落实于人物主体对于民俗文化的修习上，从而通过人物主体于民俗文化内容自觉、主动的接受行为或操作行为的演示，说明人物思想上的不觉悟或精神上的被奴役。

《小二黑结婚》中的三仙姑本来不装神弄鬼，但是因为不满意于自己的婚姻，又不愿意接受公公和丈夫的管教，且意识到了借助于人们对于神的崇信，不仅可以光明正大地摆脱公公和丈夫对于她的管教，而且也可以赢得村子里年轻异性对于自己的追捧，所以，在邻家一个老婆“在她家下了一回神，说是三仙姑跟上她了”之后，“她也哼哼唧唧自称吾神长吾神短，从此以后每月初一十五就下起神来，别人也给她烧起香来求财问病，三仙姑的香案便从此设起来了”。很显然，她的装神弄鬼，并不是别人强迫她接受的，而是她自己主观上意识到了这样的接受可能带给她本人的现实利益，所以将原本外在于她的民间崇神信仰和巫术内化于自己的日常行为，且于长期的演化操作之中，习惯成为自然，俨然自己就是一种神的化身，不仅欺骗别人，同时也欺骗自己，使自己不知不觉之中完全忘记了自己作为一名妻子和母亲应该有的本相。

二

相对于具体的个人而言，民俗生活总是显现出了明显的先在性和给定性，换句话讲，也就是一个人一俟降临到人世，他所置身的环境总是会先在地给他提供一些群体所共同持存的民俗文化和生活，个体若要顺利进入群体，和周围世界保持一致，他或她也便自然需要信崇和修习这些民俗文化和生活。不过，这只是事情的一个方面，而在事情的另一方面，具体的个人又总是有着自己鲜明和独自的主体性的个体，所以，其对环境所先在给予的东西，事实上又可以根据自己成长的设计进行富有选择性的接受。缘此，个体与民俗生活之间的关系，即如民俗文化研究者高丙中所言：“民俗生活是人的生命在情境中遵照意向在民俗模式中的呈现。作为人的一种活动过程，民俗生活是人的这一活动主体的现实表征。由此看来，民俗生活是由民俗模式、情境、意向和生命所整合而成的活动，所整合而成的一个统一的过程。民俗生活是主体的实现，在这活动和过程中，体现着主体的参与和投入，贯穿着主体的作为”[①]。以此为据，我们也便清楚，民俗文化和生活的接受，无论怎样强调先在环境的给定性，但是，它本质上却是一种由主体决定并且归根结底应该由主体负责的事情，所以，当其所要接受的民俗文化和生活如果业已显现出某种腐朽或者负面效应，可是接受的主体却没有警觉，相反却自觉地选择顺从和认同之时，他或她精神的不觉悟也便自然显现。举例如《登记》中张木匠的母亲，自己年轻时深受“娶到的媳妇买到的马，由人骑来由人打”的陋俗的苦痛，但是到了自己熬成婆婆之后，她却不仅不思改变，相反却变本加厉地信崇和操持这一陋俗，怂恿自己的儿子欺辱自己的媳妇，显见其精神、思想上的麻木和深受毒害。

和这种民俗文化接受的主体性相一致，当意识到了外在的民俗文化要求一旦内化为生命个体的主体认同即会成为其思想和行动的指南之后，赵树理在他的小说之中也便给读者深刻地揭示了民俗文化存在的日常化、细节化实质，充分说明深受旧思想、旧习惯毒害的老派乡村人物，是怎样地在愚昧落后观念时时处处的制驭之下，一言一行都不能自主的情形。

《小二黑结婚》中的二诸葛迷信阴阳八卦，所以抬手动脚便“都要论一论阴阳八卦”，种地时要翻翻黄历，看看是不是黄道吉日，适宜耕种还是不宜耕种；二黑和小芹好上了，别人前去提亲，可他却死活不同意，不同意的理由一是“小二黑是金命，小芹是火命，恐怕火克金；第二小芹生在十月，是个犯月”，即人们忌讳的“破月”，不吉利；而小二黑被金旺和兴旺抓到区里之后，他先是讲自己今年罗睺星照运，要谨防戴孝的冲了运气，但不巧的是前天早上上地，才上到岭上，偏偏就碰上了一位穿了一身孝的骑驴媳妇。而后又说“昨天晚上二黑他娘梦见庙里唱戏。今天早上一个老鸦落在东房上叫了十几声……唉！反正是时运，躲也躲不过”。《传家宝》中李成的娘也是，她按照老习惯心理预先形成了“媳妇要有个媳妇样”的模糊观念，然后在这“媳妇样”的模糊观念驱使之下，她内心的“老婆婆”对媳妇的定见便时时处处表现出来：媳妇单手提一桶水她觉得和自己不一样，是不对的；媳妇用大瓢往锅里舀水，而自己一

① 高丙中：《民俗文化与民俗生活》，中国社会科学出版社 1994 年版，第 161 页。

直是用碗舀的，她也觉得没有个媳妇样；她洗一棵白菜只用一碗水，而媳妇却要用半桶水，这也“不象女人”；破箱子的位置不能动，喜欢到地里劳动也是错，做饭多放点油是“要派头”，赶集买双鞋、裁缝铺里做件衣服，也抱怨说“不嫌败兴！一个女人家到集上买着穿！不怕别人划她的脊梁筋”。二诸葛神课出的黄道吉日到底有什么道理？李成娘所以为的媳妇到底怎样了才像个女人？他们并不深思，但是他们心里内化极深的讲究和规范，作为一种极富渗透性的理念弥漫于日常生活的各个细节，也便于不经意之中织造出了一张细密结实的网络，套住了自己，同时也不断想要束缚别人。

落后、腐朽的民俗文化的日常化、细节化表现已然厉害，它们以人的肉眼看不见的形式，遍植于人生活的各个环节，使个体在与既定的对象——多半是一些具有一定势力的人，如长辈、手握权力的人等——交往之时，不是动辄得咎就是终了归顺，从而在层层制驭之中或者被别人控制，或者将他杀变成自杀，在他人对自己进行控制之前完成自我的控制。正是在这种意义上，我们看到在赵树理的小说中，二诸葛、三仙姑、老秦、李成娘等老一代落后农民对于年轻人追求自由、进步的压制，其作用往往与欺辱着他们的封建势力和腐朽政权的期望之间具有着高度的一致性，换句话讲，在对小二黑和小芹自由恋爱的态度上，二诸葛、三仙姑这样的人事实上不自觉地和金旺、兴旺一类的人成了同盟军，正是因为他们的存在，金旺和兴旺他们始才得以有恃无恐地施展其淫威。

三

但是，和这种日常化、细节化的民俗文化表现相比较，赵树理在他的小说写作中亦说明，民俗文化传承过程中的历史承袭性，其实对于个体——特别是年轻一代的精神解放具有更大的控制作用。

《登记》中张木匠的娘年轻时也有过和她的媳妇小飞蛾一样的爱情追求，但她的追求不合乎“父母之命，媒妁之言”的传统习惯，不被周围环境所允许，所以老张木匠依据惯常做法给予了武力的打压，迫使她放弃追求，成为了被习惯所驯服的奴臣。这样的经历，本来是个体生命的一种悲剧，但问题的可怕性却在于当张木匠的娘从媳妇熬成婆婆之后，她不仅不对和自己有着相似遭遇的媳妇给予必要的同情，相反，因为知根知底，所以也便更为冷酷地怂恿自己的儿子："快打吧！如今打还打得过来！要打就打她个够受！轻来轻去不抵事！"为什么会这样了，叙述人解释说："原来他妈当年年轻时也有过小飞蛾跟保安那些事，后来是被老木匠用这家具打过来的。"

腐朽落后的民俗文化的这种历史传承性表现，在《孟祥英翻身》一文中是以"传家宝"的象征形式加以生动演示的。孟祥英的婆婆有"三件宝：一把纺车，一个针线筐和这口黑箱子"，"针线筐是柳条编的，红漆漆过的，可惜旧了一点——原是她娘出嫁时候的陪嫁，到她出嫁时候，她娘又给她作了陪嫁，不记得哪一年磨掉了底，她用破布糊裱了起来，各色破布不知道糊了多少层，现在不只弄不清是什么颜色，就连柳条也看不出来了"；"装这些东西的黑箱子，原来是李家的，可不知道是哪一辈子留下来的——榫卯完全坏了，角角落落都钻上窟窿用麻绳穿着，底上棱上被老鼠咬得锯齿一样，漆也快脱落完了，只剩下巴掌大小一片一片的黑片"。就这些东西——看不清什么颜色的，不知道是哪一辈子留下来的东西，李成娘却想着早给李成娶上个媳妇，"拿她的三件宝贝往下传"。在娶上了媳妇之后，更是时时处处用一些说不清道不明的穷讲究和老规范要求和制驭媳妇，希望她能成为自己的一种延续，并因此时时处处发现和感觉到媳妇的不顺心和不合意，不知不觉就成了新生活的对立面或阻逆者。

旧筐子的不断修补和老箱子的一代一代传承，其首先显现出的结果，便是新生活的难以立足，新人物成长的不易和艰难。二黑和小芹明明是你看上我，我喜欢你，你情我愿，但二诸葛在所修习的传统阴阳五行理念的驱使下，对于孩子们自主的婚姻追求却始终不肯认同，即使政府都同意了，他还是要反对，对区长发急说："千万请区长恩典恩典，命相不对，这是一辈子的事！"作为媳妇，金桂和孟祥英虽然对于自己要做的事务都处置得不错，然而依从说不清道不明的世世代代传下来的观念，她们的婆婆还是觉得她们这也不对，那也不对，没有一个女人样，她们所要进行的新生活建设工作，由是显得格外沉重。正是因为意识到了落后习俗这种可怕的历史因袭或传承特性，所以当小飞蛾无意中发现了女儿艾艾用自己的戒指换了罗汉钱之后，对于女儿行将展开的前途命运也便充满了担忧和恐惧——"我娘儿们的命运为什么这么一样呢？当初不知道是什么鬼跟上了我，叫我用一只戒指换了个罗汉钱，害得后来被人家打了个半死，直到现在还跟犯人一样，一出门人家就得在后边押解着。如今这事又出在我的艾艾身上了。真是冤孽：我会干出这没出息你偏也会！从这前半截事情看起来，娘儿们好象钻在了一个圈子里。傻孩子呀！这个圈子，你妈半辈子没得跳出去，难道你也跳不出去了吗？”

小飞蛾所恐惧的这种前后两代人跳不出去的“圈子”，其实即是民俗文化的历史传承所体现出来的旧的生活方式和理念的超稳定存在形态的象征性表达。从纵向的时间一域审视，这种圈子即是旧规范旧习惯的“历史轮回”，时代在发展，新人不断出现，但是经由父子、母女的代代因袭，老旧的意识观念依旧成为新生活的现实内容构成，且作为深层的公共价值规范，全面并细节化地对新的生活的建构和新人的日常言行进行干预。“社会上多数古人传下来的模模糊糊的道理，实在无理可讲”，但是其“却能用历史和数目的力量，挤死不合意的人”[①]，鲁迅所感叹的这种事实，同样具体且生动地表现于赵树理所描写的人们的生活，“从来如此”，或者“先前就是这样的”，太多的古旧习惯，历史轮回的这种圈子的束缚，不仅造成了新的沉重，使外在环境往往借助于传统和数量的优势，迫使个体接受来自于外在的规范，最终在“貌似无事的悲剧”形式展开之中，使新人迅速老化，即如赵树理所刻画的老一代农民形象，如三仙姑、小飞蛾婆婆、李成娘、金桂婆婆等，通过自我的阉割和改造，成为封建思想观念的承载和传播者，阻逆或者延滞个体的觉醒和新生活展开的速度；而且也诚如鲁迅所言，旧的习惯和传统的力量，一如病毒的遗传，“传之子孙，而且久而久之，连社会都蒙着影响”[②]，“若干分子又被太多的坏经验教养得聪明了，于是变性，知道在硬化的社会里，不妨妄行”[③]。

鲁迅所讲的后一段话中的情形，典型地体现于赵树理所写的两类人物的表现。

---

① 鲁迅：《我之贞烈观》，见《鲁迅全集》（第1卷），人民文学出版社1981年版，第124页。

② 鲁迅：《我们现在怎样做父亲》，见《鲁迅全集》（第1卷），人民文学出版社1981年版，第134页。

③ 鲁迅：《十四年的“读经”》，见《鲁迅全集》（第3卷），人民文学出版社1981年版，第130页。

一类是蜕化变质的新一代青年，像《李有才板话》中的小元，像《邪不压正》中的小昌等。小元本是老槐树底下小字辈的代表，是和村西头的作为封建旧势力代表的恒元等人站在对立面的，但是当他被小字辈们推举为领导之后，架不住恒元、广聚、家祥等人关于领导应有派头的思想灌输，在旧习惯和讲究的渗透之下，逐渐丧失了自己的立场，“从此之后，小元果然变了，割柴派民兵，担水派民兵，自己架起胳膊当主任”，成为旧势力恒元一派的同盟军；无独有偶，小昌原本也是革命的积极分子，但是当革命成功做了农会主任之后，因袭旧有的落后习俗和意识，在分了地主刘锡元的房子、土地之后，不知不觉又成为底层民众的新的主人。正是在旧有习俗和思想意识在新一代人身上生动具体的传承演化过程之中，通过新的蜕变或者新旧的掺杂，赵树理从一个至深的层面上，延续了鲁迅曾经所揭示的启蒙主题，告诫人们必须时刻清醒封建思想借助于传统习俗和意识的历史因袭，“不断与自己本身的弱点作斗争，勇于洗涤自己的灵魂，才能创造新的生活”①。

另一类是一些身上具有着流氓习性的人物，如《小二黑结婚》中的金旺、兴旺，《李有才板话》中的阎喜富，《李家庄的变迁》中的小喜等。这些人物多半显现出了一些显性的流氓做派，“抗战初年，金旺、兴旺为一只溃兵作了内线工作，引路绑票，讲价赎人，又做巫婆又做鬼”；阎喜富则“吃吃喝喝有来路；当过兵卖过土，又偷牲口又放赌，当牙行，卖寡妇……什么事情都敢做”；小喜也是“中学毕业，后来吸上了金丹，就常和邻近的光棍们来往，当人贩、卖寡妇、贩金丹、挑诉讼……无所不为”。但让人印象更为深刻的是，他们身上的这些流氓习性或者做派，并没有随着生活的变化而真正消失，相反，改变其显性的存在特征，往往以更为隐蔽和巧妙的方式，表现于新的历史阶段之中，混淆人们的视听，麻痹人们的警觉，对于新生活的建设产生种种的破坏作用。例如金旺、兴旺的流氓习性表现，没当村干部之前，是很容易为人们所识别的，但一俟成了村干部，成了新政权的基层体现者之后，其为了一己的私欲，意图霸占小芹，整治小二黑罪的做法，原本就是他们骨子里深藏的流氓意识的体

① 钱理群、温儒敏、吴福辉：《中国现代文学三十年》（修订本），北京大学出版社 1998 年版，第 371 页。

现，但是因为他们作为新政权代表人的身份，加之信存广泛的“婚姻大事，听之父母”的旧有理念作祟，群众对于他们的表现，自然也便一时间很难进行分明的是非判断。

而且更为可怕的是，体现在金旺、兴旺身上的这种流氓习性，作为一种植根于人们意识深处的精神存在，其在历史的传承、延续之中，即如一种传染性极强的病菌，往往隐性而且普遍地存在于一般民众特别是底层贫苦民众之中，使中国现代革命和新文化建设的反封建工作由是显得异常艰难和沉重。《邪不压正》中的小旦本来是一个彻彻底底的穷人，因为生存的需求，他逐渐成为地主刘锡元的狗腿子，帮助其欺压其他穷人，革命到来之后，他并未被革命所清除，相反，却摇身一变成为革命的积极分子，不仅捉来刘锡元父子，对他们进行批判，而且为了满足其私欲，摆出一种更为革命的姿态，对于靠开荒起家的王聚财也进行斗争，在貌似积极、先进的行为中，实施其不可告人也不容易为别人所识别的政治两面派做法。小旦的这种不因历史条件的变动而体现出来的隐性流氓习气，其实更为普遍地表现于更多的人物，如为了满足自己私欲而泯灭了母性的三仙姑，如《李有才板话》中虽是穷人但却骨子里崇拜着权力的老秦，本给地主吴启昌做长工但因为贪图一点小便宜而不知不觉成为一名“吃烙饼”干部的张德贵，如变质干部小元和小昌等等，这些人的表现，诚如一研究者所言：“在农村社会的变迁中，流氓往往是得利最多的，虽然他们被许多农村人物所鄙视、厌恶甚至痛恨，但是在现实生活中，农村人物要获得成功，便又在自觉不自觉模仿这些流氓形象。因此说，赵树理的小说对农村流氓性的表现，是赵树理对国民劣根性的思考，是在鲁迅开创的基础上，进一步揭示出了我们国民劣根性的根深蒂固，这使他的小说有了与鲁迅相同的思考角度”①。

透过上述的分析，我们可以发现，作为一个被“五四”新文化所唤醒同时也自觉认同“五四”新文学思想启蒙传统的现代知识分子，赵树理的小说写作对于民俗民间文化的处置，自然也便常常将关注点落实在了人物思想意识的自我转变上，通过民俗文化和人物关系的生动演绎，从具体的人的精神存在形态的观照一域，不仅极具个性地表现了自鲁迅而来的

---

① 郭文元：《现代性视野中的赵树理小说》，甘肃人民出版社2009年版，第107页。

"立人"主题，而且也从一种特殊的面向，揭示了封建文化在新生活中的顽固且不断变化着的存在，从而借此说明了新生活建设中反封建主题的必要性，显见了其写作鲜明的思想启蒙动机；但是除却或者说在这种身份之外，作为一名实际的革命工作者，赵树理的写作更为主要的动机还在于通过小说写作的方式，解决实际的工作问题，为此，虽然认识上并没有真正完成过渡，但是作为一名党的文化宣传工作者，他还是自觉地"将自己的写作的活动从以主流新文学背后的'现代新文学话语体系'（可简称为'五四'话语）作支撑，转向以自己所属的革命团体背后的'革命话语体系'作支撑"[①]。而从这种服务于政治的动机出发，其小说写作对于民俗民间文化的处置，也便将关注的重点更多集中于腐朽封建文化在民俗民间文化身上的寄生性和它为敌对、恶旧势力的可利用性上，从而在民俗民间文化为敌对、恶旧势力所具体操作演化之时，揭示出其本身的僵硬、滞后并手段、工具特性。

缘此，实际的情况也许确如研究者丁帆所言："为一个为农民代言立命的无产阶级作家，赵树理所取的是国家与民间的双重立场，他用以分辨'愚昧'与'觉醒'、'先进'与'落后'、'新'与'旧'的思想标准，虽然不乏'五四'启蒙思想的蕴涵，但主要是他所理解的政治意识形态观念。"[②] 这种双重的立场，使得赵树理小说写作之中的民俗民间文化的表现也便显现出了相应的艺术效果：当作家的启蒙意识和政治立场基本一致或相对和谐之时，其民俗民间文化的表现，也便既紧密相关于人物的思想觉悟，同时也关涉于人物政治进步的宣传主题，即如《小二黑结婚》、《李有才板话》、《李家庄的变迁》、《登记》等作品的写作，给人的感觉是不仅生动活泼，而且也意味深长；而当作家的启蒙意识和政治立场不一致——特别是当政治立场完全取代了启蒙意识的时候，即如《三里湾》、《杨老太爷》、《互相鉴定》等作品的写作，或者就像《小二黑结婚》中区长对二诸葛的态度："我不过是劝一劝你，其实只要人家两个人愿意，你愿意不愿意都不相干。回去吧！童养媳没处退就算成你的闺女！"这种太过直接、急切的政治功利目的，自然使得有关民俗民间文化的表现，不

① 范家进：《现代乡土小说三家论》，上海三联书店2002年版，第246页。
② 丁帆：《中国乡土小说史》，北京大学出版社2007年版，第168页。

仅简单、粗糙，而且用意也过于直白、表面，缺乏蕴藉。

不过，作为一位具有着鲜明民族特色的乡土写作者，在中国文学力求以自己的方式参与到世界化背景下的现代性内涵建构之时，在新文学政治参与和思想启蒙的双重主题表现之中，赵树理在小说写作中对于民俗文化的对待和处置，无论成功还是失败，因其本身作为“赵树理方向”所发生的历史影响，以及话题所牵涉的传统与现代、国家与个人、文人与民间、政治与启蒙、启蒙和文学、政治和文学等复杂关系，所以对于它们的研究，自是可以将人们对于中国文学发展的思考，引向一个极为深广的天地或空间。

政治上起作用

——政治视域中赵树理小说写作中的民俗文化表现

赵树理的小说写作有着极为丰富的民俗文化内容表现，在谈到其小说写作对于民俗文化的表现之时，一般研究者较为关注作者思想启蒙意图对于民俗文化内容运用、处置时所发生的影响，但事实上，除了来自于新文学传统的思想启蒙动机之外，因为失望于“五四”新文学与底层民众的隔膜，加之感恩于政治革命对于自己生活的振救而起的主动的政治责任承担，他的小说写作因此也表现出了“维护宗教一样维护革命”[①] 的解决“工作问题”的明晰政治意图。政治意图更多体现的是政党团体的利益诉求，而民俗文化作为一种民众稳定和普遍传承的生活文化和文化生活，更多显现的是民间民众群体的利益诉求，这两种不同的利益诉求可以沟通、一致，但也在具体的生活演绎中不断忤逆、冲突，缘此，赵树理因缘政治意图而对于民俗文化所进行的艺术处理，也便在实际的写作实践中建构出了复杂的存在景观，显示出了丰富的意义内涵，所以从政治视域观照和审视赵树理小说中的民俗文化表现，对人们进入赵树理小说世界并有效理解其民俗文化表现的价值意义自然应该有着较好的引导作用。

一

启蒙意图所体现的，更多是赵树理作为一个新文学传统中人的自觉价值追求，但在思想启蒙动机之外，因为现实的政治革命所给予的生存佐助

---

① 赵树理：《运用传统形式写现代戏的几点体会》，见《赵树理文集》（第4卷），工人出版社1980年版，第1777页。

之力，“以至于除了投身激进的革命队伍之外，他的写作才能、他的人生追求甚至是他的基本生存安全简直就难找到最基本的实现空间”，加之“在他所生活的年代，暴力形式的政治革命成了压倒一切的主题，赵树理本人也只有投身这样的革命群体才能获取写作的基本条件，——这样一来，他的‘农民启蒙’的初衷也就不断演化和收缩，直至成为直接服务于具体的革命功利目的的‘政治启蒙’或者服务于具体政策的‘问题小说’”①。

因为政治革命对于赵树理的巨大吸引和拯救之功，依从中国民间“知恩图报”的做人原则，在初期和隐匿的思想启蒙动机之外，赵树理的小说写作，也便更多地表现出了服务于现实政治需求的明显意图。“我们的作家要对向上的、向幸福方向发展的社会负责，对党负责，对人民负责。‘咱的江山，咱的社稷’遇上了尚未达到理想的事物，只许打积极改进的注意，不需乱踢摊子！”② 为这样的意图所规约，他的小说写作也就自然成为了其本人进行革命工作的一种手段：为了配合减租减息斗争，他写了《李有才板话》；为了动员民众参加上党战役，他写了《李家庄的变迁》；为了帮助基层干部正确解决破产后流入下层社会那一类人的问题，他写了《福贵》；为了纠正人们对于粮食是土地产生而不是人的劳动所得的错误观念，他写了《地板》；而为了宣传《婚姻法》，则写了《登记》……总之，通过写作，他所要实现的，“与其说是‘老百姓喜欢看，政治上起作用’，不如说是通过想方设法使‘老百姓喜欢看’，力求‘政治上起作用’。”③

写作动机上的这种强烈的政治服务意识，作为一种整体性的价值取向，极为分明地表现于赵树理对于民俗文化的主体处置：

首先，依从既有的政治工作经验，赵树理告诉读者，从实际的政治革命眼光审读，民俗文化这种本质上属于“民”的生活文化，在乡村社会漫长的历史发展过程之中，因为其超稳定的结构形态并及其为主流封建文

① 范家进：《现代乡土小说三家论》，上海三联书店2002年版，第213、217页。

② 赵树理：《做生活的主人》，见《赵树理文集》（第4卷），工人出版社1980年版，第1730页。

③ 张志平：《中国二十世纪“四十年代”乡土小说研究》，中国社会科学出版社2006年版，第109页。

化不断渗透的情形，所以，它们在民众日常的生活之中也便更多也更经常地表现成为一种与革命的进步要求不相一致的落后、僵硬的负面力量存在。

关于这一层面的内容，在有关老一代落后农民人物的生活描写之中赵树理给予了极为充分的表现。新的《婚姻法》的实施，阻力不仅来自于政治革命的敌人的破坏，而且更在于新的生活中人们所心持的旧习惯、旧意识的阻挠，这一点在新政权已然建立的时候表现得尤为显著。小二黑和小芹两心相悦，但他们对于恋爱、婚姻的自由追求，却遭到了周围环境整体的反对。这种反对，固然有隐藏在革命政权内部的金旺和兴旺等坏分子别有用心的因素，但更为强大的阻力，还在于他们主动、积极的个体追求，因为从本质上忤逆了千百年来根深蒂固地存在于人们心中的婚姻大事必须遵从“父母之命，媒妁之言”的婚俗理念，所以也便首先遭到了其父母的强烈反对。三仙姑的表现自然不用多说，因为这个人物本质上是一个为个人的私欲所扭曲和异化了的非常态存在。二诸葛的表现却极为常态，他关心着他的儿子小二黑，不仅早早地为其打算，将自己收养的难民之女给他作童养媳，而且从其将来的前途命运考虑，坚决反对他和小芹的婚姻关系缔结。他的反对，理由即在于其所信从的迷信观念，这种观念不仅认为小二黑的金命和小芹的火命是相克不吉祥的，而且还认为小芹生在十月，十月是犯月（即破月），犯月生的孩子命相不好，容易冲着别人，所以小二黑和小芹若是结婚，对于小二黑自然是十分不利的。很明显，二诸葛的思考并没有太多的个人私欲，相反却更多真挚的父爱表现，他的错误不在于他的心而只在于他的认识，因此，小二黑在被金旺、兴旺捆到区上之后，他的着急也便真的是一位父亲发自内心的着急；而其在区长已经明确表示对于小二黑和小芹婚姻关系的支持之后所说的话——“千万请区长恩典恩典，命相不对，这是一辈子的事！”愚昧自然是愚昧，可笑自然是可笑，但是愚昧可笑之中，却不乏一种让人感动的“可怜天下父母心”的真情存在。不过，也正是因为操持过程中的人和人之间亲情的存在，所以，在旧习俗、旧规矩的层层要求和制驭之下，政治革命所要求的一切新事物和变化的出现，也便显得异常的举步维艰。就一个婚姻自由，你情我愿的事情，但是通过《小二黑结婚》中小二黑和小芹、《邪不压正》中的软英和小宝、《登记》中的小飞蛾和保安、燕燕和小进、艾艾和小晚、《三里湾》中的有翼等青年的遭遇，读者还是明白了在当时的语境下，民俗旧习惯、旧意识和现实政治要求之间不合拍的真实情状。

相较于自由恋爱婚姻的追求，在赵树理小说的叙事中，妇女走出家庭、寻求男女平等的社会解放要求，似乎在婆婆们借助于旧有的习俗规范的反对下，遭遇到了更为顽强的抵抗。《孟祥英翻身》中的孟祥英有着强烈的社会参与意识，响应政府的号召，她希望走出家庭积极参加生产劳动，但是她的解放进步的革命要求，却不为她的婆婆所允许。婆婆的力量来自于旧有习俗的强大支持，因为她们生活的地方距离区公所还有四五十里路，“山高政府远”，这里的风俗还和前清光绪年间差不多，所以婆媳们所遵循的老规矩就是：“当媳妇时候挨打受骂，一当了婆婆就得会打骂媳妇，不然的话，就不像个婆婆派头；男人对待女人的老规矩是‘娶到的媳妇买到的马，由人骑来由人打’，谁没有打过老婆就证明谁怕老婆”。为此，孟祥英只要和别人一交谈，“按照旧习惯，婆婆找媳妇的事，好象驴道上寻个驴蹄印，步步不缺”，她的婆婆也便借机寻她的不是，指使儿子去打她；而她的丈夫在婆婆的指使之下，也是不分青红皂白，按“老规矩”自然不问理由，将她的头上打了个血窟窿；拉架的人虽然不满她丈夫的打的不是地方，但“至于究竟为什么打，却没人问”，因为“按‘老规矩’，丈夫打老婆，是用不着问理由的”。正因为有各种各样的旧习惯支持，所以当知道了“妇女要求解放，要反对婆婆打骂，反对丈夫打骂，要提倡放脚，要提倡妇女打柴，担水，上地，和男人吃一样饭干一样活，要上冬学……”之后，孟祥英的婆婆也便不禁想：“这不反了？媳妇家，婆婆不许打，丈夫不许打，该叫谁来打？难道就能不打吗？儿媳妇的两只脚，打着骂着还缠不小，怎还敢再放？女人要打起柴来担起水来还象个什么女人？不识字还管不住，识了字还要上天啦？……这还成个什么世界？”即使遇到了荒年，孟祥英领导妇女采摘野菜、割白草卖钱以自救，她的婆婆也根本不管她采了多少菜，割了多少草，怎样引导大家渡过了难关，而只是按照旧习惯、老规矩，觉得她“勾引上一伙年轻人放风”，是“越来越不象个媳妇样子了”。

在婆婆们这样那样的老规矩、旧习惯的要求之下，年轻媳妇们自然是这也不对，那也不是，动辄得咎。其情形就像李成的媳妇，她一只手提水，她的婆婆觉得不应该；用大瓢往锅里舀水，她的婆婆也觉得“这怎么象个女人?”即使多用点水洗白菜，移动一下一个破箱子，穿一件衣服，开一个会，她的婆婆也是千阻挠，万埋怨，感觉“这哪有个媳妇的样子啊!”这样的要求推衍出去，父母于儿女，长辈于年轻人，有身份的人于无身份或身份底的人……在层层种种的历史因袭的习俗礼仪讲究的制驭之下，赵树理也便通过他的小说告诉人们，革命政党现实的政治主张和革命要求的进行和实施，在具体的敌人的反对之外，也便更为经常、也更为顽固地为来自民众群体的落后思想和民俗风习所抵御，因此现实革命的任务，除了坚决地打击具体的敌人之外，也便更需要教育广大民众破除迷信，移风易俗，在思想启蒙的基础之上，通过更为务实和有效的举措，调动其参与现实政治斗争的积极性，推动现实政治举措的具体落实。

二

其次，通过他的小说描写，赵树理还进一步指出，因为民俗文化所显现出的“习惯如此”和“大家都是这样的”历史继承性和集体性，所以它们也便往往成为革命的敌对力量或者封建落后势力加以利用的手段和工具，敌对力量和封建落后势力对于现实革命工作的反对，因此也便更多不以直接对抗的形式而是借助于旧有的风俗习惯，以更隐蔽因而也更具破坏力的方式进行。

在小说《小二黑结婚》之中，坏分子金旺、兴旺对于新政权婚姻自主政策的破坏，并非都是明目张胆的，相反，他们的私欲却更多掩藏于民间普泛心持的习俗观念。第一次捆绑小二黑，他们罔顾事实，借小二黑父亲给他所定的童养媳说事，公然提出“他已是有女人的”。第二次他们更是借着“捉奸拿双”的理由，意欲置小二黑于死地。他们之所以敢于在新政权的权力范围之内如此这般的胆大妄为，除了他们手中因为投机所得的权力之外，还在于其身后有着二诸葛、三仙姑等落后民众所承袭信奉的民俗理念的支持。一个不争的事实就是，他们的动机之所以并不为一般民众所警觉，即在于他们所说的“已是有女人”、“捉奸拿双”的理由，事实上是附着于旧有的“父母之命，媒妁之言”习俗观念的，换句话讲，也就是正因为有这样广泛信从的传统习俗理念的借口，所以他们的个人私欲才得以隐匿于民众群体的公共言行之中，在封建旧势力为革命力量所赶下台之后，变相地寄身于新的生活细节，对新政权现行政策法令的实施予以肉眼所不易察觉的破坏。

这样的情状极为普遍地表现于赵树理的小说叙事。在《李有才板话》当中，阎家山的本地人和外来人、穷人和富人的区别，即是通过名字的“老”和“小”标示的。外来开荒的人，只把他们的姓边上加个“老”字，像老陈、老秦、老常等，而所说的“小”字辈，却基本都是本地人，“因为这地方人起乳名，常把前边加个‘小’字，象小顺、小保等，可是西头那些大户人家，都用的是官名，有乳名别人也不敢叫——比方老村长阎恒元乳名叫‘小囤’，别人对人家不只不敢叫‘小囤’，就是他说‘谷囤’也只得说成‘谷仓’，谁还好意思说出‘囤’来？一到了老槐树底下，风俗大变，活八十岁也只能叫小什么，小什么，你就起上个官名也使不出去——比方陈小元前几年请柿子洼老先生给起了个官名叫‘陈万昌’，回来虽然请闾长在闾账上改过了，可是老村长看帐时候想不起‘陈万昌’是谁，问了闾长，仍然提起笔来给他改成陈小元。因为有这种关系，老槐树底的本地人，终于还都是‘小’字辈”。非常明显，“老”字和“小”字的命名和称呼方式，其中是有着极为分明的阶级身份的，而村西头所谓的“大户人家”，正是巧妙地借助于这种区分，有意无意地对外来开荒的穷人进行社会定位，并于无形之中确立起他们的日常权威从而剥削和欺凌穷人的。而且，让人感到更为震惊的事实还在于，外在的规范内化为主体自觉的意识，老秦虽然不过是一个为别人所欺辱的外来户，但他的思想观念中却根深蒂固地存在着一种对于权威的崇拜意识，他不仅胆小怕事，不敢得罪阎恒元，而且一听说农会老杨同志原先也是长工出身，马上便对他另眼相看，“吃亏、怕事、受了一辈子穷，可瞧不起穷人”；而小元虽然先前也是老槐树底下的穷人，也是小字辈推举上去希望为他们办事情的人，但是等到他有了权力之后，为老恒元等人所算计，经不住人家运用干部派头加以诱惑，不知不觉就成了穷人们新的主人，和本来应该斗争的人站在了一起。通过这样的具体描述，读者也便能够发现，在封建反动势力失去了其先前所有的表面权力之后，他们对于革命的破坏，也便往往或更多借助于民间流播的风俗习惯，从公开转入地下，以更为巧妙的方式来进行。

在赵树理所描述的诸多反动势力对于民间风俗的利用事件中，人们发生纠纷便到村公所“吃烙饼说事”的民俗方式，是极具最典型意义和说明力的。

对于“吃烙饼说事”这一地域民俗，《李有才板话》中作者有过较为简略的介绍：“这村跟别处不同：谁有个事到村公所说说，先得十几斤面五斤猪肉，在场的每人一斤面烙饼，一大碗菜，吃了才说理”。而在《李家庄的变迁》中，他则进行了更为详细的说明：“从前没有村公所的时候，村里人有了事是请社首说理。说的时候不论是社首、原被事主、证人、庙管、帮忙，每人吃一斤面烙饼，赶到说完了，原被事主，有理的摊四成，没理的摊六成。民国以来，又成立了村公所；后来阎锡山巧立名目，又成立了息讼会，不论怎样改，在李家庄只是旧规添上新规，只是烙饼增加了几份——除社首、事主、证人、帮忙以外，再加上村长副、闾邻长、调解员等每人一份”。于此说明的基础上，赵树理还通过小说的形式对这种民间习俗给予了具体的演示：外来户张铁锁和本村先生春喜因为茅厕旁边的一棵小桑树而起了纠纷，春喜和村长李汝珍、狗腿子小毛本是一伙的人，这场纠纷虽未开始解决但输赢已明，只是村子里的这些恶势力，再加上流氓小喜，本来不公平的解决，他们却偏偏借助于“吃烙饼说事”的方式，在貌似公正的名义下行见不得人的勾当，结果便在神不知鬼不觉的情况下便逼得铁锁一家家破人亡。通过民间习俗的现实生动演示，读者可以清晰地看到，农村恶旧势力，无论是在先前的旧政权还是现在的新政权下，他们对于普通民众的控制，不仅缘着他们手中的权力，而且也更经常地借助于民间习俗的中介作用，将本来实质性的欺辱盘剥予以软化处置，从而隐匿其暴力或者血腥的特征，使民众在习以为常的习俗认同之中，以更为巧妙的方式阻逆也破坏新政权所领导的让广大民众翻身做主人的政治革命。

作为一名被“五四”新文化所唤醒同时也自觉认同“五四”新文学思想启蒙传统的现代知识分子，赵树理的小说写作对于民俗民间文化的处置，自然便常常将关注点落实在了人物思想意识的自我转变上，通过民俗文化和人物关系的生动演绎，从具体的人的精神存在形态的观照一域，不仅极具个性地表现了自鲁迅而来的“立人”主题，而且也从一种特殊的面向，揭示了封建文化在新生活中的顽固且不断变化着的存在，从而说明了新生活建设中反封建的必要性，显见了其写作鲜明的思想启蒙动机；但是除却或者说在这种意图之外，作为一名实际的革命工作者，赵树理的写作更为主要的动机还在于通过小说写作的方式，解决实际的工作问题，为此，虽然认识上并没有真正完成过渡，但是作为一名党的文化宣传工作者，他还是自觉地“将自己的写作的活动从以主流新文学背后的‘现代新文学话语体系’（可简称为‘五四’话语）作支撑，转向以自己所属的革命团体背后的‘革命话语体系’作支撑”①。而从这种服务于政治的动机出发，其小说写作对于民俗民间文化的处置，也便将关注的重点更多集中于腐朽封建文化在民俗民间文化身上的寄生性和它为敌对、恶旧势力的可利用性上，从而在民俗民间文化为敌对、恶旧势力所具体操作演化之时，揭示出其本身的负面和反面属性。

缘此，实际的情况也许确如研究者丁帆所言：“作为一个为农民代言立命的无产阶级作家，赵树理所取的是国家与民间的双重立场，他用以分辨‘愚昧’与‘觉醒’、‘先进’与‘落后’、‘新’与‘旧’的思想标准，虽然不乏‘五四’启蒙思想的蕴涵，但主要是他所理解的政治意识形态观念”②。这种双重的立场，使得赵树理小说写作之中的民俗民间文化的表现也便显现出了相应的艺术效果：当作家的启蒙意识和政治立场基本一致或相对和谐之时，其民俗民间文化的表现，也便既紧密相关于人物的思想觉悟，同时也关涉于人物政治进步的宣传主题，即如《小二黑结婚》、《李有才板话》、《李家庄的变迁》、《登记》等作品的写作，给人的感觉是不仅生动活泼，而且也意味深长；而当作家的启蒙意识和政治立场不一致——特别是当政治立场完全取代了启蒙意识的时候，即如《三里湾》、《杨老太爷》、《互相鉴定》等作品的写作，或者就像《小二黑结婚》中区长对二诸葛的态度：“我不过是劝一劝你，其实只要人家两个人愿意，你愿意不愿意都不相干。回去吧！童养媳没处退就算成你的闺女！”这种太过直接、急切的政治功利目的，自然使得有关民俗民间文化的表现，不仅简单、粗糙，而且用意也过于直白、表面，缺乏蕴藉。

不过，作为一名有着鲜明民族特色的乡土写作者，当中国文学在世界化背景下力求通过自己的方式进行别样的现代性内涵建构之时，在新文学

---

① 范家进：《现代乡土小说三家论》，上海三联书店 2002 年版，第 246 页。

② 丁帆：《中国乡土小说史》，北京大学出版社 2007 年版，第 168 页。

政治参与和思想启蒙的双重主题表现之中，赵树理在其小说写作中对于民俗文化的对待和处置，无论成功还是失败，因其本身作为“赵树理方向”所发生的实际历史影响，以及话题本身所牵涉的传统与现代、国家与个人、文人与民间、政治与启蒙、启蒙和文学、政治和文学等复杂关系，所以对于它们的研究，自是可以将人们对于中国文学发展的思考，引向一个极具意义的空间。

缺席的表达

——论格非前期小说中的空缺叙事策略

在当代中国小说界，先锋作家格非因其新颖独异的叙事方式而为人侧目，因此被人称为“蛇精”①。这称呼形象而准确。为了追求小说叙事上的新颖独异，格非运用了许多策略，空缺即为其中之一。空缺策略的形成，既源于格非对生活的经验，又与他对小说叙事的思考紧密相关。其在具体运用之时，营造了颇为复杂的文本意味，值得读者认真思考和对待。

一

对于格非而言，空缺首先是一种生活的普遍存在，当他认定自己的小说就是要“依靠文字激发读者的想象，通过个体对存在本身的独特思考去关注那些为社会主体现实所忽略的存在”② 之时，他的小说文本，也就遍含对空缺现象的指涉了。《大年》中黑子对于不知道革命是什么的革命的追求，《风琴》中王标对于一次真正伏击的渴望，《唿哨》中孙登对于想象中的到来的等候，以及《迷舟》中人们对于“萧去榆关”的不知之谜的猜测，《褐色鸟群》中“我”对往事的回忆等等，无不是一种关于“空缺”的故事。

在这一层面上，空缺作为一种生活的普遍现象，它是格非写作的基本题材和基本的表现内容。不过，在具体的叙事中，空缺对于格非，却不止于仅仅作为一种现象，它更为普遍地表现为一种叙事方式。格非注意到了生活中

---

① 胡河清：《胡河清文存》，上海三联书店1996年版，第59页。

② 格非：《小说面面观》，江苏文艺出版社1995年版，第23—24页。

的空缺必然引起人们填补行为的事实，由此，空缺的诱惑以及填补的追逐，也就成了他叙事中的隐蔽但却基本的组织结构。《青黄》就是这样一篇力图填补“空缺”而不得的失望故事。故事中的“我”起于对“早在四十年前就已经消失了”的一支漂泊于苏子河上的九姓渔户妓女船队的兴趣，执意要通过对有关她们历史的一个颇有争议的名词——“青黄”的索解，复原那一段消失了的历史。但是，“我”的追寻却始终难以有确实的结果，虽然有许多人许多事从不同角度给“我”以帮助，“青黄”的阐释因此充满了多种可能，然而，真正的“青黄”却始终不能确指，在歧意的小路纷乱之中，“我”在小说的结尾也不能找到一条印证“我”的期待的路。

与《青黄》一样，长篇小说《敌人》也是一个内含“空缺”——追寻结构的文本。许多年前，显赫的赵氏家族毁于一场神秘的大火，赵家掌门人在临终前留下了一份可疑的仇家名单。从此，赵家后代便一直处在极度的恐惧之中，一个个变得古怪而且寂寞，离弃、背叛、相残，各种不幸接踵而至，最后终于在一场场难以逃脱的谋杀中先后死去。几十年过去，仇敌依然隐匿，站在赵家被难以理喻的血仇洗劫一空的废墟上，“谁是敌人?”面对作者开头就设置的悬念在结尾处读者依然两手空空茫然无解。

格非的大多数小说其实都有这种隐喻性的结构，其表现之频繁，给人留下了极为深刻的印象。为了形成这种文本中的空缺，格非在叙事上运用了许多写作和修辞技巧，像“……”号所代表的省略，像隔开、打断、抽去、模糊、掩盖、修饰以及重复，等等。利用这些技巧，格非不仅构置了叙事流程上表面的故事情节空缺和填补的动力机制，而且往往更为深层地将空缺指向叙事对象在历史本源上的缺场，就是说自己所要或正在叙述的对象，本来就是不存在的，从而借此将文本引向生存本身的揭示。

譬如《褐色鸟群》。这个文本即有情节表层上的空缺，“我”回忆中的女人进没进过城？第二次来临的少女是不是棋？这些疑问构成了小说的张力和流动。但是，仅此还不是格非空缺的全部，在故事的更深处，格非还将空缺指向了存在。小说中有这样两段话：

第一段：

> 我说我在城里遇见你的。
>
> 女人笑了一下，她伸手端起我面前的茶杯呷了一口，她将茶叶末

轻轻吐掉。

我从十岁起就没有进过城里。

第二段：

棋——我说，前一段时间你不是到我的公寓里来过吗？你让我看了你说是李朴的画，那些画上画了一些落叶和电线杆，我们在夜晚说着故事，通宵未眠。

我竭力搜寻记忆中那次和棋初逢的每一个细节。然而棋固执而有礼貌地打断了我的话。

我的名字不叫棋，我是一个过路人，天热了，我跟您讨杯水喝，您一定记错人了。

那么——我指指她怀里抱着的画夹。

少女将那个帆布包裹搁在膝盖上，熟练地解开青红色的带子。

那是一面锃亮的镜子。

这两段话分别是作者构筑全文主要框架的两段回忆的结尾，它们有一种共同的特性，那就是对于“我”赖以确证自己存在的回忆的否决。由此，这篇关于回忆的故事就因为回忆本身的空缺而有了一种人生的隐喻，那就是记忆或者历史在时间的流逝中总是不得不面临必然的散失，生存因此显得虚幻或不可确证。

格非的小说叙事因此既像是游戏，又像是哲学思考。空缺的这两种功用，陈晓明详细阐释为：“空缺不仅表示了先锋小说对传统小说的巧妙而有力的毁损；而且从中可以透视到当代小说对生活现实的隐喻或理解。”[①]

二

叙事在传统叙事学中重点是在“事”的，因此叙事也叫讲故事。对于故事的理解，格非以为旧的观念中，“‘故事’（在小说叙事结构中，它

① 陈晓明：《无边的挑战》，时代文艺出版社1993年版，第105页。

有时被‘情节’这样一个术语所代替）作为与事件相对应的一个概念，是由时间上的延续性与事件前后的因果关系构成的”，因此，“包含在叙事长度中的时间的延续与因果关系构成了人们写作阅读，甚至辨认故事的经典依据”①。

其中，“时间的延续性”讲的是故事在叙事上作为一种历史过程的完整性。在传统叙事学中，这一点是一条钦定的法则，中外理论对此都有着明确的强调。中国如人们熟识的写事须“有头有尾”之论，如刘熙载《艺概·文概》中“兵形像水，唯文亦然。水之发源、波澜、归宿，所以示文之始、中、终，不已备乎”之喻说。西方则如柏拉图之“每篇文章的结构应该像一个有生命的东西，它特有的那种身体，有头尾，有中段，有四肢”②。如亚里士多德之“所谓‘完整’指事之有头，有身有尾”。谈的都是叙事在事的安排上的相对完整要求。

与“时间的连续性”相较，“事件前后的因果逻辑关系”则是故事构成中更为内在的要素，它指的是完整性之上的叙事学中的一种更高法则——统一性。中国传统叙事有所谓“常山蛇阵法”，讲究“击首而尾应，击尾而首应，击中则首尾应”的相互关联性。西方传统则大都依从亚里士多德在《诗学》中强调的下述之论：“所谓‘头’，指事之不必然上承他事，但自然引起他事发生；所谓‘尾’恰与此相反，指事之按必然律或常规自然律之承某事之后，但无他事继其后；所谓‘身’，指事之承前启后者”，“里面的事件要有严密的组织”③。

中外两种传统说法不一，但结果却大体不差，无论“呼应”所体现的相互关联性，还是“严密的组织”即以因果关系为主所进行的故事事件的逻辑安排，它们强调的都是叙事中的情节与原始日常生活事件的区别，其功用一如巴特所言：“小说是一个死神，它把生活变成命运，把记忆变成有用的活动，把时间的延续变成一个被指向的具有意指作用的时间。”④

---

① 格非：《小说面面观》，江苏文艺出版社 1995 年版，第 57 页。

② 柏拉图：《文艺对话集》，朱光潜译，人民文学出版社 1980 年版，第 150 页。

③ 亚里士多德：《诗学》，罗念生译，上海世纪出版集团和上海人民出版社 2006 年版，第 31 页。

④ 罗兰·巴特：《写作的零度》，林青译，见武蠡甫、胡经之主编《西方文艺理论名著选编》（下卷），北京大学出版社 1987 年版，第 456 页。

传统叙事学所钦定的这两条法则，创造的是一种文本结构上的权威中心。在过去很长一段时间里，人们希望借此在小说叙事这种语言的活动中也体现日常生活中的理性秩序和道德的劝喻功能。但是现在，在倾听了当下生活的新呼唤之后，参照了西方当今艺术实践的状况，格非却对这种由完整和统一所构筑而成的传统叙事规则表现出了不以为然的神情。在他看来，这种叙事虽然因其悠久的历史和严密的逻辑而为过去时代的读者所肯定，但它却从根本上制约着读者的阅读积极性，在对这样的叙事文本进行阅读时，"读者完全是被动的，也就是说，作者在讲述，读者处于聆听者的位置，他既不质询，亦不追问，更谈不上积极的合作、介入、创造"①。

格非因此富有煽情意味地进行过这样的理论表述："现当代的一部分作家和理论家认为，小说摆脱了故事的羁绊是小说形式革命的最大功绩之一。"② 作为对于这种理论的响应，他在自己的写作实践中进行了许多新的探索，试图以此来消解传统叙事既成的法则，体现自己在小说创作中的新的艺术追求。

空缺就是他经常使用的一种这一性质的叙事手段。在具体的文本中，或是通过对象的空缺设置，或是通过故事构成中的某一环节的空缺设置，或是通过故事情节前后关系上的因果关系的空缺设置等等，格非使其小说完全背离了传统叙事完整统一的要求，不再显得理性和富有秩序。许多许多的空缺，使得读者在阅读他的小说之时，再也无法只做一个事不关己的看客，要么参与，要么离开，格非在叙事时抛给读者的就是这样一种生硬的选择。譬如《背景》一文，"我"为父亲奔丧过程中的一些细碎印象和回忆中的母亲与瓦的死亡的事交织在一起，三件事失去了它们在时间上应有的明晰间距，相互缠绕而又面貌不清。小说中满是需要解释的空缺，面对这样破碎的文本，相信许多读者都会不忍卒读，然而，假如一些读者愿意知难而进的话，那么在对空缺的个人化填补之中，他们便将体会到死亡的无可逃避、记忆的压力等有关生存的体验和思考。

因为空缺手段的频繁使用，格非的叙事因此不能不面临危险，许多习惯于聆听的耳朵突然地被搁置，自然使得格非难以讨得普通小说读者的欢

① 陈晓明：《无边的挑战》，时代文艺出版社 1993 年版，第 62 页。

② 格非：《小说面面观》，江苏文艺出版社 1995 年版，第 56 页。

心。对于这种结果，一般作者多半会感到不安，格非却以一种良好的自我感觉给予了稀释，引用纳博科夫的话，他讲：“高尚的作者娱乐高尚的读者，不仅如此，优秀的作家应设法创造自己的读者，而不是相反。”[①] 他抓住了读者不服输的心理弱点，机智地问读者，你是弱智人吗？那你就退。你若不是，那你就进来，透过我的小说想想你的生存。读者由此不可能不成为被骂者或被骗者中的一员，面对格非的圈套，许多人都在劫难逃。

三

艺术手段的运用总是受制于一定的艺术观念，而艺术观念从本质上讲应该说是一种生活观念。以此标准衡量，空缺作为格非叙事中的常用手段，其内涵必然如钱理群所言，它“凝聚着作家对于生活独特的观察感受和认识”。

格非生于20世纪60年代，是典型的第四代作家。关于这一类作家的经验积淀，韩毓海曾著文描述说：“我们常说你们‘反对历史’是因为你们没有‘自己的历史因而也不懂历史”，“你们不是革命启蒙时期的主体，也不是商品时代的主体，与特定的历史较少特定的利益纠葛。因而如果这样，你们或许不会再一厢情愿再把那一段历史称为‘我们的历史’，身逢盛世般地把某一时代当做‘我们的时代”[②]。

这一段话里包含了这一代作家的两种空缺感觉。一是历史真实记忆的空缺。对于这一代人而言，十年浩劫应该是他们生活中最惊心动魄因而最应该记住的外在事件了，然而不幸由于年龄的关系以及社会外在的有意掩饰，因此十年浩劫这种现代中国集体经验的最近参照物，“对于我们这些人，‘文革’不过是史前史，其存在和流传方式限于小说电影，民间传奇，平反文人回忆录，以及被健忘、怀旧和留恋弄得似是而非的童年记忆”[③]。二是个人现实位置的空缺。这一代作家是夹在启蒙话语和商品语

① 格非：《小说面面观》，江苏文艺出版社1995年版，第33页。
② 韩毓海：《有话好好话》，见《读书》1998年第3期。
③ 张旭东：《重访八十年代》，见《读书》1998年第2期。

言之间进行创作活动的，这种夹缝里的处境，使得他们在生活中有点像一个家庭中的老二老三，既不会像长子一样被重视，也不会像老幺一样被宠爱，很有点可有可无的意味。这两种感觉综合起来，自然促使这一代作家在意识深处产生了一种既缺乏历史，又不受别人重视的空缺意识，空缺也因此成为他们生存的一种真实写照。而且，这种自我观照和“文化大革命”结束后许多神话人物和话语被历史无情解体的社会现实相联结，空缺意识便由个人而社会，稳定成为他们对于生活的一种基本认识观念。

这种源自于生活现实的观念，作为格非对生存的一种理解，当他处理创作与生活的关系时，便还归成一种思想背景，使得格非小说的叙事，因此在其生活本源上就已经具有了一种空缺的性质。空缺也由此不仅成为格非笔下的一种生活现象，同时，它更是一种母题或原型意义，是作者对于个人和人类生活的一种经验性描述。

格非的小说因此具有了一种隐喻性质。在好多文本里，小说的叙事首先是书中人物为一种不甚清晰的声音所呼唤，产生了某种对于对象的追逐和辨认冲动，力图以此来确证生命的存在及其意义，就像《风琴》中王标对一次真正伏击的等待，《青黄》中“我”对于传说中有关妓女船队的历史书籍的追寻以及《敌人》中赵家子嗣对于敌人出场的静候和逃避，等等。但是接下来的叙述却总是背离这种追逐和辨认，对象总是不可企及，追寻的路途充满分岔的小径，一次一次地得到或进入总是似是而非，就像《青黄》中每一个人物对于青黄的理解、《褐色鸟群》中少女第二次来临对于我的记忆的否决以及《迷舟》中三顺和警卫员对于“萧去榆关”的误读一样，历史本源的缺乏，从本质上消解了人物的努力可能带来的意义，生存因此不能不是一次又一次的错误经验记录，荒谬而尴尬。

作为一名特定时代的作家，借助空缺，格非不仅使自己的小说完成了一种对于当下生活的描绘——这不是个面貌清晰而又完整统一的世界，而且他也实现了对于整个人类生存的一种特殊揭示，生活的空缺时时处处存在，它们诱惑我们填充却拒绝我们走近，人类因此不能不永远希望但却永远痛苦，希望而又痛苦，痛苦而又期望，生命的哲学大抵如此。

格非的叙事因此使我们情不自禁地要想到海德格尔的在与不在以及德里达的补充等观念，不管实际效果如何，就其动机而言，借助空缺，格非“那空洞的目光已越过生命的边缘地带，他的叙事把整个存在推入疑难重重的境地，生存的历史在回忆中猝然断离，而生存的现实或者丧失了历史依据，或者由于与历史重复而变得根本不可靠”[①]。

四

格非的空缺可以让我们想到许多传统文化中的观念——如“无”、“空白”、“隔”以及“不言之美”等等，也可以让我们想到许许多多历史或现实生活现象。然而，对于格非，空缺意识却主要不是一种根植于本土文化传统或脚下现实的思想观念，而是一种在叙事方法上对于马尔克斯、昆德拉、博尔赫斯等异域小说大师的直接移用。因此，仔细分辨，空缺的策略选择中虽然不乏格非对于上述异域大师创作实践的感悟、思索和理解，从他的一些理论表述中，我们甚至可以发现他对一些西方现代哲学话题或范畴的关注，但从本质上讲，由于缺乏较为扎实的个人人生背景支撑，因此这种选择便还不能说是一种良性的消化和积极的融会。

他的空缺意识不仅不具备西方哲学和文学大师指向存在的思考深度和独特性，而且因为缺乏新的生长土壤而不能不表现出某种生硬和枯萎。这一点正如陈晓明所言，空缺对于拉美作家而言：“是对现实本源性存在的表现，他们的存在现实就是如此”[②]。“因此马尔克斯、博尔赫斯或卡彭铁尔的叙事中出现的根源性（起因）的空缺，突然的短路（出现或消失）、关键性空白、重复与轮回、与鬼魂的对话等等魔幻因素，它们并不是与现实对立的或否定性的存在，而是现实存在本身的可能性，与其说它们是因为可以理解而被接受，不如说是无须理解而被认同。”[③] 也就是说，对于拉美作家而言，空缺已然超越了一般的叙事方法而成了一种文化观念或生存的世界观，是被现实和个人鲜活经验支撑的创作思想。

与此相比，格非的空缺却不能不显得有些空泛和做作，像无根植物的生长。它的形成，既缺乏生活经验强有力的支撑，又游离于本土文化的历史传统之外，它还不是作家所置身其中的一种生存现实。这种做法在特定

① 陈晓明：《无边的挑战》，时代文艺出版社 1993 年版，第 105 页。

② 同上书，第 125 页。

③ 同上书，第 126 页。

的时期，如中国小说还基本遵从于传统法则而因循守旧时，它可能给人以“先锋”、“新鲜”的感觉。然而，一旦人们对于异域文学的了解开始增多，其现实内涵和历史文化深度不足所造成的艺术创造上的困窘和停滞便必然逐渐鲜明。

对于格非和许多先锋作家来说，这不能不是一种遗憾，同时这也不能不是一种警戒。

从暴力到温情

——余华小说《在细雨中呼喊》的主题转向

作为一部长篇小说，余华的《在细雨中呼喊》不能算是一部成功之作，它的过于随意的选材以及叙述时的过于散漫和放纵，都削弱了它的长篇小说功能的高质量实现。在这篇作品里，余华对结构似乎缺少了一种有力的驾驭，特别是第三章回溯家史的部分，游离在小说叙述的主干之外，成了可有可无的东西，严重影响了小说结构整体的完善和和谐。但是，在将该作品置放于余华创作的整体过程中之时，我们不难发现它又具有一种十分突出和鲜明的过渡中介作用。从这部作品开始，余华在继续保持其原有创作特色的同时，又开始了一些新的探索和尝试，出现了一些新的变化，并且这种变化在其后的作品中不断得到证实，从而在某种意义上看，大有可能成为他将来作品的一些特色。于此，在仔细品味和寻找变化的主客原因时，余华在该作品中所显示出来的承继和转变，便不能不给我们许多思考，让我们在思考之时，产生诸多认识和感想。

一　承继

如果说每个家族的生命是一条河的话，那么每个置身于其中的人便不能不具有二重属性：一方面承继前人，另一方面延续后代。家族的生命历史如此，其他的事情，也都莫不遵从这样的道理。因此，若是将余华的创作比作一条流动的河的话，其每一部作品（除却处女作和将来的封卷作），也便都免不了自然承袭已有面貌的特征。但是需要指出的是，《在细雨中呼喊》作为余华的第一部长篇小说，它的这种承继，不仅延续了某种原先特色，而且更带有了一种类似于先前经验“总结”的集大成特点。

这种承继和总结首先表现在他的选材上。在《在细雨中呼喊》这部作品中，余华保持了他对暴力、死亡、性、阴谋及家庭等的敏感和关注，且在每一种具体内容上，表现形式五花八门，几乎成了关于某一内容的“大全”。

譬如关于死亡，虽然第二章专列了“死去”一节，分别对“弟弟”、“母亲”、“父亲”的表现不一的死做了笔墨不少的描绘，但余华似乎还不能就此刹住，在其后的章节里，他又一而再再而三地通过“祖父”、“曾祖父”、苏宇、王立强等人将此话题不断扯出，不厌其烦地给我们讲述死亡的故事和各种各样的有关死亡的感受和体验。他的这种固执于死亡的情结，在其后的《活着》一文中，更是得到了登峰造极的表现。在这部作品里，余华不惜违背“事不过三”的常理和叙述上要力戒重复的创作原则，将其人物一个个地推向死亡，以此来体现他对死亡摆脱不了的兴趣和恐惧。

再如对于性，其表现更甚于死亡。在《在细雨中呼喊》中，不仅有关于夫妻间性交的直裸场面，更有小孩隐隐萌动的性意识的萌芽觉醒；不仅有师生之间的短暂越轨，还有被欲望支配的风骚寡妇的胡作非为；有正常的单相思，有变态的小孩子扒老太婆裤子的性暴力；有肉的交易，有情人现象；有公媳纠纷，有父子同榻；有窥性癖，有手淫，甚至还有同性恋……凡此种种，不一而足，余华似乎有意通过性的描绘透视人的各种交往、各种存在的实质。他似乎存心要开一个关于“性”的橱窗，将各种性的存在方式和知识体验展览出来，让一些读者因此而解脱，也让一些读者拂袖而去，愤而怒骂，更让一些读者看也不是，不看也不成，露出些许的尴尬和困窘。

还有关于暴力和阴谋的话题，也是余华在该作品里反反复复喋喋不休所表述的内容。

在这里，暴力和阴谋，不仅存在于父子和手足兄弟之间，而且也存在于夫妻，老人与孩子之间；不仅家庭是其场所，而且在学校社会里更其频繁；暴力不仅有显性的直裸裸的，更有隐性的软绵绵的。毫不夸张地说，暴力和阴谋在这里广泛地渗透在人与人所有交往中，成了余华对人的生存的一种基本认知。

其次，在叙述上，余华在《在细雨中呼喊》中，依然固持了其独特的“清醒的说梦者”的角色，通过成人回忆性视角和孩童描绘性视角的叠合使用，以及对于散漫叙述风格的追求，他使得幻想细节和真实细节交融混合，营造了一种如梦似幻、虚虚实实、幽乎玄冥的叙述氛围和效果。其中值得一提的有两点：一是对客观叙述、真实效果的固执。一般回忆性视角，第一人称口吻的使用，是极易造成抒情氛围的，但余华在其作品中一如既往地以其惯用的间离手段限制了主体在小说中可能有的明显作为，极力地回避了抒情和议论，尽力使其叙述显得客观和真实；二是对于悬念的浓厚兴趣。余华小说中悬念的设置一直是其作品张力形成的原因所在，也是其作品审美魅力的重要表现。在以前的作品里，这一点也因此一直被他轻车熟路地反复使用。在《在细雨中呼喊》一文，他的悬念的张力则主要是通过预叙和等频率叙述两种手法的交错使用而实现的。通过预叙，余华总是把一些按照程序应该置后的内容，主观地在前面某个地方简括地提上一两笔。如该文第一节“南门”中，劈头一句就是“1963 年的时候，一个孩子开始了对黑夜不可名状的恐惧。”为什么？怎么会这样？他不急于交代。接下去又是连续的“身穿军装的王立强，在这样的情景里突然出现，使我对南门的记忆被迫中断了五年”，“五年以后，当我独自回到南门时，又和祖父相逢在这条路上”，“我十二岁那年王立强死后……”“祖父在我回到南门的第二年就死去了”，“苏宇十九岁的时候，因脑血管破裂而死”……甩动的叙述之剑不断绽放出闪烁的光花，像是有所交代，却又总是吞吞吐吐，谜语般吸引着我们，于是，虽然碎玻璃般不堪的支离破碎，但我们既已上轨道了，便只能寄希望于后来，沉下心读下去读下去。而诱惑设下之后，余华便开始了对读者耐心的考验，他的等频率的温吞吞的叙述，不急于把你领向目的，你越急，他越不急，明明是说“祖父”要死了，却偏偏让他一次次地死不成，直到你实在难耐了，疲疲中想扔下书了，他便适时给你亮相，于是你眼睛又不能不为之一亮。余华就是这样在诱惑和折磨中展示他小说的叙述功能和魅力的。

在此之外，最为重要的承继和总括，自然还是在题材和形式技巧上余华对于固有价值和意义进行颠覆的执著。

自觉不自觉地，许多新潮作家都表现出了一种共同的趋向——这便是对于意义的无所谓和不主动追求；有的作家甚至把对意义的追求和对审美的追求对立起来，从而认定对意义的追求是非审美的，为此，他们不惜在自己的叙述中动用各种各样的手段，消解或涂抹已有叙述可能产生的意义。但余华却似乎有所不同，他既醉心于艺术上的追求，又不愿意放弃价值和意义，这种双重的努力便使他更多地能被读者和评论界关注，从而引来较多的赞扬和骂声。但是需要指出的是，余华的这种对意义的不拒绝，并不表现于他对意义和阶值的重构之上，他主要的兴趣不在于建设而在于破坏。从《十八岁出门远行》开始，他不仅对一些习以为常的经验和认识，如爱情的纯洁、家庭的温馨、正义的高尚、责任的可贵等一一进行了否定性的曝光，而且对包孕了这些价值观念的叙述形式、传统文本，如武侠、侦探公案、言情等古典文本形式也进行一系列从外到内的颠覆，借此表现了他对于人类现有经验的总体否定。他曾这样表述过他的见解：“人类自然的肤浅来自经验的局限和对精神本质的疏远，只有脱离常识，背弃现状世界提供的秩序和逻辑，才能自由地接近真实。”此处的“脱离”和“背弃”意思极为明显，这便是他要力求通过对业已形成的人类的貌似美好但却其实虚假的经验和认知进行颠覆，从而以使作家的表述能够向人的精神本质靠拢。

在《在细雨中呼喊》中，这种颠覆主要通过几种最为常见和基本的人际关系的解构再次得到了延续和加强。在这部作品中，余华笔下貌似复杂的内容其实都是围绕着亲情、爱情（也可在此处换作性欲）、友情和师生之情四条线交织展开的，抓住和梳理清这四条线，许多混乱也便随之而得以清晰。但是，一俟读者这样做了，他们便马上会发现这四种在我们一般人看来最圣洁、最崇高的精神财富，其真实的面目原来都并非那样可靠。譬如亲情吧，这种用血缘联结起来的最原始也最稳固的人类关系，在这儿，却成了父子间的仇视，手足间的相残，夫妻间的纯性欲，祖孙间的欺骗和被欺骗。而爱情，这个人类最圣洁的字眼，余华将其温情脉脉的面纱揭去后，也顿时让人感到那样狰狞、丑恶和荒唐，无论夫妻、情人、恋人，也无论老的小的，所有的人都免不了最终失败，付出和被付出，短暂的欲望过后，一切都是那样的虚假和不可信任。请看这样一段对话，“母亲”生了孩子，独自处理完各种事项，马不停蹄地就给“父亲”送饭，父亲却已然嫌迟，在知晓了事情的原委后，余华写道：“父亲很不耐烦地打断她的唠叨：‘是男的，还是女的?’母亲回答：‘是男的’”。这就是夫妻之间的交流，在余华不动声色的冷静叙述中，被无数人歌唱的爱情婚姻是那么不堪一击，我们所有的自信再也打不起精神，在不知不觉中溜走了。愤怒，失望，接着才可能有平静，才可能知道该怎样不再轻信和去行动，而这些，也许正是余华的期望。

二 转变

总是在写作时驾轻就熟地走原先走过的路，保险轻松，但绝不是被指称为“先锋”的余华们的选择，他们从一出台就喜欢闹腾，喜欢变化。他们总是忙于实验，忙于出新，对他们而言，最不能承受的批评就是被人说旧说过时了，所以，《在细雨中呼喊》与先前作品的不同，其实自然也便是情理之中的事。但是，从这一角度生发的变化，作为一种自然结果，自是不必大提特提，而在这儿之所以将这种转变专门列出来论述，是因为笔者觉得这一次的转变，对于余华而言，是涉及到他根本的文学观念的，其影响很有可能改变先前余华给人的习惯印象，而使余华的小说创作走向另外的方向。

余华写作《在细雨中呼喊》中所发生的变化，主要表现于下述三个层面：

第一个方面，就是作品中自我经验成分的加强。从前文余华所说的话中，我们可以看到他是将“经验”和人的认知的肤浅联系起来谈的。基于这种认识，在他的小说创作中，超越经验的存在的真实也便被当作了小说应该极力追求的一种境界，而为了这种真实境界的营造，他不惜花费精力消除主体经验在作品中的存在，如间离手段的运用便往往使他在最易动情的地方保持冷静和客观。但这一次，余华却似乎发生了变异，《在细雨中呼喊》中不仅有一些明显的属于他个人言论中表述过的经验材料，如他对海盐农村的铭心刻骨的一些印象，便被移植到作品中，构筑了他关于“南门”的生活，而且还有与城市孩子交往中的自卑渴望，还有“我”对于性的最初萌动和觉醒，都无疑带有了作者个人的具体经验参与，而且正是因着这种个人经验的参与和润泽，他的叙述和描写便因着一种自剖意味而让读者读起来倍感亲切。

第二个方面，就是故事性的加强。无可否认，《在细雨中呼喊》里作者还没有对于故事的有意建构，余华所习惯的“冷静说梦”的散漫叙述依然使他的叙述表现为种种印象的碎片，凌乱刺割着熟悉完整优美地讲故事的古典作品的读者的期待，使他们往往在“恍兮忽兮”的梦幻里或知难而返，或不得其门而入。然而对于大多数熟悉余华作品，在这一次的阅读里，读者可以清楚地发现余华的写作确实比过去好读了。静心品味该作品之后，我们有理由相信，故事作为传统小说的基本构成要素，在受到先锋作家全面颠覆之后，在我们似乎已经习惯了“无情节无故事”的说法和事实之后，余华却渐渐表现出了另外一种的不趋时尚——他不仅在《在细雨中呼喊》中开始较为完整地勾勒出许多故事或准故事，如鲁鲁的故事，国庆的故事，特别是他那场有头有尾极其完整的“恋爱故事”，还有弟弟死后父亲和哥哥想当英雄的滑稽故事等等，而且在其后的《活着》中，他将眼光更为集中地聚焦在主人公的经历上，使小说在某种意义上向传统叙事回归，逐渐接近了我们习惯中的小说。对于这种变化，应该说人们的反应是很不一致的，一些惯于用“先锋性”要求余华的人对此自然是失望，以为余华的锐气没有了，其所以成名的“先锋性”减弱了。而另外一些本就对余华们不以为然的人则更是因此而表现出“果不出我所料”的得意，他们甚至因此断言，余华们是过时了，创造原本没有多大力道，这下更清楚地表明了他们才思的日趋枯竭。然而对于绝大多数人而言，对余华的这种转变则表现出了肯定和欢迎，并且寄予了厚望。

第三个方面，是余华最富建设性也最为人称道的一点转变，那就是在继续对现存价值和逻辑进行颠覆的时候，余华不再只是冷冷地说“不”或疯狂的毁灭，他开始正面构筑起某种意义，肯定一些情愫，开始捡收一些羽毛或柳絮，温暖自己的同时也温暖别人。在《在细雨中呼喊》中，我们忘不掉鲁鲁和国庆这两个小朋友，我们同样忘不掉的是一贯冷静的余华在描写他们时所表现出来的对于他们不幸命运的同情，对于他们的执著韧性的“力”的肯定，及对他们的智慧、从容、懂事、狷狂等个性表现的赞赏。所有这些，无疑都构成了余华小说黑暗世界中明亮的星星，格外耀眼也格外引人注目。

此外，该作品还在许多地方表现出了一种较为抒情的悲剧特征。在对悲剧的设计过程中，余华给我们的印象不再仅仅是残酷和暴力，透过他的笔触，我们不仅看到了洋溢着青春气息、在阳光中微扬着脸梳头的冯玉青没有了腰身粗俗地打骂孩子的景象，我们还听到了余华的悲叹，“于此，我知道了美丽的凋零”。还有“母亲”临死时因为不愿看病，所以对固执背她看病的哥哥说的话——“我恨死你了”，以及临死前的“不要拿走那盒子”之类的喊声，还有苏宇临死前的挣扎和渴望，等等，都让我们感到了余华与我们一样对于人间美好情感、美好事物的爱，也正是在这一点上，余华显示出了对非悲剧生活的渴望和肯定，给夜行人所施予的温暖和鼓励。

三 原因和启示

自然，上述一切都还仅仅是个开头，余华将来的成绩只有他将来的作品才能够说明，因此，单凭这一些变化便说“余华的先锋性已经减弱了”，“余华们已经过时”，或是“余华向传统回归了”，“余华走向了一条光明的道路”等，似乎还都嫌太早。于此，笔者觉得积极的态度应该是我们大家都静下心，仔细找找原因，看它对于我们的文坛和作家有什么样的启示和借鉴，以期接受其经验和教训，提高我们各自的认识水平。

那么，是什么原因促使了余华的这些变化呢？笔者以为其中的原因主要是：其一，社会需求使然。写作作品的动机，于每一个作家个人，自然是各不一样的。然而一俟其印刷成书并投入了市场，那么它便不能不扮演“商品”的角色，所以作家的创作，归根结底不能无视读者的需求。而余华及其同伴此前的创作，因为过分沉醉于玩弄形式技巧，所以其作品相应地也便愈来愈显出某种匠气，成了一种只能让专家看的东西。躲在象牙塔里，固然可以因着所谓“纯艺术”而清寒，但“高处不胜寒”的寂寞想来作家也是难以久耐的，故而为了饭碗也罢，为了更好地交流、给读者以更多的可供吸收的东西也罢，余华的转变事实上也便确实有着某种客观上的必然性。

其二，“文化大革命”中诞生的这批作家，就其个人经历看，大都业已成家和有了较为稳定的人生角色，人至成家立业之后，心态总是要趋于沉静，所以，在已经将技巧磨熟之后，余华开始向人生经验，向人生意义的正面构筑靠拢，也便不仅仅是一种不得已的被动，更含有着一种明智的主动选择。

其三，便是作家个人反省后的艺术自觉追求．我们注意到在渐趋成熟之后，余华、格非等先锋派作家开始注意回溯反省其创作历程，以求总结得失写出更满意的作品。由此，对民族审美传统，对形式技巧，对作家知识修养及人格等问题，他们也便开始了重新的思考。格非就曾极为清醒地自疑说："我现在想，我们进行技巧实验是否搞过了头？"他还说："在现在这样的环境中，我们面临着一个十分迫切的问题，这便是作家人格的重塑。"基于这样的反省，余华创作中的自我经验的加强，故事性的加强及正面人生意义的构筑也就有了一种可以理解的理论来源。

据此，余华通过其《在细雨中呼喊》给了我们至少是如下的几点启示：

首先，"先锋派"并不是作家自己给自己定制的面壳，我们不能据此要求"先锋"作家永远日新月异，永远创新。每一位作家都应该有自己的选择，我们不能强行要求他们只能这样而不能那样。

其次，作品的价值归根结底是一种商品的价值，其决定性的内涵取决于作家凝结在其中的社会劳动——即智慧和创造。对于读者而言，需求是多种多样的，于纯粹的形式技巧中求取美感的读者毕竟少之又少，所以作家不能将对意义的追求，对现实人生的关注与对美的形式的追求对立起来。

最后，任何作家都不能脱离具体而存在，小而言之，他是一个有着独自经历、独自人生认识即具有独立个性的人，大而言之，他的生存总脱离不了具体的时空，他总是从属于一定的时代、民族与国家，所以，作家应不惮于创作中的民族性、时代性，写出属于自己的一份独自来，并以此显示出其超越个性之后的一份对时代、对民族的关注。

川端康成说过一句话："我们的文学虽然是随西方文学潮流而动，但日本文学的传统却是潜藏着的看不见的河床。"先锋派诸家都有写人太抽象，且与自己民族传统脱节之弊，缘此，若是要进一步提高和发展，他们自然便应该对于自己写作中业已表现出的问题予以重视和矫正。

我便期望一次蜕变

——李云鹏诗论

见证过20世纪80年代甘肃文学历史的人，多半是很难忘记两份杂志的。一份是《当代文艺思潮》；另一份就是《飞天》文学月刊，它以招牌栏目“大学生诗苑”为阵地，多年来为中国诗坛发现并培养了许多诗歌新锐。不夸张地讲，在很长一段时间内，“大学生诗苑”曾经是矢志于诗歌的校园青年们心中的一块圣地，现在国内叫得上名字的诗人，很多人就是从这个栏目开始他们最初的诗歌写作的。

李云鹏先生就是“大学生诗苑”兴起、鼎盛时期的《飞天》文学月刊的编辑。《飞天》特别是它的“大学生诗苑”之所以能在人们心中留下美好的影响，甘肃诗歌之所以能成为今天这个样子，功劳自然不独是李云鹏先生一个人的，但在何来、李老乡等人之外，李云鹏先生因为对于诗歌的痴迷，特别是对于后学不遗余力的提携和奖掖，所以，自然也是应该为人们记住的。谈到自己的人生角色定位，在诗集《零点，与壁钟对话》的“千字自白”中，李云鹏先生曾说：“此生从事时间最长的职业应是文学编辑，已历了25个春秋，可以说，做文学杂志的编辑，较之做诗人，我更称职些。我热爱这个职业，我对于编辑工作有一种本能的忘我的投入，忘我到几乎牺牲了自己的创作，甚至到了老长时间诗我两忘的地步”。这是一段很动情也很真诚的话，联系李云鹏先生的实际，这样的表白既不是为了拉票而讨好读者，也不是诗人因为撇清而变相进行的自我夸饰，相反，它从一个侧面说明了身为编辑的李云鹏先生对于一份文学杂志或甘肃文学付出过的努力。

但李云鹏之所以是李云鹏，在一般文学同仁的心目中，却首先因为他是一个诗人，是一个不仅写诗年龄超过半个世纪，而且对于诗歌特别痴迷，痴迷到甚至近乎“殉道”地步的诗歌热爱者。

一 初始的歌唱:《牧童宝笛》和《进军号》

20世纪30年代末，李云鹏出生于甘肃中部贫寒苦焦的渭源山村。为新中国成立之后的时代风潮所感召，也为家乡人民积极投身革命的传统所熏陶，年仅14岁的他就参军做了一名解放军战士。他的写诗生涯就从成为战士之后悄悄开始，出身偏远的乡村，谈不上深厚的家学渊源，14岁就当兵，他甚至没有进行过较为完整的文化知识教育，所以，和一般人一样，李云鹏开始的诗歌写作，也经历了一个从模仿、练习到渴望摆脱模仿和练习的过程。

他最初发表作品是在1954年。那时他还是一个年龄仅有15岁的军中少年，对于生活，他有想象，有激情，但是对于行将影响自己一生的诗歌，他的脑子里却没有多少自己的见解。看了一些诗，也为时代所激发的感情所蛊惑，他就响应着时代的主题率性而唱了。

他那时所写的诗主要是一些叙事长诗，像《牧童宝笛》、《血写的证书》、《花儿魂》、《进军号》等。从体裁上看这些诗可分为两类，一类是民歌或童谣体的诗，像《牧童宝笛》；另一类则基本上是一些政治叙事抒情诗，像《进军号》等。前一类诗歌主要取材于民间传说，如《牧童宝笛》，它所讲述的故事有点像人们熟悉的《神笔马良》。其中写一个叫庄元的孩子，自幼父母双亡，在邻居的照看下艰难成长。财主陈老七见庄元人小力大又聪明，就强拉他去给自己放牛。庄元孤苦无告之际，忽见牛圈旁有新竹长出，取而为笛，不想笛为一宝笛，要什么给什么。财主眼馋，欲占为己有，庄元巧施妙计，并在乡亲们的协助下，杀死财主，获得自由，最终横笛在手，造福百姓。而后一类诗歌如《进军号》，它所选择的主要是一些宏大的社会题材。《进军号》以甘肃当代历史中的重大事件——引黄工程为叙写对象，运用革命意象系统中的一个典型符号——小铜号为线索，通过对引黄工程展开过程中的历史氛围和情景的想象性夸张描绘，塑造了老红军、现任引黄工程指挥部书记的共产党员高亮的高大形象，表现了一种“老兵谱新曲”的时代主题。

客观地讲，在这些诗的写作之中，诗人表现出了特定历史条件下自己所能表现的努力，如《牧童宝笛》中的童贞趣味表露，对于民间特别是生活比较艰难的普通民众生活的特别关注，诗的形式构造上章节的多样化安排以及活泼口语的运用等，但是总体看来，无论是取材还是艺术的表现，李云鹏先生这样的诗却基本上是那个时代较为流行的意识形态规范中的一种个人版本。社会提倡着的民间背景，意识形态所允许的适度而又不失健康的传说或神话内容，贯穿始终的阶级斗争主题，还有民间加古典的诗句建构方式，这样的表现充其量也就是时代大合唱中的一个小声部。

也许就因为这种原因，所以《牧童宝笛》虽然早在1955年就初刊于《甘肃文艺》，后又入选新中国成立30周年《甘肃儿童文学选》，甚至还有电视台将其改变成儿童动画片；《进军号》也在1972年被收录于甘肃人民出版社出版的同名诗集《进军号》中，后又曾被开封师院中文系选编于其教材，但是在后来编选自己的诗集时，李云鹏先生对于那一时期自己所写的这些叙事长诗还有一些政治抒情短诗却还是一首也未曾选用，他借此想向读者透露的信息就是：对于诗歌，他还有着更高的期待。

二　诗歌的觉醒:《忧郁的波斯菊》

李云鹏先生是20世纪80年代初由地方调到省城工作的，他是一个本性非常醇厚的人，从地方来到城市，他没有像许多人那样斤斤计较于自己的生活和工作条件，而是全身心地沉醉于自己忙碌的新工作。不过作为一个出身于乡村而且很早就参军辗转于西部辽阔旷野中的人，对于因为经济的复兴而逐日时尚、现代的城市生活，李云鹏又有着许多的不适应。更何况他那时已经年过40了，人生不经意间就沾染的一点沧桑之色，使他免不了在内心常常怀念他曾经的岁月：滋润了自己童年的故乡篁村，见证了自己青春的奇异的西部山川……“逝者如斯”，在回忆中复原曾经的那些生动和激情之时，对于生命，他同时怀有了一种难以言说的伤感。这种复杂的感情具体为他文字的表述，就产生了他的第一本诗集——《忧郁的波斯菊》。

《忧郁的波斯菊》1988年11月由甘肃人民出版社出版，诗集中的作品主要写作于两个历史时段：一个是20世纪80年代初，1981—1983年，以“飞向巴音布鲁克”和“特殊记忆中的篁村”两辑中的大部分诗作为其代表；另一个是20世纪80年代中期，1985—1987年，作品主要收集于“追逐九色鹿”和“西行客说”两个辑目。两个时段的作品在风格上表现出了某种基本统一基础上的差异，前者清新、明快，而后者特别是“西行客说”中的一些优秀之作则渐趋沉郁和枯涩，诗在流畅的抒情中渐渐融进了某种富有意味的反省和沉思。

在笔者看来，这本诗集的名称是解读其诗作的一个关键。《忧郁的波斯菊》，从构词上讲，其由两个部件构成，一个是作为对象的客观的“波斯菊”，另一个则是表明主体态度的主观的“忧郁”。查找相关的资料我们可以知道，“波斯菊”相传是古人从波斯引进的一种花卉，民间俗称八瓣梅，花色金黄，耐寒抗热，多生于中国西部高原，是一种很有地域特点也很美丽的花。将波斯菊和诗歌相连，可能的含义，一是由波斯这个翻译词引发的异域、丝绸之路并及西部的联想，二是由花所引发的美丽、动人的感受，二者合起来就是美丽的西部或西部的美丽。将忧郁和美丽的西部或西部的美丽连缀起来似乎多少有些犯冲，但是落实于具体文本的阅读，我们又能明白，这种犯冲其实恰巧是诗人面对西部时表现出来的一种既矛盾但又真实的态度：一面想展示它的美丽，另一面在美丽的背后却又禁不住引发了因为时间和环境而致的种种生命和生存的担忧。

生于斯长于斯，对于广袤而奇异的西部，作者心怀了一种极为素朴的热爱之情。“没有瘦损的山”，“没有河流的污染”，故乡是诗人“萌发诗情的灵感”（《老是醒里梦里的思念》）。给自己生命的土阁楼和舅母让人怀念；葡萄藤般的小路也因为承载了“牛背上的童年”、“教我童谣的山家姐”和“寄存幽谷的牛角号”，所以“全是透明的晶莹”（《葡萄藤般的小路》）；甚至“八里无言，十里沉默”，泥泞中走着的毛驴车的主人，也并“未使我感到隔膜”（《毛驴车在泥泞中走着》），崭新的钢笔丢失于故乡的草地是一种美丽的错误，飞向巴音布鲁克，无边的绿洲的遐想让一切旅途的颠簸、寂寞、眩晕、唇焦舌燥，也都成了幸福到来之前的必要内容。诗人的热爱之中内含一种朴素的道德——“儿不嫌母丑”，这种信念驱使他有意识地去发掘西部生活中的美：舍沙漠而写绿洲，弃贫穷而显温馨，单向度的审美情感弥散中作者的抒情由此而成为一种欢快的礼赞，许多诗的写作也因此在总体上显得轻快和流畅。

不过随着时间的变化，特别是随着诗人自我艺术素养的不断提高，李云鹏似乎很快意识到了自己的问题。一种轻快和流畅有时也可以是一种肤浅和遮蔽，因为回到自己的经验，李云鹏非常清楚，西部并不仅仅是神奇和美丽，由此他的忧郁也便慢慢渗出来了，同样是写西部，但是从20世纪80年代初发展到80年代中，他的笔调却在悄悄中发生了变化，在礼赞之外，他开始揭示西部生活的艰难、危险和沉重：疲惫的沙原，强劲的阳光烘烤得沙砾也渗油，一场风能撼动十二个昼夜，雪水河冻住了鸽子的飞翔，狂沙如狮虎作色，暴风雪中的山豹使雄健的白牦牛也战栗不已……别样的自然山川，生存的压力骤然凸显，虽然作者也试图将这种压力用乐观的抒情人为地进行稀释，借此张扬人对于环境的超越和主导功用，揭示共和国初期人们普遍怀有的理想主义和英雄主义信念，表达一个人在青春时期特有的浪漫和激情，但是人和环境之间的紧张和对立毕竟已经形成了，背景的艰难使英雄主义行为和青春激情的表现由此也不再那么轻松和流畅。岩壁石化了奔跳的小山羊，风库的三班长护持了一株青苗但却倒下了自己的身体，冰雪中的士兵和鸽子的歌唱只能是一种传说……“写忧而造艺”[①]，诗人的乐观掩饰不了来自于生存背景上的荒蛮苦寒之本色，所以温馨中也有冷寒，甜蜜中也有苦涩，壮烈中也有悲情。外在的生存压力下，生命在艰难承受当中甚至时常发生变异和扭曲：冷风赶走了淘金的人，一方水土不能养活一方人所以他们只能痛苦地迁徙，盛开的波斯菊因为阳光的拒纳而顷刻萎蔫，谷桥在一个深夜坠落，危巢让一棵大树提前梦见自己苦涩的老年，日子让一个妻子不说一句话就离家出走，而恐惧让一个汉子道德溃决只能与野兽为伍，死亡之海边的一截枯骨和因为伤心于斗殴而停止流淌的枯泉因此更像是一种别有意味的文化象征，在诗人冷峻的反视当中，它们体现出了西部生活前所未有的沉重和力度。

进步是进步，但是从整体上看，《忧郁的波斯菊》毕竟只是诗人在诗歌艺术上初步觉醒之后的产物，时过境迁，用更高的艺术眼光衡量，我们可以很快地发现它的一些问题。这些问题主要有：第一，诗人对于对象的精神内化不够。许多诗作有很具体的场景描绘，但是场景描绘之中缺乏感性而生动的心灵现场，对象特征清晰但诗人主体的精神图像却极为模糊，艺术的表现因此较少深度的美感，流畅有余而韵味不足；第二，诗情诗意

---

① 周政保：《写忧造艺》，《飞天》1998年第7期。

的形成较多主体单向度的施加，作品意义世界的建构较少矛盾和冲突，其结果就像“巴音布鲁克”一辑中的作品，因为缺乏对象对主体的必要的阻拦，所以诗歌便成了诗人一己单一而空洞的情感流泻；第三，过多的议论所导致的诗歌表意上的空泛和直露。诗歌语言是一种特殊的语言，它特别强调语言的象征性传情的功能，但是从诗意的获得到语言的表现，在《忧郁的波斯菊》中，诗人却似乎来不及将现实的物质对象进行主观的加工，从而将它们内化为能够承载自己精神体验的感性存在而再进行传达，诗的写作因此往往省略艺术的加工过程而直接地运用议论说理揭示意义，像“西部说：/其实最可怕的/是你不理解这片/可怕的荒地”之类的表达可以说比比皆是。此外，诗集中还有许多诗似乎特别喜欢“卒章显志”，以道理的直接说明归纳或提示作品的主题，它们的模式化表面看起来似乎有益于读者的阅读，但实质上却从根本上损害了文学作品应有的艺术之美。

三　形式的追求:《三行——潜入你的心园》

不过李云鹏先生是一个有追求的人，在自己的审美意识初步觉醒之后，对于诗的写作，他慢慢也便有了自己的想法：“假使上下求索仍找不到双翼马呢？/我便期望一次蜕变。”① 不断地蜕变，寻求新的可能，他不仅是这样想的，也是这样做的，做的结果就是《忧郁的波斯菊》出版5年之后，他又给读者捧出了他的新诗集《三行》。

《三行》1993年4月由甘肃敦煌文艺出版社出版，内中收录了诗人创作的308首“三行诗”。关于这本诗集的写作，李云鹏在诗集《后记》中解释说：“对于我，写诗从来只是繁忙编辑业务之外的一点可怜巴巴的余兴，几乎没有过一整块时间能供我的笔支配”，“但诗心不死。写大的，写长的，近几年是想都不敢想了。1990年春一次腰疾卧床，历八天，忧郁得很。经验是，这忧郁须用诗来排解。不知怎么，仰躺着，盯着天花板，突然冒出些三行诗来。录下，嚼嚼，觉得还有点意思。此后，早晨散步之时，骑车上班的路上，甚或与人闲谈之间，读书时候……总有‘三

① 李云鹏：《双翼马·代跋》，《忧郁的波斯菊》，甘肃人民出版社1988年版。

行’不时跳出，沉静地走进我的小本子。如此半年，数量竟是没有料到的可观。这里选出的三百余题，只是其中的一部分”。他的话透露出了这样一些信息：这些三行诗的写作，首先是诗人特殊生活情境的产物，忙碌，加之生病，它们大都是诗人在时间的碎片中采撷的一些个人诗思的小浪花。此外，从偶发到结集，诗人的写作大体经历了一个从偶然得之到有意为之的艺术经营过程，这一过程内含了他对于诗歌形式的某种阶段性思考。

和前后其他几本诗集的情况不同，《三行》出版发行之后引发了读者较为热烈的反响，之所以如此，细读文本并参照具体的历史语境，笔者以为可能的理由大体有三点：

一是如作者所言：“区区三行，内涵局促得很。但我自信却有一些感受和体验是独我所有的。这增强了我把这样一些普通人的人生体味献给读者的信心，并确信会得到某种共鸣。”[①] 翻阅作品，我们确乎可以发现诗集中的某些作品一如作者所言，表达了某种非常个人性的人生感受和生存体验，像“最后一场冻雨邀来了雪花/顺手交给她一个季节/奔苦经年的白牦牛卧成了雪山”（《初冬》），“我不敢在我城市的楼头仰望/当憔悴的天空排拒飞鸟/我惊恐地意识到世界的衰老”（《憔悴》），“不怕看脸上的岁月的刻痕/当背影不再年轻了时/我们仍津津有味地互读一张弯弓”（《爱》）等等，或是具体的情境，或是瞬间的现场，真切的生命体验使人在阅读时能够感受到一种来自于情感深处的亲切。此外，作者似乎还非常善于用自己的诗性之眼对一些普通生活场景进行诗意的提升或改造，点石为金，使一些本来平常之极的生活对象因此而显得诗意盎然，充满了十足的理趣和韵味。像“夜是立在白昼尽头的一块黑板/星星是写在其上的明净的字颗/公允地记载着白昼奔忙的忧乐”（《史记》）。一个本来很抽象的题目，作者却巧妙地将其与具体的夜、星星连接，使一个抽象的题目在远距离的关系组织当中获得了一种生动鲜活的感性肉体，无形的历史因此而刹那间变得可以目视了。还有“二月二的雪花飘不凉我的心/二月十二的雪花也飘不凉我的心/二月二十二的雪花已是炎夏的名片了”（《春意》）等等，春天的到来，本来是极微妙的过程，但作者却只按时间顺序组接了

① 李云鹏：《后记》，见《三行》，甘肃敦煌文艺出版社 1993 年版。

三个时间点上的雪花和自己的感受，诗的写作貌似简单但简单之中却深蕴了一种非常高妙的艺术慧心，将无形的春意的到来描绘得栩栩如生。

二是诗的形式。《三行》如其书名所示，内中所收的作品都是一些非常短小的三句一体的诗。考察诗的接受史，我们可以知道短诗其实一直很受中国读者的青睐，从古诗中的绝句小令到冰心等人的小诗，读者对于短诗的熟悉是远远超过了长诗的。读者喜欢短诗的理由其实就在于它的短小，短小了便易于记诵，易于掌握。当代社会人们的生活节奏日趋加快，文学艺术的创作相应地也体现出了某种“文化快餐”特征。在这样的背景下，李云鹏的《三行》在形式上自然就有了它的优势，茶余饭后或旅游出差，开卷品读，长则十几首，短则一两首，时间的琐碎并不损害阅读的完整，所以，其为一般读者喜爱，其实也就在情理中了。

三是20世纪90年代的诗歌环境。20世纪80年代中后期是中国当代诗坛极为活跃的一个时期，流派纷出，宣言迭起，诗人们的行为既创造了中国新诗史上前所未有的“喧哗与骚动”，也通过五花八门的实验和探索，使汉语诗歌持久地保持了某种艺术上的先锋姿态。这种探索和实验的好处是它们揭示了现代汉诗发展的种种可能性，而其缺陷则在于他们造成了诗与读者之间更进一步的隔阂，与传统的更为彻底的决裂，个人化和陌生化的写作，语言的能指畸形地繁殖而所指无端地缺场，符咒或神启式的表达，使许多诗歌远远地外在于大众可能的理解，成为一种诗人自以为是同时也只能孤芳自赏的存在。这种状况为后来的政治挫伤所改变，热情冷却或回到现实，90年代诗歌因此就有了“中年写作”、“口语化”、“叙事性”等说法，表述虽然不同，但实质却大体相似，不同的观念中事实上都内含了某种对于读者或大众因素的重视。李云鹏总体上是一个外在于当代诗坛探索新潮的人，但他无意中的作为，他的这些通俗、短小，类似于格言的三行诗，却在不自觉中符合了逐步市场化的民众对于诗歌的阅读口味。

但是就我个人的看法，我觉得受制于既有的诗歌理念和想象力的局限，李云鹏先生的《三行》在艺术的表现上是比较平庸的。他的问题主要表现在两个方面：一是太爱议论，太爱讲理。这一点其实在《忧郁的波斯菊》中已有较为突出的表现，《三行》的写作对此不仅没有收敛，而且反过来有点变本加厉。许多的诗，像“很想推倒所有的狱墙/又恐人世间还残留一颗邪恶的心/我便准备着做狱墙的最后一块砖”（《狱墙》），还有“圣地之光　决不会灰暗于/叛逆者滥涂的墨污/时间和尘埃能掩埋的不是圣地”（《圣地》）等等，诗完全成了某种人生大道理的阐发，诗意的表达缺乏形象的中介，不感性也不生动；二是诗的写作中个人化或精神体验的深度不够，诗情的抒发因此不仅较为表面也比较普泛。像“重读郭小川又见到诗的小川/立于青纱帐甘蔗林的一尊伟岸/竟羁困于小小团泊洼的秋天”（《读诗》），还有“每日贴着她，似乎这黄河很平常/一旦离开，就觉得这黄河太雄壮/夜夜大波大浪地闯入梦乡”（《黄河》）等等，诗中的感情不能说它们虚假，但缺乏一种因诗人个体特点而自然生发的具体和个别，从中我们很难感受到诗人作为一个独异的存在体而与他人相区别的心跳和意图，所以这样的诗本质上还是一种公共化的抒情，它们没有一份独特，因此也就自然很难给人留下较为深刻的印象。

四　生命的沉思:《零点,与壁钟对话》

《零点，与壁钟对话》（作家出版社 1997 年版）是李云鹏的第三本也是迄今为止最有分量的一本诗集。《飞天》编辑、诗人马青山甚至说，这本诗集“奠定了他在甘肃诗坛乃至全国诗坛的位置”①。

虽然诗人自谦说，这本书的“书名无深意。主要起意于这些诗大致是‘八小时之外’的深夜，在壁钟滴答之声的伴随下草成，就用了其中一首的现成的题名”，但在我个人看来，理解这部诗集的内涵及意义，这书名却实在是一个关键。从《牧童宝笛》、《进军号》到《忧郁的波斯菊》，再到《三行》到《零点，与壁钟对话》，在时间一路走来的脚步声中，不用看作品，单从作品名称变化的轨迹中，我们也可以捕捉到诗人创作的某些富有意味的信息。和前面的作品相比较，在《零点，与壁钟对话》中，诗人的写作出现了两种新的变化：一是时间意识的突出以及伴随着时间的变化诗人感情的逐步内敛和个人化回归；二是诗思的表达开始有了从独白到对话、从单一到复杂的追求。

考察诗集内容的安排，我们可以发现在这本新的作品集中，作者没有

---

① 马青山：《瘦骨带铜声的歌者》，见《甘肃日报》2003 年 1 月 27 日。

按照惯常的先后时间顺序组织作品，相反，后写的被放在前面，先写的却被放在了后面。何以如此？作者自言说似乎只是“方便”，但这种方便在旁观者看来却更像是一种有意的行为，它蕴涵了一种诗人由近溯远的时间意识。零点，一种寂静的时间单位，在昼与夜相交的这个时间点上，作者没有梦想也没有多少睡意，所以他的诗思就成了一种对于生命——即流逝时间中个人经历——的深情的回忆：由故乡引发的对于生命源头的不断归返，铭心刻骨于西部旅行中另类山川和生命而致的对于生存的反复体味，以及在暮年纷纷大雪中对于当下生活中富有意味的日常细节的细细反刍。《零点，与壁钟对话》的写作内容大体上就由这三个方面构成，这三个方面无一例外也都贯穿了诗人对于时间的敏感：“记忆里/我的顿河岸边的杵衣石/是我的顿河的美人痣”，但是“三十年岸柳粗了腰围/杵衣石/依旧静美地卧在那里/目光三回细读/三回都认作/苍老的老年斑了”。时间流逝中生命的残酷故事，体现了生命本身无可奈何的疼痛，疼痛平静下来，平静成一种默默的承受，所以诗人便说：“不想去寻找一种答案/反正/衣袖高绾于臂肘之上的/双臂如透明的水萝卜的/我的阿克西妮亚/不在那石上捣衣了”（《我的顿河》）。

诗人回忆中的放弃有一种无奈，但在无奈中它同时也表明了诗人诗思在时间磨炼中的成熟。“午夜下了薄薄的雪”，“一片，一片……/写着宁静的心事”（《午夜下了薄薄的雪》）；“独立北方旷野的枣树/此年只熟了两枚红枣”，“两枚红枣托起一轮圆月的贫穷/是此年北方的化石”（《某年北方》）；“血肉化为泥土之后/骨骼就是血脉畅旺的根/与万根相抱成林”（《蔡希陶》）。诗人依旧是敏感的，他依旧不时地被周边的事物所触动，但这种触动却往往为一种经年的风霜所冷却，所以，他的火一样的激情便更多地转化成了一种平静中的回忆或沉思：花是一朵朵的雪花，青草醒着但羊却在做梦，受伤的大象拒绝一切的救治，面对会唱歌的草，两只耳朵却只能站得很远很远……这种内敛的沉思不仅保证了作者能于平静中听到其他生命的欢欣或呻吟，李云鹏这一时期的诗中的事物因此多半是有着自己自足的生命表现的——红枣在珍藏中哔啵时间的响声，不甘自毙的盲鸟不断被树枝和树叶碰疼，会唱歌的草一双亮得很大的童眸吐放着天真；而且也保证了诗人在宁静中能够真正回到自己的内心，借助于他物的脉搏聆听到自己心灵的节奏：背水的少女踽踽而行，“每见一辆汽车驶过/她的孤寂至伤情的挥手/酷似摇曳于风中的苦艾”。拂拭过层层的遮蔽和阻拦，回到自己的内心，这一束苦艾的挥动，在茫茫的雪山的背景上，它让作者感受到了累积于自己心灵深处的“万古的荒寒/隐约闻见一万年前的鹰鹞/撞出悠长的回声”（《寂谷》）。这种个人性的回归，使诗人即使在写一些宏大题材的诗（如香港回归祖国、海湾战争等）时，也往往能够在众声喧哗之中独辟蹊径，选择一种独特的自我视角。比如《讲给小孙女的故事》，诗本身是写宏大的历史教育问题的，诗的内容也涉及到了世界大战和抗日战争，但在实际的操作中作者却仅仅选择了两个孩子和阳光的故事，便巧妙而生动地揭示了战争的残酷和平静生活的可贵之主题。

除了诗情呈现上的个性化回归和内敛之外，《零点，与壁钟对话》给予我们的启示还有艺术表现上的“对话”机制的运用。在该诗集的《后记》中李云鹏曾讲：“说对话，似乎也还贴当。诗本就是一种倾诉，一种人生的对话。而暂离了尘嚣的清澈的午夜是最宜于诗的对话的。”① 他的话很像是一种“夫子自道”。联系李云鹏实际的创作，我们可以看到他前期的诗作，抒情者大都为单一的第一人称“我”，不管对象如何，抒情话语基本上是诗人一己的独白，是一种标准意义上的倾诉，但是这种情况到了《零点，与壁钟对话》却有了很大的变化，诗的写作在“我”之外慢慢也开始有了更多的虚拟的“你”，写作对象往往也从被动沉默的状态变得积极主动，开始自己说自己的话，抒情由此也从独白而渐渐转变为对话——诗人与他人的、与他物的、与不同的自我的，诗意的表达因此也由单一逐渐变得充沛。举例像《寂谷》、《时近零点》、《冰韵》、《默写心事》还有长诗《零点，与壁钟对话》、《野果林拒绝嫁接》等，“我”之外的另外声音或者不同的我的声音的出现，在诗情的倾诉之外，使诗的表达有了质疑、推测、商量甚至反驳，多样的表达显示了多样的意义，他的诗作因此上也便较以前有了更为醇厚的味道。

综述李云鹏先生五十多年的诗歌创作，我们可以发现有两种东西是贯穿始终而且感人至深的。

一是他对于生命和生活、特别是西部的热爱。对于渭源故乡终生的吟唱，对于梦一样的巴音布鲁克的热烈向往，对于风雪西部的疼痛诉说，对

① 李云鹏：《后记》，见《零点，与壁钟对话》，作家出版社 1997 年版。

于一架葡萄的哀悼和对于一个卖埙的孩子的悲悯，真实生活中的一切似乎都能激发起他对于自己的祖国、人民和土地的感情，幸福着对象的幸福，痛苦着对象的痛苦，他的心灵就像是一架敏感的信息接收器，生命中的一切风吹草动，大到国际战争，小到壁钟的走动，似乎都能被他快速地捕捉并给予诗化的处理。诗人艾青曾说："为什么我的眼里常含着泪水？/因为我对这土地爱得深沉。"艾青的话同样适用于李云鹏：因为对于自己乡村背景的深刻记忆，所以即使给别人捧出了"留有自己体温的羊毛衫"，他还是为此而羞愧不已（《愧疚》）；因为是拽着马的尾巴上的高山，所以即使站在山岗，也只能觉得自己"只宜站在那马的阴影里/平定喘息/然后羞赧地自高处/赞叹初次所见的风景"（《登高》）。诗人对于他人他物出自善良本心的体谅，让我们通过他的诗感受到了一种这个世界已经很难得的那种对于生命或生活的博大之爱。因为这爱从精神的深处体证着诗人自我的价值，所以它本身就是诗歌之所以能够感人的最为基本的质素。

二是他对于诗歌写作的执著。客观地讲，李云鹏先生的写作起点并不高，身处于非诗的历史时期，自身又没有经受过专业的写作训练，为主客两方面的原因所局限，所以他前期的诗便显得较为空泛、夸饰，极少诗人自身的性情和面貌。但是就在这样的起点上，诗人却能够随着时间的变化不断地对自己进行反省和调整，从《进军号》到《忧郁的波斯菊》到《三行》再到《零点，与壁钟对话》，诗人走过的旅程事实上就是对自己不断否定、不断变化的自我扬弃过程。

因缘于此，虽然从整体看李云鹏现在的诗歌写作依然存在着一些严重的问题，譬如写诗过于质实和规范，在诗人主体与对象的关系处理上要么浅尝辄止，缺少深度的心灵体味和新颖的主体变形；要么循规蹈矩，对象所激发的诗情往往未及展开就被匆忙归入既有或他人的辙痕；又譬如在诗歌内部的组织构造上，因为总是较为注意同类或同性质材料的选用而缺乏对于矛盾、冲突材料的有意识的组接，诗的写作因此常常诗情明朗、诗意清晰但是却表现得张力不足，给人的印象因此往往也便显得流畅有余而韵味不足。

但是，李云鹏先生是一个不轻易满足的人，虽然他现在年岁已高，诗的写作也渐趋稀疏，但是他却未曾停下或放缓他探索的脚步。在他近几年写的一些诗如《邂逅一只银狐》（台湾《葡萄园诗刊》159 期）、《走进布达拉宫》（香港《诗网络》第 7 期）里，我们依旧可以看到诗人心犹不甘的悄悄然的努力。这些诗往往能从外在的体物进入到深度的心理体验，纯粹、干净，具有很高的艺术质量。

“假如上下求索仍找不到双翼马呢？/我便期望一次蜕变/变成慨然委身西部的/一棵忧郁的波斯菊/一颗忧郁的白草”。蜕变是痛苦的，生命的蜕变总是一种临近于死亡的新生，但唯有这蜕变，却是真正能够给人带来希望的。

我们谨以此希望于李云鹏先生下一次更为杰出的表现。

再下边是诗

——简论何来的诗歌创作

从文学史的角度而言，中国当代诗坛于甘肃诗歌的记忆总是绕不开这样两件事：其一为《飞天》文学月刊“大学生诗苑”栏目的开设与活动，后经几代编辑的努力，为中国诗坛特别是甘肃诗坛培育了一大批诗歌的新生力量。其二为“西部诗歌”的理论倡导并及实践，在20世纪80年代初中期热闹非凡的中国诗坛别立一地域特色鲜明之阳刚、悲怆诗风。

于这两件有意义之事，诗人何来都有所作为。于前者，他的成绩在于任《飞天》副主编期间对于大量诗歌后进的细心指导及培植奖掖。在多年的编辑生涯中，到底有多少忐忑于诗歌之途的人因他而走上了诗歌之路，没有人统计过，他自己恐怕也说不清楚，但一提及“何来”之名，多少人立马就显现出来的肃然起敬，自是一种无言的说明。于后者在于他通过自己几十年积极且富于探索意义的诗歌实践，不仅参与了“西部诗歌”的历史行为建构，而且以其独特的诗美追求，确立了自己的诗歌风貌。对这一点，诗评家叶橹先生曾说：“当人们谈论‘西部诗人’的群体和他们的‘边塞诗’时，不知道是否注意到了一个相当奇特的现象，即如昌耀、杨牧、周涛、章德益、林染等人，实际上并不是土生土长在西部高原的人”。“上述诗人之所以被认为是‘西部诗人’，是因为他们以各自的不同的心灵感受传达和表现了独特的对于西部氛围的领悟，这些诗人，也由于他们原来的生存环境与西部氛围存在着较大的反差，因而在生存环境改变后便特别显明地感觉到了西部风光的特异色彩。”但“在何来的笔下，无论是边关西陲，瀚海戈壁，都是一幅幅实实在在的平凡景象，他能够从中升腾起诗情的哲思，但绝没有神奇的意味”，“何来的诗，自有其别具的特色和韵致。也正是这种特色和艺术韵致确立着他在西部诗人中的真正地位。”①

以“西部诗人”命名何来或完全将何来的诗歌创作归置于“西部诗歌”的范畴，自然不完全适合，但从叶先生的话中，我们还是明确了何来是个很独特的诗人，缘此，无论是描述甘肃诗歌还是“西部诗歌”，何来先生并及其诗歌创作都应该是一个不能不提及的重要话题。

一

何来先生是一个很少谈论自己的人，他的“慎言”使他在甘肃诗坛成了一位内敛、低调的“君子式”诗人，但也给意欲探究其身世经历的人造成了困难。羚羊挂角，却并非无迹可寻，借助于“片言只语”，我们还是明晰了诗人生于兵荒马乱的20世纪30年代末，商人身份的父亲本想把他培养成一个生意人，但他却爱上了文学，大学时期（20世纪60年代初）其诗作便上了《诗刊》，诗作《烽火台的抒情》和《我的大学》让当时西北师范大学的师生们奔走相告，同时也为他赢得了一片喝彩声。

从最初的诗作看，何来诗歌的写作来源于两重诗学背景：一是大陆诗坛20世纪五六十年代流行的政治抒情诗的影响；二是西方（特别是俄罗斯）19世纪浪漫主义创作思潮的影响。因为前者，何来诗歌表现出对于大题材的敏感，较多激越充沛情感的抒发，诗歌体式也表现为长篇大章；因为后者，其诗歌凸显出一种抒情的底质，注重想象的运用，主体形态也于活跃而急速的驱骋之中显得积极昂扬。

之后在严峻的政治形势和生活的逼迫下，便是诗人十多年的沉默。这种沉默内敛了诗人原本张扬的青春心态，但在20世纪80年代的重新歌唱中，我们依然可以感觉到诗人先前业已形成的诗歌品质在创作中的变相延续。

首先是抒情。从20世纪80年代的《断山口》、《卜者》，特别是从《爱的磔刑》到90年代的《热雨》、《侏儒酒吧》，直至2001年的《何来短诗选》，虽然诗歌风格几经变化，但总体来看，其诗作却依旧保持了其

① 叶橹：《由不惑而知命——论何来的诗歌创作》，见《诗弦断续》，南京出版社1991年版。

诗歌固有的抒情本质。

“铭文久已斑驳/铜色久已锈损/但它仍全身震颤着/用整个躯体发声”（《断山口·边关，震颤的古钟》）。诗人的情感是不愿死去的一颗鲜红的心的证明，热爱着、向往着，所以才在众人欢腾的《刁羊之赛》的热闹中，感觉到真切的疼痛：“争夺，无情厮拼/在一只小羊生命的细弱的/延长线上进行”，“后来，赛手和观众都散去了/我却久久在赛场上沉吟”；才在乐园之中，因为“冲撞你不敢”，“旋转你不敢”，“升高你不敢”，“颠倒你不敢”，因此不能不感叹：“唉，乐园不属于你/你没有乐园”（《卜者·你没有乐园——在广州东方乐园戏作》）。因为爱和悲情，因为苦难和艺术，在冥想中与俄罗斯女儿阿赫玛托娃交谈时，深感“什么在锯着灵魂”，甚至在日暮夕阳黯然的回忆中，依旧觉得“我们的形状，就是爱的火焰的形状”，“噢，那地上的树/就是我们不死的手/从地下伸出/紧紧地抓住永远的阳光”（《热雨·我们的形状》）。生命不能熄灭的火，它能于沉静中看到渴望和努力：“你听/海并没有平静/一点遥远的灯光/那么隐约，飘渺/竟吸引着/海全部的激情/你听/它还在不停地翻滚/即便夜比大海还深”（《何来短诗选·观沧海》）。

其次是想象。情感是想象的动力，真切充盈的感情——不管是飞流直下的还是抑制内敛的，它的表达需求必然推动诗人诗情的跃动和飞翔，这种跃动和飞翔实现于诗歌形象的组织运动，我们因此看到了诗人想象所散发出来的无穷魅力。观黑色岩画而想到了“叛逃的奴隶”，“逃婚的弱女”，“丢失了羊而不敢回家的牧人”，甚或“远行的商旅/逃避蒙面的强盗/他们在黑山深处/找到了自由/也找到了孤独”（《断山口·被放逐的艺术——观黑山岩画》）。练鹤翔桩的人，在一种气流徐徐潜入躯体之后，一会儿“变成了一个人形的小鸟/翅膀不住地拍打着”，一会儿又像是“被一条毒蛇所驱使/直立着蠕动直立着蜷曲”（《卜者·鹤翔桩》）。《老门房》像架“坏了许多零件”的“永动机”，《蒙特的街灯》仍然彬彬有礼地亮着，“像仆人，又像贵族”，最是那《打击乐》的震颤，“皮革发出了呻吟”，“木头发出了呻吟”，“铜发出了呻吟”，“死发出了生还的呻吟”，而《报废的火车头》，“疲劳的钢铁/从它的每个部位/流下暗红色的泪”。诗人灵动的想象不仅赋予存在于生命，而且也力求在阻隔与距离中实现沟通，使人的心灵能够自由驱驰于诗歌文本所建构的精神空间，就像

《爱的磔刑》中作者所虚拟营造的自己与已故诗人阿赫玛托娃的对话，心和心的呼应，爱对爱的悲悯，诗人的诗情，已然穿越了体验与超验，现在与过去、生与死、生活与艺术诸多的对峙，臻至一种近似于刘勰《文心雕龙·神思》中所说的“寂然凝虑，思接千载；悄然动容，视通万里”的自由之境。

此外，值得一提的还有诗人对社会、民族、人类、人性等大话题的关注。抒情的追求和想象的运行使诗人的写作在质地上有一种充分主观化、内心化的趋向，他的诗作因此说到底更像是一种心性的自然抒发。但与一些感性十足的小诗人不同，在不断强化写作主体于对象个体化处理的同时，他注意了个体、自我与人类、社会总体的协调，使一己抒情总是尽可能地承载或者说触发广大的人性或社会内涵。从《断山口》对边疆民族风情的自觉描绘，至《卜者》对社会新闻题材的巧妙转化，再到《爱的磔刑》对苦难与艺术、不幸与爱情的沉思，一直到《侏儒酒吧》对时代流俗的反讽，《未彻之悟》对当代诗坛与社会人情沦丧、精神堕落现象之批判，何来一路而来的诗歌创作，无论其诗风如何变化，于万变中不变的，是其一如既往对于艺术表现上“重”或“大”的追求。

这种追求不仅使他的创作在某种意义上突破了一己之经验的限制，使他成了所谓“西部诗人”中为数不多的不以题材取胜的诗人，无论是《被放逐的艺术》还是《爱的磔刑》、《侏儒酒吧》，诗人深远的关注都使其创作一如人言：“看来，地域特征毕竟只是一种表象，真正决定诗的气质的，还是跃动于诗人胸中那颗敏感而多变的心”。并因此表现出了一种甘肃诗人难得的“大气”或“大家风范”，表现出了某种“艺术的尊严和壮美”①。时尚的批判与人性的反省与拷问，愈是到后来，愈是被强化的人之存在的“大”的揭示，确乎使其创作实现了论者申世家的预言：“一个诗人的成败与地域、环境无关，重要的是他的人格力量、感情力量和诗歌精神”②。

---

① 夏景：《深刻的悲哀——评何来诗集〈侏儒酒吧〉的思想性》，见《绿风》1997 年第 3 期。

② 申世家：《海和峭崖的奏鸣——关于何来〈爱的磔刑〉的感性分析》，见《黄土地》1990 年第 1 期。

二

在抒情的底质上，与同一时期同一地域的其他诗人相比，更能标示和体现何来先生作为一位诗人质素的是其诗作中思辨的意味。

这种思辨是他性情深处藏匿着且不断生长着的东西。艰窘时代造成的一颗敏感的心的谨慎和内敛，身为长子的隐忍，许多含混复杂的元素集聚起来，内化为一个人具体的成长，展现于一名诗人的语言表现，于冷静、旁观的心态中打量和沉思对象，也就成了一种自然的习惯。早在1984年，吴嘉先生就说："二十多年前，何来在大学读书的时候，写过《烽火台的抒情》和《我的大学》，分别发表在《诗刊》1961年第5期和1962年第5期上，它们使我感到，青年何来善于思索"①。新时期重出诗坛后，这种特质依然被保持了下来，起初只是一些表面和局部的反问和议论："你能一一分辨吗/究竟是什么声音熔化其中/它响得这样厚重浑朴/和谐包含着深广的不平"（《断山口·边关，震颤的古钟》）。"那么，是谁把它们放逐/放逐在黑山的深坳"（《断山口·被放逐的艺术》）。对这样的疑问诗人多半紧接着就急急给出了答案："这是历史严峻的慨叹/这是时间幽远的沉吟"，"欢乐放逐了他们/他们放逐了艺术"，话说得巧妙，精心的提炼和打磨，诗人似乎极力想使自己的诗句格言化、警句化，体现自己对于深藏在表象之深处的生活本质或真理的发现。但这太过用力和表面化的理性追求，毕竟只是一种还没有完全消融的东西，是一种虽然出自心性但却远未成型的特点。所以随着年龄的增长、经历的增加，特别是20世纪80年代中国社会的日趋复杂，何来创作中所体现出来的这种沉思、理性特点便渐趋深刻和鲜明，由显在至深层，由局部而整体，日益发展为其诗歌创作的整体风貌。

体现这一风貌的是他收集在《卜者》中的作品，和前面列举的那种较为表面化、局部化的疑问和议论不同，在这部诗集中，诗人的沉思显得更为深广。一种美妙的声音："我听到了，听到了/听到了一种美妙的声音/却不知道这声音来自何处"（《卜者·一种声音》）。不知道就是不知

① 吴嘉：《胡桃树下的沉思》，见《诗刊》1984年第9期。

道，作者不再急于通过推测和假设给出答案，他将疑问延续到诗的结束。即使是1908年通古斯上空十二公里处发生过的一次史所罕见的大爆炸，虽然有了种种推测，但于诗的结尾，诗人依然拒绝一切现成的答案，坚定地说："不，不/都不是/至今它仍然是一团/炽烈的疑云"（《卜者·仍然是一团疑云》）。将人类的思考留给了长长的未来。在《鹤翔桩》、《卜者》、《迪斯科之鸟》、《猴戏的唱》之类诗的写作中，诗人将自己对于生活的冷静观察化为艺术表现上尖刻的嘲讽，诗歌的主旨渐由对生活的歌唱转至对现实生存事象的批判和反省。卜者给别人指示命运的方向而自己于黄昏时，却"茫然地坐着/在一个被遗忘的角落里/他此时才渐渐想到/今夜归宿何处?"生存的荒诞与有趣，尽皆体现于这些人日子的细处，而本是动物的猴，却被人吆喝着："你当了英雄，难当美人/英雄美人永远不能相见/你演了反角赶快演正角/简单事弄得忙忙乱乱/半个时辰才半个时辰/悠悠历史就演了一遍"。人的历史猴去演，人看猴就像人看自己的历史，戏内和戏外，到底谁是演员谁又是观众？一场热闹中的悲哀和沉思弥漫了四方。

这种转换或变化所体现出的一种极有意义的东西，就是诗人力求将自己的写作由感情转至智性的现代化追求倾向。20世纪90年代之后，国内商品经济的全面发展及由此引发的种种复杂效应，加之作者诗学观念上的自觉更新，使何来诗歌表现出一种全新的风貌。

这种风貌具化于两个方面。

首先在内容上表现为对自我和现实生活内在和深层意蕴的挖掘。从《爱的磔刑》开始，诗人似乎已不再满足于对象存在的现象性普泛描绘和一己于特定对象关系中的瞬间情感抒发，他开始有意识地将笔触转到了自我深层精神世界的反省层面，或对自己进行严酷的灵魂拷问，或将笔触伸向黑暗的灵魂层面，就像"什么在锯着灵魂"的写作，作者隔着遥远的星空与俄罗斯女儿阿赫玛托娃进行了一场心灵的谈话，有感伤、委屈、不解，但总体而言，这场穿越生死而进行的对话所表现的，更多却是以阿赫玛托娃为对照，在对她苦难、不幸然而努力、坚强的悲剧命运进行描述时，作者所感到的自我内心深藏着的孱弱、麻木和冷酷。"因了惧怕爱的灼烧/我远离着诱人的火苗/我永远是一截潮湿的木桩/只能丝丝地冒烟/不能像你一生便只是一片火焰/以至连灰烬也冲腾净尽/多余的墓，并不需要”；“向往总有迷茫的躯体/冷酷总有温暖的衣裳/疼痛总有忍受的劝慰/兽欲总有可怜的目光/你却如此痴迷/真诚就是你的化身/从无情的折磨里/你的执著变成痴狂//我却是一个陶俑/衣服不能剥离肉体/迷茫是因为没有向往/没有疼痛就没有忍受/没有悲凉的欢乐才是真正的悲凉/当我作为文物被观赏/我已经忘记/我是否确曾作为一件物品，随葬。”这样的对照使诗歌在结构组织上不经意就有了某种复调抒情的意味，一方面是对对方的同情歌咏，另一方面是对自己的拷问、鞭笞，两方面合起来一如作者所写的爱情的欢乐和痛苦：“仇恨时我们互相啃噬/亲昵时我们互相吮吸/不论在什么地方/都是纠合起来蜷曲起来/一起不安地栖息。”矛盾、冲突而又整体存在的复杂的诗歌张力，它们的存在昭示出的不仅有诗人不安、波动的灵魂挣扎，而且一如评论者叶橹所言：“从《爱的磔刑》中，我看到了何来作为诗人的一种精神的觉醒”，它“从整体构思上所呈现的风貌，可以说是诗人对诗与人生、爱与人生以及生命价值观念的多方面的感受和思考。在如痴如醉的感情体验中，在潜入内心的灵魂拷问中，何来把他的人生体验同一名异国女诗人的悲剧命运结合起来，进行了一场超验性的灵魂对话，这场对话的实质在于他透过一个诗人的眼光观察诗人们共有的悲剧命运，而这种悲剧命运在更深的层次上揭示出人类自身的矛盾和冲突”①。

其次是表现手法和技巧上对于一些现代主义甚或后现代主义方法——如反讽、隐喻、象征、解构、毁损等有意识地运用。时代发展到 20 世纪 90 年代初，由于经历的逐渐沧桑和长年劳顿所致的身体问题，诗人对于生命中的冷便有了更深刻的体验。“深患炎症的膝关节/因丧失健康而格外敏感/还没有预告寒潮的到来/你已经感到，风的钉子/钉入你所有的骨缝/你不得不时坐下来/揉搓这长错位置的心。”但是，即使这样，他依旧放不下他热爱的诗歌：“噢，上帝和魔鬼都无能为力/只有诗歌使你屈服/你如此迷恋于，如何/使陈腐的语言重新充满生机/而没有发现/你已经渐渐失去自身的支点”（《侏儒酒吧 · 诗人》）。他的不甘不愿有诸多的表现，于诗歌一途，则明显于 20 世纪 90 年代之后他的现代主义追求。这种追求是一种观念上的，如对人的异化问题、存在的荒诞等现代主义主题的认同，对盲者、残废人、老丑事物的格外关注，但更自觉地体现于写作的方

① 叶橹：《历史和人生的悲剧——论何来〈爱的磔刑〉》，见《飞天》1991 年第 2 期。

法和技巧，像《老门房》、《报废的火车头》、《老蚊子》等的整体象征，虽然是写作，但仔细品味，我们所得到的却是人在时间渐逝中深深体会到的生命复杂的况味；像“牛头骨”、“老门房”、“报废的火车头”等复杂隐喻的运用，牛头骨不单是一个牛头骨，在生命被强行转化为艺术品时人类的残忍、虚伪、夸饰并及人与自然关系的紧张，甚至商品于纯真人性的必然渗透等内容也一一呈现；当然最突出的还应该是反讽的运用，像《大明星》之“你这样扮演形形色色的人/你的成功甚至让人如此怀疑/梅丽尔，难道/当你扮演自己的时候/也不会遭到注定的失败”。成功而被怀疑，能演好别人但难以面对自己，生命本身显现出的荒诞和可笑，当作者以嘲讽的口吻叙述此事时，所谓“大明星”的命运本身便也充满了一种本质的虚无。真实的状况一如学者邵宁宁所说：“从《侏儒酒吧》（长诗）开始，诗人就有意识地让反讽成为他表达思想、结构作品最有力的工具。”[①] 长诗《丧父》是一首极为私人化内心化的诗作，它的诗学背景意义却辐射向了更广阔的联想层面，做商人的父亲和一心痴迷诗歌的儿子，两种不同的人生取向和价值选择：父亲因关心实际的生活而蔑视诗歌，但热爱、敬悼父亲的儿子却只能用诗歌去祭奠父亲。生活与诗歌，真实与虚幻，生活的荒诞和无奈将极为不同的人生内化为诗人命运中本质的冲突，使诗人感觉到一种永远的具有反讽意味的痛。

三

但是，公平而论，何来诗歌的转向却并不彻底或臻完善。一方面由于浪漫主义和政治抒情诗诗学经验于根性处的牵扯，诗人即使在创作的高潮时期（20世纪80年代中期至90年代），于诗情的激荡、流泻之外，未能充分用心于诗歌的深层结构和表达上的阻力营造，他的写作就像是大赋的写作，一气呵成但往往一览无余，诗句在铺陈流泻之中，难以给读者深层次的回味；另一方面由于现代主义诗学观念并未真正内化为诗人经验的有机构成，虽然诗人并不甘于创作上的自我重复，于主观上尽其可能地吸收着一切新鲜而陌生的营养，如对中国古典诗歌的重新阅读，对苏联白银时

① 邵宁宁：《中国诗歌本土现代性与〈侏儒酒吧〉》，见《飞天》1988年第12期。

代一批重要诗人写作的倾心探究等，但是由于旧有经验的束缚，诗人温和的性情和年龄慢慢带来的精神上的力不从心，因此，虽然想要有所突破甚或完全改变，但真正落实到操作中，诗人却每每于表达的紧要处，或以自己的温情将冲突所导致的张力迅疾化解，如叶橹先生所言："也许正是因为默认了'诗是一种美丽的欺骗'，何来最终也不能不用这'美丽的欺骗'来安慰自己，所以，当何来清醒地知道他将不可避免地面对死神时，他仍然真诚地对阿赫玛托娃说：'不过，你曾告诉我/道路并不显示通往何方/莫非你离我远去/是从另一方向/再度向我接近/那么，我愿/一年一年地久等。'这也许只是永远不可企及的想象的天国，然而它却将作为一种'美丽的欺骗'而抚慰一代又一代人的心灵"①。或干脆站出来议论，如这样的表达："矮小的伙计，懂吗/他们的不幸像世界一样巨大/瞧他们拍下小费的手/比命运还肯定"（《侏儒酒吧》）。在坚硬、夸饰、显在的力量之外，多少有点简单化的语言表现显示了主体的某种无力。

不过这已经是我们过高的要求了，虽然我们总不满足，希望何来先生像写《野草》的鲁迅，但对于自己，何来先生其实非常清楚，他只做自己该做的，他只写自己能写的，他的清醒给他带来的是一种平静中慢慢咀嚼的智慧，就像2005年香港银河出版社出版的《何来短诗选》中大部分诗的写作。生命经验中的时间意象："避风港"，黄昏时分"河岸的挖泥船"、"收割后的土地"、"老街区"等，无尽回忆中平静而生的现实承受和细细感喟："风的声音，造成了/石头咀嚼麦粒的声音/最后面粉温软地飘落下来/一切声音都已消失"（《盖乐特的磨坊》）。简练、素朴，已经没有了任何装饰的语言：水的流淌、夕阳的微笑，一切都是生命本真的形态。但是作者精神的高贵和矜持却依旧存在："一个世纪的黑暗/并没有对你有丝毫损坏/你仍然彬彬有礼地亮着/像仆人又像贵族"（《蒙特的街灯》）。甚至那份对诗歌不甘的心，"快挥动吧/夕阳的血正在凝固/待它再稍稍变浓/就会失去燃烧的红"（《山路上的两棵白杨树》）。

这是一位诗人生命中最动人的景象，就像九叶诗人陈敬容暮年所言"老去的是时间"，何来先生的聪慧和不甘，使他的写作因此而避免了因为青春流逝而常见的创作渐衰或钙化现象，他依旧进步着，经验和智性虽

---

① 叶橹：《历史和人生的悲剧——论何来〈爱的磔刑〉》，见《飞天》1991年第2期。

未能真正催生他写作上的现代主义和全面转向，但却融入了他既有的理性和认识，从内在延长也深化了其创作寿命。

《未彻之悟》是诗人于 1995 年到 1997 年 3 年间写就的关于诗歌和当代社会特别是当代诗坛的一些感言诗的结集，它较为集中地表达了诗人对于诗歌的思考。这些思考虽然不能证明他的诗学追求，但它所表达的意向却极为真实地反映了诗人对于自己创作的认识。“未彻之悟”一方面是一种反省后的自知，“成熟的果实是甜蜜的/甜蜜的诗是尚未成熟的”（《未彻之悟·六》）。“或许他没有爱过/他却是一粒埋得太深的情种/或许你写了一生/你却仍然不是一个诗人”（《未彻之悟·十五》）。另一方面却更像是一种自勉，一种在对诗歌的本质完全认识之后的自我提示：“我们的视线连接在一起/仍然看不到一首诗的尽头”（《未彻之悟·二》）。“如果只有一个定义/可以涵盖任何一首诗/那就等于说爱有一个公式”（《未彻之悟·四》）。不满足也不甘于满足，所以诗人才呼吁：“再下边是诗/那是永远的徒劳和秘密/朋友，那么我们是否决定/沉下去/沉下去/一直沉到最底”（《未彻之悟·三》）。“秘密”是一种诱惑，而“徒劳”可能是一种必然的结果，但诗人的态度却是“沉下去”，“一直沉到最底”。这是一种极感人的姿态，反抗绝望或于黑暗的水下寻找缪斯的珍珠，在命运悲怆而悄然的演奏中，不管以后是否还要写，但诗人何来于这种姿态中所体现出的生命的不屈和高贵，却业已成为当代中国诗坛难得的一笔精神财富。

肠胃引发的革命

——以《海鲜啊海鲜，怎么那么鲜啊》为例谈须一瓜小说中的底层叙事

21世纪以来的中国小说作家当中，须一瓜的小说叙事总是显得有些别出心裁：她总是能将别人看起来比较一般的故事讲得不同寻常，显见她一贯的对于现实真实之外的别样真实的追求。关于这一点，此前的《淡绿色的月亮》、《蛇宫》、《太阳黑子》是不错的例证，新近刊发在2010年第6期《小说界》上的小说《海鲜啊海鲜，怎么那么鲜啊》更是典型。只是，在前后大体的相似之中，深入分析，细心的读者可以发现这篇小说的写作，似乎显示了须一瓜叙事中近来悄然发生的一些变化。缘此，以该作品为分析对象，审读其中的叙事构成，对于理解须一瓜的小说写作并及整个底层文学的叙事状况自然也便应该有一定的意义。

一

谈到小说到底应该讲些什么的时候，须一瓜曾经说："从概念上说，我的职业要求表述最新鲜的真实，生活的真实，社会的真实，我们置身其间的世界万花筒一般的真实。这样的真，采访多了，看多了，就会感到在它们的表皮下、真皮下、皮下组织、肌肉下、骨头下，甚至骨髓后面，还有一种真……我认为它们是更有价值的东西。"① 表现生活、社会表皮之下的另一种真，须一瓜的话，清楚地说明了她的写作在内容设置上的追求，据此审读，《海鲜啊海鲜》这篇小说的独特之处也便骤然呈现。

---

① 须一瓜：《我在建造我所认识的世界》，见《小说选刊》2004年第9期。

小说以一个名叫小陶的小保姆为主要的描述对象，着重表现雇主和保姆之间所发生的种种冲突和矛盾。客观地讲，21 世纪之后，随着农民工问题的凸显及底层文学的逐渐时尚，这类通过保姆和雇主之间关系的描写而反映乡村和城市、生活中的中上层和底层冲突的小说写作，可以说屡见不鲜。但是需要注意的是，在这篇小说的叙事构成之中，我们可以发现在如何通过保姆和雇主关系的描写而对人和人之间的冲突进行表现之时，在叙述对于对象的切入角度上，须一瓜的表现可以说真的有点别具匠心。

她选择了从一个女孩对于海鲜的特殊嗜好入手而刻画人物和表现主题。故事主人公小陶从山区来到城市打工，她先是在小巷深处为一丝海鲜的香味所诱惑，而后诱惑又被一位老乡保姆的讲述所正面催化，又为和二哥夫妇在菜市场买海鲜的伤害所反面刺激，由此，有没有海鲜吃，也便成了她选择和辞去保姆工作的标准和理由，她和雇主“东北米”一家的冲突即因此而发生。

仔细分析，这种表现可以说自有其反映现实生活本自庸常普通的一面，无论故事主人公对于海鲜有何等特殊的嗜好，但是海鲜的问题，说到底也还是吃的问题，是和人的身体有关的形而下的问题，所以，在保姆小陶由此而引发的种种行为中，其所体现出的人性内涵，也便更多是一个孩子或女性的庸常生活内容：好吃，馋嘴，并因此而将一个人的聪明和精力集中于为了满足口舌之欲的种种小算计甚或撒谎之上。小陶人物形象的刻画，因此也不尽是为人同情或一派的通亮光明，相反，长得黑、丑不说，而且贪吃、马虎、分神、糊里糊涂却又自以为是，痴迷电视而不专心工作，失误连连却不思悔改，还变着法儿地和房东顶嘴、斗智斗勇，整个的就是一个懵懂、愚顽甚至可以说劣迹斑斑的“二百五”。

不过，在反映其如此庸常普通的一面之外，在人物与海鲜关系的处置当中，须一瓜又将故事主人公对于海鲜的喜好给予了认知层面的形而上提升，让它在一般的食欲之外，提升成为底层人物平等做人权利甚或幸福生活的某种象征。

在小说的叙述之中，作者首先借助叙述者的口吻告诉读者，“海鲜生活”其实就是小陶所理解的幸福概念的基本内涵。为了表达这样的理解，须一瓜不仅拟制了《海鲜啊海鲜，怎么那么鲜啊》——这个能够标示小说人物内心本真欲求的抒情句式，而且在正文中的许多地方，反复用

“颤栗兴奋。她深深呼吸着，拳头紧握”、“鲜香万里啊”、“那个鲜啊——”、“又一丝海鲜味飘过，小陶的鼻子立刻追捕这个气息，肚子里交响沸腾”等词语或句子，呼应标题同时也具体印证她的认知，让读者明白在一个小保姆的意识当中，拥有“海鲜生活”真的就是她的理想，就是她的幸福生活。

小陶的幸福自然不怎么高雅，如果作者将故事人物的幸福欲求仅仅停留于这种口舌之欲的表现的话，这篇小说在立意上自然也便没有什么让人可特别谈论的必要。但是，进一步阅读，读者可以发现，对于“海鲜生活”的向往，不仅是保姆小陶真实的嗜好或口舌之欲，而且更是她对于自己希望和别人一般的做人权利的一种诉求。为这样的诉求所内在支配，在关于“海鲜生活”的段落里，读者看到在给第一个东家做保姆时，因为这家的老人和孩子都有海鲜过敏症，所以虽然感觉那家人还不错，但在强忍了两个月后，小陶却还是决绝地辞工走人。而后来再找东家时，当人家问她的想法要求之时，小陶更是不怕因为留下不好的印象而被拒绝，开口就问“你家吃不吃海鲜”。她之所以最终选择在“东北米”一家做保姆，首先的因素也在于“男女东家都爱吃海鲜，好像也有这个实力”。

非常明显，原本比较简单的问题——一种由人的肠胃所产生的物质生活的追求，在须一瓜的叙事里，因为刻意的强化，事实上也便被扩大或者说提升了，成了一种从乡村来到城市的底层打工者对于自己生活或尊严做人权利的诉求表现。在论及小说创作不同于新闻报道的基本功能时，陈思和先生曾经指出：“在当前新闻报道普及的情况下，短篇小说的艺术功能不在于用另一种笔墨重复《南方周末》版上的新闻信息，它关心的是，通过事件的叙述如何透视出人性的内涵以及人在面对事件时所显现的精神的向度。”① 是的，“通过事件的叙述如何透视出人性的内涵以及人在面对事件时所显现的精神的向度”，这才是问题的关键，正是在这一点上，读者能够体会到须一瓜在对底层表现时和许多作家的区别：她能够把这些看起来简单、普通的吃穿衣住的琐碎描写，提升到对于人性或人物的精神世界的逼视之上。

---

① 陈思和：《21世纪中国文学大系：2002年纪实文学·主编感言（代总序）》，春风文艺出版社2003年版。

二

换一个人，若是一个中上阶层人家的孩子，小陶想过一种“海鲜生活”的愿望，也许是一种非常容易满足的愿望，但是这种一般而言的普通，因为小说所设定的特殊语境，因为小陶作为保姆的现实身份，所以在小说特定的语境里，我们看到自然也便不被其中的人们所理解。

一个给人打工的小保姆，居然还要求东家能满足让她吃海鲜的要求，比对身边的现实，这样的要求自然有点可笑和过分，所以其为人一次一次所否决，也便实在是情理之中的事情了。她问人家“你家吃不吃海鲜?”而人家的反应则是“傻了半天，说，呃……吃啊……”“结果，小陶还没有上任，人家就炒了她，说，哪里能要专门挑海鲜吃的保姆啊。”“东北米”一家已经很理想了，男女都爱吃海鲜，而且也有实力，但是当小陶表现出对于海鲜的特殊嗜好之时，他们还是给予了各种各样的否定：先是告诉小陶，他们是将海鲜当补品当药用的，不让她吃；而后又给她夹菜，控制她吃；给她吃他们应酬时吃剩的海鲜，应付她；而且话里话外，调侃讽刺，不断给她难堪。

一方面是一种人自然、真实愿望的表达，另一方面却是另外一种人对这自然、真实的愿望不以为然或者不予认可，人物和人物之间的冲突——具体点说保姆小陶和东家“东北米”一家的冲突——也便不断发生：先是为吃，后来是为看电视，最后为狗，为因狗而起的抹眼霜事故，终而至于冲突不可收拾，小陶拂袖而去。

这诸多的冲突，表面看起来似乎只是一些形而下的鸡毛蒜皮的小事情，然而正如抹眼霜事前的发生，让小陶突然明白了她和东家之间存在的实质差异：“小陶愣怔着，呆若木鸡。她似乎难以置信东家的话，一半是狐疑，怀疑自己听错，怀疑东家诈她，还有一半是愤怒。最后愤怒占了上风，三千二！三千二！我四个月的工资，等于她一鼻屎大的眼霜!”其所体现的，其实却正是目前我们生活中因为收益的不同而导致的人和人之间反差极大的不公平。

福柯说，话语由权力控制同时也显现权力；梅洛·庞蒂也以为，人的身体并及因身体引发的各种感知即是一种特殊的话语，在深层的意义上，其也显现着现实中人和人之间真实的权力关系。据此，小保姆小陶由肠胃对于海鲜的欲求所代表的各种生活欲求——如看电视、表达不满、对于小狗端午喜爱的争夺，等等，事实上也便都可以看作是她不自觉地对于平等做人权利的种种表达。读者借此也可以发现，随着生活的发展现实中底层民众相应发展着的权利要求，同时也深刻地体会到这些要求在其被真实表达之时所遭遇到的种种的阻遏和困难：一般人不能理解，东家不能理解，就是她的哥哥和嫂子，其实又何尝能够理解呢？所以真实的情况也许即如小说所交代，小陶是撒谎、抵赖，变着法儿寻求着各种尊严和权利；但是在另一阶层的东家们看来，小陶们算什么东西！她们怎么能要求和房东一样呢？无论你们自己怎么自以为是，但是，“那城中村，人臭狗脏的……”所以，他们对于小陶内心是难以真正体察的。

愿望的表达和表达的不被重视，忽视和强调，压抑和反抗，侮辱和斗争……《海鲜啊海鲜》这篇小说的故事结构甚至叙述张力即此而产生，而隐匿于其中的现实社会中人与人——特别是底层与中上层——之间真实的权利关系也便由此而得以充分表达。

陈思和先生曾认为新世纪文学的一个具有时代性意义的重要特点，就是文学“能够直接面对当下的社会生活，把社会变动在底层所掀起的波澜展示出来”①。这话说得非常到位，须一瓜的写作可以说即是这种认知的具体体现。

三

在此前的写作之中，读者可以发现，在处理人物与人物之间的层级冲突之时，因为曾经的律师和法制记者经历，须一瓜往往喜欢将其极端化为某种暴力性事件，并由此演化出恶性案件般的结局，如《蛇宫》中“那人”的抢劫银行，《雨把烟打湿了》中蔡水清的激情杀人，《第三棵树是和平》中孙素宝的杀夫碎尸，《毛毛雨飘在没有记忆的地方》中章利璇的杀害警察，等等。这种极端化的处置，毋庸讳言，有20世纪90年代以来中国社会日益严峻的阶层分化现实所诱导的因素，所以

① 陈思和：《草心集》，广东教育出版社2004年版，第240—241页。

它无疑有着某种民间代言的意味——许多老百姓被欺辱但是却无法求得公正，走投无路或者呼告无应的时候，他们中有人也便真的希望用这种简单而且极端的抢劫和杀人解决问题。不过，这种极端化的处置，感觉痛快明了但是却对问题的解决没有更多的建设意义，而且细加考辨，这样的冲突的极端化处理，因为作者的正义立场并及道德取向的模糊，所以往往极易迎合读者感官、肤浅的期待视野，混淆现实事件和小说故事的区别，从而形成某种炫奇媚俗的罪案或社会杂闻的简单转述或复写效果。

现代小说大师昆德拉曾讲："随着大众传播媒介对我们整个生活的包围与深入，媚俗成为我们日常的美学观与道德。"[①] 在这样的现实中，他以为："发现只有小说才能发现的，这是小说存在的唯一理由"[②]。而要如此，小说的写作便自然不能停留于社会杂闻和罪案故事的简单转写，相反，它应该通过加强作者主体的理性审视强度和叙事的创造意味而使生活的转述或简单复写成为一种完全文学化的"个人性的重写"。

须一瓜是极为聪明的作家，从《鸽子飞翔在眼睛深处》等作品开始，她的小说写作渐渐从人物精神单向度的开掘，丰富而成不同人物精神的影响或对话的复调叙述设置。小偷粽子图谋不轨，意欲窃取席老太婆的"宝刀"但是却为席老太婆的革命经历所影响，结果卑劣的意识和人生的感动相融合，他的心中也便产生了此前不曾预想到的"眩晕"和纠结，小说因此在展示一个打工仔如何在现实困境的逼迫下开始犯罪的精神历程之外，又将粽子一家的贫困与苦难、夭夭九以"利益再调整"为他们的盗窃行为所做的自我辩护、他们和老太婆一起对"革命"的神往，以及老太婆以老革命的身份所发出的"让大家都有好的生活吧"的呼吁结合在一起，体现了小说以自己的方式对于社会分化的严峻现实进行精神批判的独特美学效果。

变冲突而为人物之间自觉不自觉谋求和尝试的对话，消弭极端的对立所带来的小说故事的血腥消极意味，从而以一种更积极也更健康的心理参与到当下社会人性的建构工程，须一瓜近年来的小说在叙事中因此也便派

---

① 昆德拉：《小说的艺术》，孟湄译，生活·读书·新知三联书店1992年版，第159页。

② 同上书，第4页。

生了某种明显的温情格调。

在评价《太阳黑子》一书的时候，李敬泽先生以为："须一瓜肯定是对人性抱有希望的，这种希望常常在她的笔下用一种感伤的、浪漫的调子写出来，她很喜欢写天真的、有点"傻"的女孩子，不光这个小说里，其他小说里也有，她很多小说里那个代表人性之美的人，那个给我们希望的东西，常常要通过天真的女孩子，大女孩或者小女孩来表现。这确实很好，我们确实感到了温暖和希望，但是我们也常常感觉到悲凉"[①]。

这样的情况其实更典型地表现于《海鲜啊海鲜，怎么那么鲜啊》一文中。在这篇小说里，故事的主人公小陶就是一个自以为是、自作聪明但实际上却极其天真且有点"傻"的女孩。她贪吃，贪玩，虚荣，爱撒谎，爱使小性子，但却善良，质朴，勤快，可爱，所以她身上虽然有着种种的缺点，甚至可以说"劣迹斑斑"，但是她却依然让人喜爱，让房东"东北米"一家在她出走之后对她怀念不已。换句话说，这个人物虽然自身素养极为有限，而且在环境的逼迫下产生了许多新的缺陷，但是总体而言，生活的污泥浊水并不足以泯灭她身上的人性的光辉，她所表现出的善良、纯真依然是小说中让读者备感温馨和希望的内容。

而且更为温馨和让人产生希望的是，为了体现这种人物之间因为冲突的消失或和解而产生的温馨和希望，在小说的叙述当中，须一瓜有意识地设计了一种双向的故事讲述视角：一面是房东夫妇的眼光，他们的追忆，先是列举小陶的种种不是，但是慢慢地，列举成为止不住的怀念，小陶种种的好也便于字里行间徐徐出现；另一面是小陶的眼光，她的自责，她先是给自己辩解，但是慢慢地，辩解成了理解，最后理解之中也便对自己的不是有了一些明晰。因为内心深处双方这样不断的靠近，所以虽然在故事的结尾，房东夫妇依旧悄然无觉地喟叹、牵挂于自己的房间，而小陶则眼巴巴地等待、幻想于他们的门外，但是读者还是有理由相信，横亘在他们之间的门迟早是会打开的，重逢的喜悦也完全是可以期待的。

---

① 李敬泽：《一部好看又有力量的小说》，http：//www. chinawriter. com. cn，2010年6月24日18：23。

四

尖锐的冲突软化而成相互的体谅，保姆小陶因为肠胃引发的革命由此悄然得以化解。冲突—冲突的爆发—爆发之后悄悄然的冲突的慢慢化解，在如此这般的叙述思路之中，读者可以体会到作者须一瓜的苦心或叙述所附着的自身的道德：随着利益的分化，现实生活中不同阶层之间人们的冲突日益升级，药家鑫杀人事件就是一个典型的事例，缘此，我们的文学便应该自觉承担某种社会职责，呼吁体谅和理解，让人们通过自我的主动调整而最终能够彼此走近。

是的，逼近人们生存的“现实”，并且由此尽可能地发挥小说的现实作用，事实上，从《海瓜子，薄壳儿的海瓜子》、《鸽子飞翔在眼睛深处》和《太阳黑子》等作品的写作开始，须一瓜便已然在她的叙事中尝试通过人物内心的主动调节而减少相互冲突特别是冲突极端化发展的可能。这种尝试使她的写作不仅因此和时下的主流意识形态取向之间具有了某种价值取向上的一致，而且也在很大程度上代表和体现了现实中大众意识中普遍的冲突处理原则，上上下下的关照或体谅，她的小说愈来愈为各种媒体所接受和推崇，其实也便不难理解了。

但是，这种体现大众或主流意识形态的价值取向，在某种意义上，其与文学自身的美学价值强调之间却存在些许的冲突。作为人的一种特殊的精神创造，文学更多地因其显在的现实批判性和形式的创造意味而体现人文和审美的意义，而据此考察须一瓜以《海鲜啊海鲜》为代表的近期创作，人们在可理解的温情建构之中也能够感觉到她对于故事的某种诗意化处理所导致的现实矛盾的简单化处理趋向。保姆小陶和房东夫妇之间的冲突原本内含更为丰富和深层的人性故事，小说叙事的真正内容也在于建构超越具体故事或现实事件的内在或深层结构而非普泛道德或温情的书写，但在这一关键的环节，诚如一位评论者所言：“须一瓜对生存困境的精神逼问具有突出的‘现实感’，她对社会困境和伦理困境中的人们精神状态的揭示也有着相当的深度。但在另一方面，我总有着不甚满足的感觉。这是因为，文学作品在揭示人们的精神与生存困境方面应该具有足够的“现实感”的同时，还应该对“现实”有所超越，这才是决定着文学具有持久或永恒魅力的重要方面”①。

距离太近的现实审视，并及作家一厢情愿地为人物所进行的代言，用心原本是很好的，但是这还不够，小说的写作以虚构为其内核，本质上就表明了在对具体的故事进行讲述的时候，作者还应该对故事进行视野更为宽阔的超越性审视，具体地讲就是将故事主人公个体的故事和更多人的故事联系在一起，把一个人的故事尽可能地改编成人类整体的故事，通过对于故事内含的深层人性结构或形式的审读和呈现，表现更富有冲击力的艺术内容。为此，可以讲，须一瓜已经给了我们独特和惊喜，但她还需进一步跳跃，还需有意识地对自己的潜力不断开掘，促使自己从一名有特色的通俗作家逐渐转化而成一名丰富而又独特的伟大作家。

① 何言宏：《重新逼近我们的现实——须一瓜论》，见《上海文学》2005年第11期。

从生活到生存

——胡学文小说《奔跑的月光》中的“寻找”主题解读

胡学文是近年来写作数量极多、作品刊发率极高的一位优秀底层文学写作者。在他一系列的底层写作之中，形式不一的“寻找”表达成为了一种重要且具贯穿性的主题，举例如《麦子的盖头》中麦子对于丈夫和爱的寻找，《飞翔的女人》中荷子对于女儿小红的寻找，《命案高悬》中吴响对于尹小梅死亡真相的寻找，《热炕与野草》中“爹”对“娘”的寻找，《婚姻穴位》中刘好对于一个好女人的寻找等。刊发于2013年第6期《人民文学》上的中篇小说《奔跑的月光》，延续了其一贯的“寻找”主题表达，而且和此前的同类写作相比较，其关于“寻找”主题的表达，不但构成形态更为多样，而且寓意内涵也更趋丰富深刻，显现出了一种从生活的实体性描述到生存的形而上象征的变化意味。仔细考量这种变化，个人感觉其于文本意蕴建构所产生的积极作用，是完全可以示范或者指示胡学文底层叙事未来应该遵循的一种方向的。

一 生活之寻找

胡学文是一个非常善于编制故事的人，在《奔跑的月光》中，他的叙事在现实生活层面主要由三个彼此相连的“寻找”故事构成：

第一个是主人公宋河找人帮忙给坐牢的儿子谋求减刑的故事。这个故事是小说所有故事的起因。两年前，儿子犯事被判刑了，刑期是6年——2190天，宋河听人说只要花钱就可以少判几年，所以他便四处托关系，但直到判决书下来，钱花了不少，他却没能找到能够帮忙的主。今年夏天，宋河听吴老三说花钱可以减刑，便又动了念头。他给吴老三重新打了炕，请他喝了两顿酒，而后又通过他介绍认识了其做生意的远房亲戚吴多多，凑了5万元，死缠硬磨，希望他能够找人给儿子减1年的刑。

第二个是宋河寻找吴多多要钱的故事。第二个故事因第一个故事而起。宋河把辛辛苦苦凑来的5万元钱给吴多多了，但他的儿子没有减一天刑。事情没有办成，他希望把钱退回来，可是当他要钱去的时候，吴多多却生气地告诉他，钱已经给别人了，自己并没有拿一分钱，至于为什么没有减刑，里面的环节很多，自己也说不清楚。5万块钱不是个小数字，没有钱，就无法继续托人办事情了，为此宋河便不断地去找——找吴多多，吴多多不在，就找吴多多的老婆，找介绍他认识吴多多的吴老三，但无论他怎么找，也无论他找到谁，他送出去的钱却始终没办法再要回来。钱送出去了，是宋河自己求人送的，吴老三只是牵线，吴多多也是通过他人，而且那么点钱，在宋河一家，自然是很大的数字，但是在人家办事的人，却根本算不了什么，何况求人办事，跑路的人自然谁也不会因为事情不成而翻脸向所求的人去要钱的。缘此，一方面是不能或不愿舍弃，另一方面却是环节太多，实在没办法弄清楚缘故，把送出去的钱再要回来，所以，小说的前半部分，宋河也便一直往返在从村子到营盘镇的路上，让找吴多多要钱成为他们夫妻主要的话题和主要的生活内容。

上述两个故事显现出的“寻找”意义是胡学文此前小说惯常表现的内容——坝上善良木拙而又无知无望的小人物，他们被生活突然搁置于命运的变故之中，努力挣扎，寻找各种手段力求能于不幸的状况有所改变，但是努力的结果却总是事与愿违，不仅不能改变不幸，相反却陷入了更大的不幸。对于这样的内容表现，有人此前已经有过总结：“在胡学文绝大多数的小说中，我们读到的是一个个的悲剧，因为他笔下的寻找似乎注定是失败的，是与初衷不符合的。他的主人公找来找去找到最后，发现手里捏住的是一个虚空，又或者找到的远不是意料之中的东西。这样一来，他的小说就蒙上了一层浓重的寻求而不得的悲剧意蕴”①。

第三个故事是宋河为捡来的傻子寻找去处的故事。这个故事是第二个故事进行过程中派生出来的故事。宋河去营盘镇找吴多多要钱，无意中邂逅了流浪的傻子，不忍傻子看他吃干粮时的饿相，便将他的干粮给了傻

① 李雪梅、林海燕：《试论胡学文小说的寻找主题》，《湖北社会科学》2008年第4期。

子。他本来是好意，没想到傻子却跟上他了，说明，解释，恐吓，威胁，各种方法都没有作用，冻死人的天气，他又不忍将傻子放在门外冻死，所以他也就只好把傻子领到自己家里。脏，能吃，没地方住，凭空增添一个外人的各种不方便，傻子的到来打破了家中的平静，所以在找吴多多要钱的故事之外，寻找一个地方，将傻子从家里送出去也便不知不觉之中成为了小说叙事的中心故事。

不知不觉的叙事上的“转移”，喧宾夺了主，小说原本讲述的向吴多多要钱的故事因之也便弱化成了陪衬或背景，而有关傻子的故事则站到了叙述的前台。小说一开头，当叙事者一一列举傻子的各种“恶行”之时，如何处置傻子，遂自然而然地成了盘踞于读者心头的中心疑问和期待。对应读者的疑问和期待，在小说叙事从容展开的过程中，主人公宋河也便急急地寻求着各种各样的办法：他先是把他领到镇上最大的市场上，在人多杂乱的地方把他甩掉；不成，他又破例返回十字街，打了一辆车把他留在了镇上；而后他又买了一条绳子，把他绑在了林带中的树上，不让他跟他。又七折八拐，先走路后坐车，将他扔在了邻县一百多公里的白马镇上；而后他又找村长，希望将他放在福利院。找杨警官，希望留他在派出所；直到写了三百份领人启事，到处张贴。直到傻子的弟弟大旺来，领走了傻子。

在为傻子寻找去处亦即第三个故事进行的过程之中，当叙事者不厌其烦地对主人公夫妇因傻子而起的种种难为、矛盾、泼烦甚至别人的不解絮叨之时，“寻找”主题的表达也便凸显了宋河夫妇作为不能为时代主流和日益变化着的身边世界所认可的底层人物的代表，其身上所具有的来自于传统道德的“善良”、“仁爱”并人性本然的光亮和美。傻子的到来虽然打破了他们生活的平静或者说增加了他们生活的苦难成分，虽然他们自己也非常苦恼于这种无法承受的到来，但是对于这样一个非亲非故、脏而好吃的傻子，因为不忍——不忍其挨饿、被冻着或冻死、流落街头、甚至被别人所侮辱，所以在自己的沉重和惆怅之外，他们也便尽自己的所能给予他生存的温暖——给他干粮，将他领回家，给他新鞋，送他走或离开他时不忘让他吃一顿饱饭，希望他能够到一个安稳处，愧疚于自己对他的发怒、不好、不周，甚至渐渐对他产生亲近之情，当他离开之后夫妻两个人都显现出了一种惘然若失的空落和烦躁。

自己本已不幸，但在自己不幸之时，却并不因自己的不幸而失去对他人不幸的同情、体谅，宋河夫妇在为傻子寻找去处时的种种不合时宜的表现，当我们将它们和小说故事所发生的具体文本语境链接而加以整体阅读之时，其中的意义即如一学者所言："胡学文的作品绝大多数是以悲剧告终的，但放眼自己熟悉的小城市普通人，麻烦无奈的生活和卑琐微末的人生，依然不乏人性的柔情与美丽，他的有些作品要带给我们一抹亮色，一丝安慰，一线希望"[①]。

二 存在之寻找

以傻子的到来开头，期间经过种种的波折，傻子离开之后，从一般人的眼光看，第三个故事结束的时候，小说的叙事不仅有着外在形态上的完整、自足性，而且还在意蕴的建构上因为对于人性善良和高尚成分的表现，所以能够引发一部分对于传统具有怀旧情结的读者情感上的感动和道德上的认同，因此当然应该结束了。

但是这种可以想见或者说一般人因为积存的阅读习惯而深感亲切的叙事方式，对于真正有所作为的作家而言，事实上也便只能是一种因为成熟而高度模式化了的叙事方式。谈到为什么不说普通话时，作家贾平凹有一个精彩的调侃回答，他说："普通话是普通人说的，咱又不是普通人，所以咱不说普通话"。套用他表达的句式，对于胡学文底层叙事的写作，因此似乎也可以做如下的表述：符合一般阅读期待的小说叙事，是一般的写作者所选择的，胡学文不是一般的写作者，所以他的小说叙事也便和一般的选择不同，在大家都以为故事已经讲完了的地方，节外生枝或者平地又起惊雷，他可以再次进行更为精彩的故事讲述。

他的讲述依然和"寻找"主题的表达密切相关，其具体的发展显现为前后相连但却属性不同的两个新的故事：

其一是他人登门来找傻子的故事。招领启事贴出了，傻子的弟弟大旺来领走了傻子，日子又回到了原来的状态。但是就在主人公和读者都以为事情已经过去了的时候，故事却又发生了：先是一个五十几岁的男人和一

---

① 孟昕、张志慧：《在熟悉的生活中执着地探寻生命的价值——论胡学文小说的精神指向》，《河北北方学院学报》2006 年第 1 期。

个戴着口罩猜不出年龄的女人，他们说傻子是那男人的弟弟，讹走了宋河他们东凑西借的一万元而且还不依不饶；其后是两个骑摩托车的年轻人，一个说他是傻子的亲弟弟，一个说他是傻子的表弟，两个人说他们才是傻子真正的亲人，打闹一番后还放出狠话，说“限时间把傻子找回来，不然会如何如何”。

其二是宋河对事情真相的寻找。突然冒出来的这些自称是傻子亲人的人的动机，明眼的人——包括读者自然都是很清楚的，小说中吴多多就说了——“他妈的，什么世道，都他妈疯了。你个傻东西，竟然给他钱，凭什么给他钱?”“哪个？都他妈是假的”。但这些别人清楚的事却让身在其中的老实人宋河彻底糊涂了。他想，“如果男人和女人是假的，黑头盔和蓝头盔是假的，大旺为什么不可能是假的呢？如果他们都是假的……”那么，“谁是傻子真正的家人？他们为什么争抢一个傻子?”为了寻找事情的真相，寻找能够让自己明白问题的答案，在小说的后半部分，主人公宋河因此重又走上了一条寻找的路。他找吴多多，找杨警官，找吴老三，直到后来，“宋河一遭一遭地往外跑，到附近的村庄、乡镇。没什么目的，只是走走，看看。但似乎又有些想法。他觉得会发生点什么”。会发生点什么呢？小说的结尾，喝醉了的村长对宋河说：“那个傻子让你赚了不少钱吧?”“别以为我不知道，听说你尝到了甜头，四下里找傻子。你比我能，我不过卖点破沙子，你却整了人卖。我卖沙子装不了自个儿腰包，到处打点，你卖人却独吞了，还是你厉害”。无告，无解，真相的寻找不料最终竟然遭遇到了这样让人崩溃的解读。宋河只好扭头便逃，“他想穿过田野和林带，那边一定有路。膝盖因他刚才的不负责任开始闹情绪，走一段，不得不停下来缓一缓。过了四五条林带后，他意识到方向错了。折回来，走了挺长的时间，发现又错了。就这么，他在田野打着转，像进了迷宫”。这时候我们可以看到，从迷宫中走出——或者寻找一条可以走出的路，已然成了作者揭示小说人物精神存在形态的象征性表达。

三　从生活到生存

在两个后来生发出的新的故事中，第一个故事——也即他人寻找傻子的故事，其在属性上依然有着此前叙事基本写实的意味，但是从宋河夫妇给傻子寻找去处到接二连三的人来找傻子，在故事意想不到的转换中，这篇小说原本就潜藏着的夸饰意味或戏剧性元素也便逐步抬头，写实的成分随之而逐渐减少，“寻找”主题的表达也便逐渐变味。而到了第二个故事——亦即当宋河因为寻找事情的真相而将不断的出门或走路看做是自己生活的必须或者方式的时候，“寻找”主题的表达事实上也便从生活的实体层面上升到了生存实质追寻的意义象征层面，由一个傻子而引发的“寻找”故事因此也便更像是底层人生存的一个寓言或隐喻表达。

宋河夫妇的生活本来非常简单，除了吃喝干活，惦记牢里的儿子之外，再没其他的内容。但是傻子来了，他带给了他们许多的麻烦，而好不容易将他送走，不承想他却给他们留下了更多的麻烦。这重重的麻烦，不仅折磨威压着宋河夫妇，同时也促使了宋河开始回过身对于自己的生存境遇进行审视和追问：一个傻子，没有什么用，可是人们为什么会找上门来要他？谁才到底是傻子的亲人？人们所说的话，到底哪些才是真的？如果所有人的言行都是假的，那么，我们还应该相信什么？在小说的结尾，作者写了这样一个情节：无目的的走动中，宋河有一天走到了村长挖沙子卖沙子的大坑前面，他惊骇地发现那坑太大了，他不知道该叫什么，但显然已经不能叫坑，也不能叫沟了。由此他不禁想，若是还这样不停地挖下去，这个巨大的东西自然还会一圈圈扩展，早晚会把村庄吞噬掉。若是出现这种情况，村长总是有别的办法，可他和黄花去哪儿住？他的疑问让他心惊胆战，难以真正面对，小说于此因此开脱说：“宋河想起吴老三的话，或许不该操心这个。他连个傻子的问题都整不明白”。但是疑惑一旦发生，完全的回避是不可能的，所以只要时机适宜，这些疑惑便一而再再而三地出现。

从小说文本所设定的文化语境和人物所在的认知层面看，可以说小说主人公宋河的追问没有必要而且多少显得有点奢侈。一个本来生活得非常简单的人，何以突然就有了这么多的疑问，而且这些问题中所潜藏的底层民众对于自己生存所产生的初步的疑惑——如若他们身边的人们的言行已不能被相信，那么生活在社会底层的人们他们还应该相信什么？如若社会底层人们所有的善良和言说都不能被他们身边的人们——即代表法的杨警官、代表商的吴多多、代表权的村长们所相信或认可，那么他们还可否应该继续保持他们的善良？还可否应该继续寻找人们的理解等，显然超出了宋河这样的人物所能具有的理解认知，所以，客观来讲，小说写到这儿，或者说在胡学文所写的这篇小说中，在其习惯的“平视”叙事之外，他事实上已经显现出了尝试将对象带出他们既有的生活圈子，希冀能够通过人物自身对于自己生存困境的回视和反省，体现作者自己新的发现和认知。

事实上，早在2005年7月由河北省作家协会举办的“胡学文小说写作研讨会”上，有研究者既已指出，和许多作家的底层写作相比较，胡学文的底层写作所显示的“是作家对大地人间灾难的专注目光，对抗争命运的底层人物的精神关怀，这些小说里面充满着发现。除了发现城市灯红酒绿或者乡村牧歌炊烟下的泣血故事，能发现新富人群或者小康人家之外的边缘部落，最重要的发现是在极度低下的生存环境中，发现了人物的精神生长方式”①。是的，发现“人物的精神生长方式”，这一点是至关重要的，正是通过它的揭示和呈现，作为一名优秀的底层写作者，胡学文观察的敏锐和思考的深入也便由此得以凸显。而后，2008年学者孟繁华在谈到胡学文的《命悬一案》时又讲：“胡学文这几年我认为是一个取得成就非常大的作家……他说中国的农民太困苦了，‘苦’大家习惯了，因为年年都是这样，大家可以适应了。但是‘困’就不好办了。困惑、困苦、困难解决不了。一个人命都可以变成一个谜团，这就是‘困’”②。从生活之苦的表现到生存之困的揭示，内中隐含着作者底层写作境界层面上极富价值的认知变化，然而令人遗憾的是，在谈论胡学文底层小说的写作时，很多研究者在注重强调其对于底层生活“自觉地置身其中的感同身受的书写”方式之时，往往有意无意地忽视了他作为一位有着自己独立思考和美学追求的写作者在写作之时所具有的主动性和主体性，忽视了其在对底层对象进行看似本真或原生态呈现之时所实施的意义化改造，所体现出的知识分子鲜明的社会批判立场和精神启蒙意识。这种忽视看似无关紧要，事实上却于无意中造成了人们对于胡学文作品进行审读时的某种盲视，从内在和深层干扰了对于他近来写作中所出现的种种努力的关注和

① 范咏戈：《胡学文小说创作研讨会在石家庄召开》，中国作家网，http：//www. chinawriter. com. cn，2005年7月19日16：24。

② 孟繁华：《从文学史角度看文学现象——在“广州文艺论坛”的演讲》，中国论文联盟，2008年9月6日。

判断。

是的，时代正在像脱缰的野马般狂奔，世道不可阻逆地在发生着变化，而生活的悲剧却在于时代世道变着，变了，但宋河们的“人心”却依然恪守着老日子中的“老原则”，并没有与时俱进或者革心洗面。外在的变，内在的没有变或者已然的坚守，这样的不一致作为两种反方向力量的矛盾冲突，表现于作家的写作，其基本的功用便是使“胡学文的小说深深扎根于这个时代的要害之处，他所着力要表达的是人的无奈、无助与软弱。面对生活——日子的蛮横、粗暴，面对着被日子所消磨所磨损所强暴的人性，胡学文所能做的，就是让这日子呈现并且推进着自己的逻辑。在平静地呈现着生活——日子对于人性的损毁强暴的同时，胡学文则以一种坚韧平实的道德激情与那种撕裂感无力感相搏，从来没有丧失人性的信念”[①]。胡学文小说叙事的张力由此形成，他的底层写作由是也便自然地显现出某种不言而喻的厚重质感。

具体到这篇小说的解读，我们能够发现在对时代和个人之间的种种矛盾冲突进行意义化处置之时，胡学文既没有弱化人物主体的作为，将其中的故事写成为一种时代对底层弱势人物肆虐毁损的悲情故事，也没有人为地拔高人物的精神层次，将其中的故事处理成底层民众可歌可泣的道德赞歌。相反，将生活本然的故事逐步虚拟化，在看似夸饰和充满荒诞意味的表现之中，胡学文既非高高在上进行俯瞰式的批判，也没有简简单单进行失去自我的平视认同，在对时代和生活于底层个体蛮横、粗暴的欺凌和损毁的展示之中，超越一般的底层写作所能达到的认知层面，他有意识地将读者的注意力引向了人物内心不经意萌发同时也日益强化着的对于世道人心的质疑之上，在揭示他们开始慢慢地抬起头或回过身审视自己生活的变化之时，将叙事的关注点由生活之苦的展示转换到生存之惑的表达上，从而在宋河一般懵懂的人物身上发现了底层民众正在悄然形成着的“精神的生长”，借此表明人性不能被完全遮掩的光辉，同时也透露出他对于底层民众实现自我救赎的可能的期望。

“黄昏卷过来，霎时淹没了他。或许应该顺着林带走，这么想的时

① 陈福民：《艰难时世深重情怀——胡学文小说创作论略》，中国作家网，http：//www.chinawriter.com.cn，2005年7月19日16：24。

候，他深吸了一口气。不经意间，他看见了傻子……或许是梦，但他仍憋足力气喊了一声。厚重的暮色破开了一个口子，很快又合住了。”——在小说结尾这段极富象征意味的描述之中，我们可以明晰地看到，虽然黄昏淹没了宋河，虽然四处都是暮色，但宋河还是于恍惚之中看见了作为意义载体的“傻子”，而且他憋足力气喊了一声，这喊声让厚重的暮色破开了一个口子。这口子虽然很快又被合住了，但毕竟因为这口子的出现，某一个瞬间，身处暮色之中的人们因此也便有了看见光明的希望。

“奔跑的月光”，或许正是在这样的意义上，一个荒诞沉重的寻找故事的讲述，也才配得上这样一个充满诗意的标题。行文至此，我不禁想起了德国哲学家本杰明所言的艺术的“灵光（或者灵韵）”一词。在《摄影小史》一书中分析卡夫卡一张6岁时的照片时他曾讲：“这世界周围笼罩着一种灵光，一种在看向它的目光看清它时给人以满足和踏实感的介质。”[①] 在笔者看来，在《奔跑的月光》这篇小说中，主人公宋河对于存在真相不能确定的质疑即是本杰明所言的“灵光”的体现，它的存在，见证着一个时代正在消失的记忆风景或世道人心，同时也因为这见证使记忆本身成为一种坚守，其于底层叙事所显现的价值，即如学者司敬雪所言：“在我看来，胡学文并不太在乎城里人对他小说的观感，他主要是想通过小说这种形式固执地表达自己对欲望化现实的拒绝或者对精神向度的坚守。借用德国哲学家瓦尔登·本雅明的话来说，这是一种向着灵光消逝的拒绝或者坚守。胡学文不是一个喜欢张扬的作家。他所操用的极端写实的文笔似乎也与形上玄思最不靠谱，但他的朴实叙述里面却的确暗暗含着某种非写实的因素，在引领着读者直面灵光消逝这个十分悠远、十分沉重的话题”[②]。

“朴实叙述里面却的确暗暗含着某种非写实的因素”，脱离具体的故事，从生活到生存，从写实到象征/寓言，从个体的生活遭遇到普遍的人性表现，胡学文在《奔跑的月光》中所显现的这种追求，笔者个人觉得因此完全是可以昭示他本人并及当下所有底层写作应该努力的方向的。

---

① 瓦尔登·本雅明：《摄影小史＋机械复制时代的艺术作品》，王才勇译，江苏人民出版社2006年版，第19页。

② 司敬雪：《胡学文小说创作研讨会在石家庄召开》，中国作家网，http：//www. chinawriter. com. cn，2005年7月19日16：24。

不彻底的政治新人

——当代文学史背景下的带灯形象解读

贾平凹长篇新作《带灯》中带灯形象的塑造，灌注了作者极多的心血。在小说完成之后所写的《后记》一文中，作者自道说："认识了带灯，了解了带灯，带灯给了我太多的兴奋和喜悦，也给了我太多的悲愤和忧伤"[①]。为此，对于这一文学形象的解读，事实上也便存在了多种的可能。在诸多的可能中，笔者注意到了作者关于该作品写作所特别强调的一段话——"似乎那声音在说：写了几十年了，你也年纪大了，如果还要写，你就要为了你，为了中国当代文学去突破和提升。我吓得一身冷汗，我说：这怎么可能呢，这不是要夺掉我手中的笔吗？那个声音又响：那你还浪费什么纸张呢？去抱你家的外孙吧！我说：可我丢不下笔，笔已经是我的手了，我能把手剁了吗？那声音最后说了一句：突破那么一点点提高那么一点点也不行吗？"[②] 这段话至为清晰地表露了作者作为一位优秀写作者写作之时内心不断浮现的当代文学史意识，所以，笔者个人以为，立足于中国当代文学史背景，从当代文学的发展这一特殊视域去解读《带灯》并及主要人物带灯，应该是一种切合文本实际且具有较大应用价值的解读选择。

一　体制人物的新面孔

《带灯》这篇小说以一个名叫带灯的女性人物为其主人公。在贾平凹女性人物书写谱系中，带灯这一人物可以说是一个既熟悉同时又陌生的形

---

① 贾平凹：《带灯·后记》，见《东吴学术》2013 年第 1 期。

② 同上。

象。说她熟悉，是因为在她身上，读者可以明晰地发现“贾氏女性审美取向”的一贯印迹：漂亮、性情，身上弥漫着一种民间人性自在本然和文人情趣诗意精致的混合气息。而说她陌生，则因为和此前那些更多民间、乡野特性的女性相比，在该篇小说的描写中，这一人物虽然不能不时时置身于乡野民间，往往显现出某种同情或倾向于民间的价值立场，但从本质上讲，作为一名乡镇干部，带灯更多是一个国家政治体制内的人，也即老百姓所言的“公家人”，她身上有着贾平凹女性人物此前不曾有或者很少有的政治成分。

对于贾平凹来说，这无疑是一次极具挑战性的尝试，为此，带灯这一人物的塑造，不必说也便内含了他在女性人物表现上的一些新想法和新思考，具体回答也确证了前文所述的他在写作这篇小说时所萌发的那种审美自觉：在个人写作的历史并及整个当代文学史的背景下，突破那么一点点，提高那么一点点难道也不行吗？

“生活在别处”，创作更是，正是在这种意义上，诸多研究者和评论家在观照和评审《带灯》的艺术成就之时，也便纷纷将赞许的目光凝聚在了带灯这一人物形象的塑造上：何平认为“在一个小说人物普遍式微的时代，贾平凹却在他的小说人物谱系里再创造出‘带灯’这个汉语文学中‘这一个’的文学‘人’”，“虽然文学批评家不是预言家，我还是希望多一点的人知道，带灯源自贾平凹二〇一一年到二〇一二年的艺术创造，而且希望这种知道能够更大可能地溢出文学圈，甚至因为持续的阅读和阐释使得带灯成为汉语文学经典谱系中的一个”①；张学昕则讲：“可以不夸张地说，她（即带灯）是当代中国小说中最美、最理想化、最具时代感的性格人物之一”②；吴义勤也以为：“在贾平凹小说的女性人物谱系中，带灯这个人物无疑是独一无二的典型，她有着全新的气质与内涵”③；而陈晓明更是极为明确地指出：“带灯在贾平凹所有女性形象中是崭新

---

① 何平：《我们的时代，我们同时代的人——关于〈带灯〉的几个问题》，见《当代作家评论》2013 年第 3 期。

② 张学昕：《带灯的光芒》，见《当代作家评论》2013 年第 3 期。

③ 吴义勤：《“贴地”与“飞翔”——读贾平凹长篇新作〈带灯〉》，见《当代作家评论》2013 年第 3 期。

的，她从贾平凹的‘文化性情’中脱颖而出，具有了政治伦理色彩。”①

从小说人物与政治体制的关系这一视域审读带灯这一文学形象，可以发现其具有着极为鲜明的身份表现的复杂性。

一方面，作为一名党的农村基层干部，在具体处置民众上访等粘滞、棘手的生活事件之时，带灯的言行作为，显现出了人物对于制度本身的自觉维护意识，借助于人物良好的精神品行的中介作用，作者因之努力建塑的人物形象，也便在现实的接受层面，可以有效地引导人们正面理解甚至重新恢复对于主流意识形态政治理想的信心。

和此前人们所熟悉的当代文学作品中诸多党员干部形象相比较，带灯这一人物在日常生活中较少体制人物常见的类型化特征，和基层民众接触时也很少摆什么官架子、打什么官腔，但是，通过她极为自觉的工作承担和对维稳工作重要性的认识，以及即使个人深受委屈也始终能遵从领导工作安排、能从大局出发维护党和政府在人民心目中的威信，甚至一些表面看起来极为个人化的行为处事方式——如坚持为外出打工染病的 13 位农民工矽肺病患者申请医疗鉴定、争取赔偿；如自学中医，有意收集各种药方为一些无钱治病的人治病；如自掏腰包、化解各种民众恩怨；如对于各种不幸、甚至有问题的人施之于体恤同情，特别是当薛、元两家恶性相斗之时不惜用自己柔弱的身躯去阻挡暴力的击打等，读者能够发现，在诸多的生活面向上，带灯的言行无疑都显现出了一名党的基层工作者真正用心于自己工作并通过自己的言行努力引发人们对于政府与制度内心认同的党的优秀基层干部的可贵品质。在当下因为各种利益的纠结而骤然凸显出了地方政府特别是政府官员和普通百姓之间矛盾冲突的现实语境之中，带灯诸多看似平淡但其实却极为不易的举止作为，事实上正是一种现行体制中人物精神“正能量”的显示，其意义即如一学者所言：“我确信，带灯是生产温暖生活的热能和光源，也是消解社会生活坚冰和‘梗阻’的‘融血剂’和‘溶栓剂’，是永不止息进行工作的生命机器”，“当我们的时代都在大声谈论‘正能量’的时候，我们体会带灯这个人物，所能激发出的那种潜藏在许许多多普通人物心灵中对于生活和社会热情、率真和无私的力量，我们应该悉心地尊重、珍重这样的美好及其如此有价值的存在，

① 陈晓明：《萤火虫、幽灵化或如佛一样》，见《当代作家评论》2013 年第 3 期。

她是以‘内在于’我们时代的方式置身于生活，释放着她心灵的‘核能’”。

另一方面，在强调带灯身上所体现的体制政治理想或正面、积极的政治伦理色彩之时，这一人物事实上还表现出了非常“现实”的一面，从其身上读者亦能够发现人物对于体制内部运行的各种或明或显规则——特别是体制内部的所谓“人情世故”的熟稔了解和运用。关于这一方面的表现，在“借口永远是失败的原因”一节中带灯要竹子平时多和书记镇长接触，干完一件事了就写份材料，让领导知道你干了些什么的劝慰即是非常典型的事例。在带灯的话语中，读者可以清楚地看到因为官场风气长期的浸润，带灯对于所谓的仕途经验的心知肚明。此外，在小说的开头，带灯在镇政府安顿下来之后，当镇长意欲对她施行潜规则之时，带灯毫不含糊地警告他：“你如果年级大了，仕途上没指望了，你怎么胡来都行。你还年轻，好不容易是镇长了，若政治上还想进步那你就管好你!”这种警告也清楚地表明了带灯在政治上的成熟和精明。而在“寻找张膏药”一节中，带灯带领竹子和司机整治上访油子王后生的一段描写，更是不无惊心地让人发现，带灯在警觉、抵触着体制对于上访者的粗暴对待之时，自己有时也不免或不自觉成为暴力同谋的生存悖论。

缘此，可以说，带灯这一人物不仅从正面积极推动和校正着乡村政治秩序，体现着现行政治的正能量，而且也维护着乡村政治秩序的现实运行，具体显现同时也承袭、衍化着它的问题和错误，不经意或无可奈何之中往往成为底层民众甚至自己的对立面。

无论是正面形象的肯定还是可理解的负面形象的展示，贾平凹对于带灯这一全新的政治女性人物“不溢美，不隐恶”的处置态度，自然使得人物不仅因此显现出了某种非常突出的有别于时下一般农村底层干部的新面孔、新特征，同时又紧贴土地和生活，表现出了至为鲜明的人间性或现实性，从而在貌似亲切的接受印象中，复又给读者一种耳目一新的感觉。

二 中国当代文学或一传统的重现

相较于个人女性人物和体制人物书写所显示出的创新意义，在带灯这一人物的形象塑造中，贾平凹有意无意表现出的重塑社会主义新人形象的动机和努力，从文学史的眼光看，因为其衔接了一个已经中断许久的中国当代文学的重要传统，因之显现出了更为突出的意义和价值。

谈到对带灯这一类基层乡镇干部形象的理解，贾平凹曾讲了这样一段话：

> 正因为社会基层的问题太多，你才尊重了在乡镇府工作的人，上边的任何政策、条令、任务、指示全集中在他们那儿要完成，完不成就要受责挨训被罚，各个系统的上级部门都说他们要抓的事情重要，文件、通知雪片似地飞来，他们只有两只手啊，两只手只有十个指头。而他们又能解决什么呢，手里只有风油精，头疼了抹一点，脚疼了抹一点。他们面对的是农民，怨恨像污水一样泼向他们。这种工作职能决定了它与社会摩擦的危险性。在我接触的乡镇干部中，你同情着他们地位低下，工资微薄，喝恶水，坐萝卜，受气挨骂，但他们也慢慢地扭曲了，弄虚作假，巴结上司，极力要跳出乡镇，由科级升到副处，或到县城去寻个轻省单位，而下乡到村寨了，却能喝酒，能吃鸡，张口骂人，脾气暴戾。所以我才觉得带灯可敬可亲，她是高贵的、智慧的，环境的逼仄才使她的想象无涯啊！我们可恨着那些贪官污吏，但又想，房子是砖瓦土坯所建，必有大梁和柱子，这些人天生为天下而生，为天下而想，自然不会为自己的私欲，而积财盗名好色和轻薄敷衍，这些人就是江山社稷的脊梁，就是民族的精英。①

在他的话中，读者能够感觉到他对当下乡镇干部这些体制人物并及他们所存活的生活环境的理解，同时也能够感觉到他极为清晰的一种政治期盼：正因为现实生活中太多干部的堕落和因之他们在一般人心目中所造成的负面影响，所以，出于一种责任，他是希望将带灯这一人物作为一种具有体制的积极正面意义的人物来写的，而从现实的审视理解出发，积极建构一种可以体现历史和体制双重意义上的民族精英形象，正是在体制的积极正面意义这一途，贾平凹关于带灯这一人物形象的表现，事实上也便自觉不自觉地接通了大家曾经甚为熟悉的社会主义新人写作的传统。

---

① 贾平凹：《带灯·后记》，见《东吴学术》2013年第1期。

社会主义文学是中国当代文学存在的基本形态，其针对资产阶级颓靡的文学表现而发生，在建设伊始其即立志创造一种与资产阶级文学不同的积极的、前进的文学。因为这样的志向，所以努力塑造一种能够和社会主义体制结合且能够代表历史前进性、面向未来的新人形象，也便形成了这一文学持续不断的写作吁求和极为重要的写作传统。

当代中国文学关于社会主义新人形象的理论自觉，最早可以追溯到左翼文艺理论的表述。20世纪30年代在评论丁玲的《水》时，冯雪峰的言论中就已存在有相关的认知。不过令人遗憾的是，一方面由于表述的相对粗糙，加之其认知视域基本局限于阶级斗争的理论基础，另一方面则由于中国革命其后的历史实践并没有给相关的探索提供充足的环境去充分发展这种理论，因此直至农业合作化时期，因为政治上的革命浪漫主义空前高扬，所以塑造社会主义新人形象的意识始才真正成为一种为大家所普遍接受的价值取向。于此一方面的表现，赵树理《三里湾》中王金生形象和周立波《山乡巨变》中李月辉形象的创造可以被看作是这一文学形象谱系最初的形态，而柳青《创业史》中的梁生宝和浩然《艳阳天》中的萧长春等则可以被看作是其成熟形态的代表。回到具体的历史语境重新审读，这些人物形象的塑造虽然不免因过度的阶级斗争理论的强调而终至显现出鲜明的概念化、扁平化特征，但其——特别是像梁生宝这一人物身上所内含的体制先进政治理想和作者极端纯粹的浪漫美学思想的表达，事实上却将政治和艺术于一种特殊的层面予以了结合，在人物与体制的一体化整合之中，表现出了另一种政治/美学的新的发展路向。

中国当代文学中社会主义新人写作的这一要求，虽然自此之后一直为国家意识形态所极力倡导，但是文革文学中由于红卫兵一代以“破坏”和“打倒”为行动的至高纲领，其在文学实践上并没有创造出可以拿得出手的文本形态。而为体制所推崇的一些作品的表现，如浩然的《金光大道》中的高大全、样板戏《龙江颂》中的江水英形象的塑造，又完全图解政策，用阶级性取代人性，人物的描写因之而成为一种政治标签，有人的形，但没有人的血液和灵魂，所以也便本质上缺乏艺术的生命力和存活力。而新时期到来之后，随着专制政治体制的解体，先是反思文学着力于平反的老干部、归来的右派和迷惘的知青形象的描绘，其所刻画的具有鲜明反思性的一代文学形象，因为整体上具有着沉溺于抚摸伤痕、追怀过去的属性，其身上很难看出振奋人心或面向未来的力量，所以有关他们的表现，事实上也便业已偏离了社会主义新人写作的传统。而其后的改革文学的写作，虽然其中的佼佼者如柯云路《新星》中李向南、路遥《平凡世界》中孙正平这一类人物形象的塑造，从外表形态上看，似乎已然趋近于社会主义新人形象的特质，但深入分析，李向南更多反体制的特质，其站在现有体制的对立面，主要是作为一个“反对旧体制的新人”而表明其价值的，有反抗既有生活的欲望，但缺乏代表历史先进方向的力量；而孙正平身上则更多牛牤、保尔·柯察金样的个人奋斗色彩，甚少与革命、集体相关的阶级意识，所以其也便很难再以“社会主义新人”来命名了。而20世纪90年代之后，随着一代知识分子政治激情和理想的衰退，随着理论认知上美学生活化的强调并及中国文坛整体上对于现代主义、后现代主义所习惯的边缘人、局外人、陌生人形象的推崇，所以体现政治浪漫想象的社会主义新人形象的书写传统也便就此慢慢枯竭、中断了。正是在这样的文学史背景下，贾平凹意欲将带灯作为一种“江山社稷的脊梁”、“民族的精英”形象来刻画时，他的努力有意无意所显现出的重新衔接中国当代文学社会主义新人书写传统的意义也便昭然凸显。

虽然迥然有别于梁生宝、萧长春类的人物，和他们相比，带灯这一人物在政治上的表现还显得极不成熟，缺乏明晰的政治身份和自觉有力的政治手腕，公众场面的亮相也往往显现出鲜明的个人化甚至小资情调，但是在她貌似幼稚、柔弱的行为表现中，有意识弱化主体的内心感受并及人物和环境所具有的冲突性，贾平凹在将她置放于一次一次由冲突所形成的行动中时，带灯形象所表现出的其实也便更多是一个能够充分发挥精神正能量、积极努力、一心为民、虽然最终不免失败却犹自能够让人肃然起敬的正面新人形象：她首先是一个好人，其次是一个好干部，再次是一个好的女性干部。这种好，不仅让她在文本中为周边百姓所喜欢，而且在文本之外，事实上也给人以精神的鼓舞力量，使读者在深感现实生活的种种危机之时，同时对于我们的政府和干部也深怀希望。

时下的各种各样的反腐倡廉和各种官场小说写作，具体的形态虽然极为不同，但是整体而言却都更多生活阴暗面的揭示，其有意为之的正面人物形象，也往往因为缺乏生活的质感或者高度概念化、类型化，所以读者也便很难在其身上发现作者内心对于未来的信心。但是将《带灯》的写作和这些写作进行对照，特别是通过带灯形象的解读分析其形象建构过程中所附着的作者的情感认知，读者则能够发现，贾平凹不仅是一个良民，从其善良的农家人本心出发，他通过他的写作寻求着对于现实——哪怕是危机和悲剧——的种种正面理解，而且更是一位极富良知的知识分子，针对时下许多人内心弥漫的失望情绪，他从自己写作所表现出的当代文学传统中积极地寻求着参照，力求能够塑造出一种能够引领人们既面对现实同时也走向未来的社会主义新人形象，以期不仅有利于时代社会，而且体现中国当代文学的一种新努力、新追求。

"带灯这个形象所体现的，正是党的基层干部的优秀品质。这样的形象在中国激进现代性的过程中，并没有被完全塑造起来，现在贾平凹倾注笔力要创造带灯这样的人物，其积极意义当然不能被低估。"① 学者陈晓明的这段话，可以说较为全面地阐释了带灯形象在中国当代文学史中的价值和意义：带灯身上所体现的是诸多读者极为熟悉的当代文学曾经给予人们的一种精神资源，缘此，虽然带灯的穿着打扮已经十分时尚，其所体现的阶级先进性和社会的引导作用虽然不如梁生宝、萧长春明显和强大，但是她的骨子里其实同样深藏着当代文学的一种历史精神魂灵——那就是社会主义革命文学一直幻想着的塑造能够引领历史前进的新人形象的真实意图。和他们一样，她同样扎根于体制之内，她的现实行动同样发挥和推动着体制的优越性，给人们提供了面向未来的精神动力。

三　不彻底的探索

不过，让人遗憾的是，作为与社会主义体制结合的新人形象，带灯这一人物在《带灯》这部小说中并非一个完成了的人物，贾平凹由此而意欲重现社会主义新人写作传统的意图因此也并未真正得以实现。

首先，从贾平凹个人层面上讲，虽然在写作《带灯》时，作者自觉要寻找一种和此前不一样的表达，且这种自觉表现于带灯这一人物形象的刻画之时，他也力求将这一新的人物形象能够从原先熟悉的"文化情

① 陈晓明：《萤火虫、幽灵化或如佛一样》，见《当代作家评论》2013 年第 3 期。

调”中剥离出来，在她和社会主义体制的结合之中，不仅显现一种和此前自己笔下女性人物完全不同的政治属性，而且也建构其所代表的社会主义制度的正面、先进内涵，借此寄寓他本人关于乡村政治的期盼。但是，当读者沿着这样的思路将带灯当作社会主义新人形象去解读，或者换种说法，将其置放在当代文学新人谱系中解读之时，他们却能够迅即发现，和此前我们所熟悉的那些社会主义新人形象相比较，带灯形象其实本质上缺乏体现或代表体制的强大力量，她个人的政治理想在遭遇到来自现实的挑战之时，似乎倍显无力和脆弱。所以在事关人物现实行为的支撑到底从何而来的关键问题时，读者可以发现，当现实的真实满满地溢出了政治的浪漫想象之时，贾平凹似乎茫然了，他内心没有和体制、和政治相关的明晰答案，因此他便只能将人物行动的依据归结为宗教所主张的自我的修行，放弃原本希冀重建政治/伦理新人形象的勃勃野心，再一次将笔下人物文化情趣化，成为他笔下极为熟悉的女性人物形象中的“又一个”。

其次，从当代文学实践的更大层面讲，当现实的因素促使贾平凹半路改道，放弃了原本希望重建的一种社会主义文学的传统之时，一些更为残酷的问题由是也便自然浮现于人们的心头：贾平凹无可奈何或者明智的放弃，是否意味着在当代中国变化了的时代语境之中，重新书写社会主义新人形象本质上不再可能？而如果是这样，那么，是否也可以说这一传统其实已经或者是应该到了真正告别的时候了？

无论是哪一种答案，也无论带灯这一人物形象塑造的成功与否，贾平凹《带灯》的写作，事实上都已经触及了当下中国作家写作的一个非常巨大的难题。马克思曾说，发现问题比解决问题更难，也更伟大。缘此，贾平凹通过带灯形象的塑造所触及的这一难题，因为其身上所附着的现实生活和政治运行严重冲突时一名作家真诚而善良的乡村政治期盼成分，加之作家自觉的“为了中国当代文学去突破和提升”而写作的大视野和胸怀，所以其意义即如陈晓明所言：“现在他自己肯定也想不到这部苦难地完成的《带灯》可能提出了当代政治伦理和美学的最重要的难题”，“他可能并不知道他在做一件不可能的事，他在做一件补天的事”①。所以，

① 陈晓明：《萤火虫、幽灵化或如佛一样》，见《当代作家评论》2013年第3期。

贾平凹的挑战和尝试虽然并不彻底，带灯这一新人形象虽然并未完成，《带灯》这一作品也更多半成品的意味，但是在作家创作和当代文学历史关系的互动之中，贾平凹的努力，不用说，已经具体地显现出了中国当代文学的某种抱负，某种可能。

植根于民间的土壤之上

——从神佛文化视域看贾平凹小说《带灯》中带灯形象的建构

神佛文化是中国民间特别是农民阶层甚为重要的精神文化资源。大学毕业之后，生活在城市多年，贾平凹自然已是一位完全知识分子化了的写作者，但是流淌在他骨血中的民间血脉，一贯且持续的农民写作对象，特别是自觉的“我是个农民”的文化身份认同，使得民间或农民们所持存的精神文化内容，也便不时显现于他的写作意识中，成为他重要的认知和审美资源，潜在规约了他的许多作品的主题设计、人物造型等，使其写作因之表现出独特的民间气息或乡土风味。

长篇新作《带灯》中“带灯”之“夜行自带了一盏小灯”的隐喻表达，本自带有小乘佛教“自我修为”的寓意内涵，翻阅小说并及《后记》一文，读者还可发现贾平凹曾先后提及了三个神佛意象：观世音菩萨、地藏菩萨和土地爷。在作者本身，这种提及也许不免有随机成分，然而这种无意却又不断重复的出现，以精神分析学的理解，以为其中即深藏着作者主体心理的某种重要内容。以此为据，将作者所提及的三种意象和他在小说中精心塑造的带灯形象对照解读，也即从神佛文化这一特殊视域观照带灯形象的意义建构，读者自是能够发现一些极有意味的内容，同时也在一个特殊的面向上，对贾平凹的写作和民间文化的关系，获得一种亲切具体的理解。

一　土地神和带灯

在《带灯·后记》一文中，贾平凹说了这样一段话：“以前从没有注意过土地神，印象里胡子那么长个子那么小，一股烟一冒就从地里冒出来，而现在觉得它是神了，了不起的神，从文物市场上买回来一尊，不，也是请回来的，在它的香炉里放了五色粮食”。紧接这一段话，话题一转，在接下来的一段话中他又说：“认识了带灯，了解了带灯，带灯给了我太多的兴奋和喜悦，也给了我太多的悲愤和忧伤，而我要写的《带灯》却一定是文学的，这就使我在动笔之前煎熬了很长一段时间的酝酿”[①]。前后不一样的两段话，但上下紧挨着，没有关系也是一种关系了，所以，将土地神和带灯放在一块解读，一些原本幽微潜伏的内容也便慢慢得以呈现。

土地神源自社神，而社神之确立，又因为远古时期人们对于土地的崇拜。《礼记·郊特性》篇有话说：“社，所以神地之道也，地载万物，天垂象，取材于地，取法于天，是以尊天而亲地也。”而《孝经·援神契》篇更是干脆直言：“社者，五土之总神。土地广博不可遍敬，故封土为社而祀之，以报功也。”其中的意思说得很明白，在尊天敬地的早期自然崇拜之时，因为土地给人们提供了源源不断的生活必需，为素朴的报恩心理所驱使，所以大地上的人们也便尊它为神。相关的文献记载表明，作为土地神的社神的地位原本是很高的，但是人类社会进入封建社会之后，随着自然神逐渐的人格化、社会化，社神的地位也便不断下降，从主管一地的土地神终而成为神鬼世界中只管理一小块土地的最小的神。

从土地神意象解读带灯这一人物，二者之间的一致性首先表现于它们身份的低下。土地神虽然也是神，然而和灶神、门神一样，它应该算是神之世界最底层的神了。民间有一副对联，形象地说明着土地神的地位身份：上联——多少有点神气；下联——大小是个官儿。横批——独霸一方。于此身份待遇，名著《西游记》中其实有着更为生动鲜活的表现，唐僧师徒每到一个新地方，不明就里或者不知所以了，孙悟空就会念动咒语，叫出本地的土地神，不仅直呼其为“土地老儿”，而且动辄喝斥威胁，观众印象中的土地神，因此也便总是一副嗫嗫喏喏、逆来顺受的样子。和土地神一样，读者可以看到，作为中国现行体制最为底层的乡镇综治办的一名普通干部，带灯在现实生活中的身份地位也是极为低下的：群众不理解，谁都可以指手画脚，哪个领导的指示都是圣旨，都必须认真对

---

① 贾平凹：《带灯·后记》，《东吴学术》2013 年第 1 期。

待。此中的状况，贾平凹介绍说：“在乡镇府工作的人，上边的任何政策、条令、任务、指示全集中在他们那儿要完成，完不成就受责挨训被罚，各个系统的上级部门都说他们要抓的事情重要，文件、通知雪片似的飞来，他们只有两只手啊，两只手仅十个指头。而他们又能解决什么呢，手里只有风油精，头疼了抹一点，脚疼了抹一点。他们面对的是农民，怨恨像污水一样泼向他们。这种工作只能决定了它与社会摩擦的危险性。在我接触过的乡镇干部中，你同情着他们地位低下，工资微薄，喝恶水，坐萝卜，受气挨骂”①。小说的结尾，在元薛两家所发生的家族械斗中，虽然带灯积极协调，不惜以自己柔弱的身躯去阻拦暴力的击打，但是最终的结果她竟然因之成为替罪羊，行政被降了两级，不仅被撤销了综治办主任职务，而且精神发生错乱，言语行为几近于街上流荡的疯子。无力而又无奈，忠而被欺，动辄得咎，带灯的遭遇俨然就是各种民间传说、故事中土地神遭遇的现实翻版。

此外，它们之间的一致性还表现于它们和它们脚下所立足的那块土地的关系。土地神源自社神，是管理一块小而具体的土地的神，《公羊传》注“社”时说：“社者，土地之主也。”可见，在早期国人的意识中，土地神即是主管一块土地的神，它身上极为重要的一个特征就是它和它所主管的那块土地血肉相连的一体性。在后世有关土地神的故事传说中，但凡土地神出场，嘴里念叨的内容往往脱离不了“我为此土地神，以福尔等下民”之类，民众因之所感知到的，也便多半是“我为一方主，自当造福一方”的尽职尽责的下等小神的亲切形象。

在有关《带灯》写作的介绍中，贾平凹曾夫子自道说：“这一本《带灯》仍是关于中国农村的，更是当下农村发生的人事。我这一生可能大部分作品都是要给农村写的，想想，或许这是我的命，土命，或许是农村选择了我，似乎听到了一种声音：那么大的地和地里长满了荒草，让贾家的儿子去犁吧。于是，不写作的时候我穿着人衣，写作时我披了牛皮”②。话语中透露出来的一种深嵌于命运的对于土地的认同和责任感，其实是非常类似于民间所以为的土地神的神位职责的。作者如此，作者笔下的人物

① 贾平凹：《带灯·后记》，《东吴学术》2013年第1期。

② 同上。

自然也不例外。通读《带灯》，梳理带灯这一人物和她所工作的樱镇的关系，可以清理出这样两层基本的内容：其一，带灯对于樱镇的深度归属感。在“山坡上有一簇土坟”一节中，带灯谈到自己死后的归属问题，告诉竹子：“你说不来，我可能就在镇政府干到死了，死了还能埋到哪儿去？我恐怕本来就是这里的幽灵，只是还不知道是从哪个穴位里冒出来的地气”。非常清楚，她是把自己和自己所工作的这块土地绑到了一块儿了，这就像土地神，土地神就是一块土地的神，它只属于这块土地，生如此，死自然也不例外，它的身份是需要它脚下的那块土地予以具体确认的。其二，带灯对于樱镇百姓发自内心的呵护和谋利心理。软硬兼施，为身患矽肺病的打工者申请伤残鉴定；自学医术，为看不起病的穷困病人寻找偏方、配置药物；亲自带队，不惜忍受各种生活磨难，帮助妇女出外打工，谋取更多收入；或是申请上级补助，或是自掏腰包，体恤老病孤残人群；包括石刻被施工队炸了之后带灯的心疼乃至生气。在“竹子指责自己”一节中，带灯给竹子说了这么一段话：“咱在镇上，干的又是综治办的工作，咱们无法躲避邪恶，但咱们还是要善，善对那些可怜的农民，善对那些可恶的上访者，善或许得不到回报，但可以找到安慰”。“要善”、“善对”，这种和神佛理念渊源至为密切的说法，作为外在的伦理要求和内在的自我修身或寻找精神安慰的方式，其根本的目的即在于兑现前文所言土地神之“即为一方土地，自当造福一方百姓”的职责，带灯的形象因之诚如一名研究者所讲：“所以说，带灯的出现，的确令我们为之一振，让我们在政治结构、文化结构和现实的岔路口，听见了一个人说话的声音，看到了那么多真实的生活世界里有意味的故事。这个极富立体感的人物，以她特立独行的现实选择，与这个‘人都发了疯似的要富裕，这年代是开放的年代’，构成巨大反差和悖谬，她可以‘现实地’进入现实的世界，有风骨的以她的年轻、善良、美丽，走进民间、民生，解民急难，义不容辞。”① “现实地”“走进民间、民生，解民急难，义不容辞”——贾平凹所讲的意思，是与中国乡村底层百姓所理解的卑微但却热心的土地神对于一方土地的态度在本质上趋于一致的。

带灯对于百姓如此这般，反过来，樱镇的老少爷们对于带灯自然也便

① 张学昕：《带灯的光芒》，《当代作家评论》2013 年第 3 期。

深怀了一种亲切的认同和感恩。宋飞对于她好处的感念，王银盼对于她不快的体谅，牛花花对于她的宽慰，张膏药媳妇对于她的拼死维护，老伙计们对于她的体谅，等等，大家对于她的诸般好，都清楚地说明了带灯虽然也是一个身在政府机构的官员，但她却和一般的政府官员不同，她对于普通百姓的体谅和维护，使她在百姓心目中建构起来的印象，极为类似于卑微但同时却亲切的土地神的印象。

二　观音菩萨和带灯

带灯的官不大，手中没有多少权力，但是她却能够体察到身边许多人的困难和不易，而且在力所能及的范围内，她也总是能够给那些需要帮助的人施予关怀和帮助，用积存在脑海中的古言旧语描述，樱镇的许多人也便觉得她就像是出现在他们身边救苦救难的观音菩萨。

樱镇人们如此这般感觉的形成，表面的原因在于带灯是一位女性，而且是一位漂亮和善的女性。观音菩萨梵文作 Avalokite（瘁湫赫湫），又作观世音菩萨、观自在菩萨、光世音菩萨等。以佛教原义，观音菩萨原本是久已成就的古佛，号“正法名如来”，为度众生倒驾慈航，因而现菩萨身。其具无极之体，因此原本是没有皮囊色身和男女之相的执著的，其现什么样的身说法，是应随着具体的因缘的，所以在古印度佛教中，观音菩萨是既现男相也现女相的。但是佛教传入中国——特别是南宋之后，顺随佛教逐步的中国化改造，观音菩萨也便逐渐以手持杨柳、面相端庄慈祥的女性形象定格在人们心中了。带灯是一个公家人，因缘于体制的力量赋予了她本人特殊的魅力，即如天意和神力的存在，加之她本人又性情和善，漂亮温柔，常常出现并援手于人们遭遇急难的时刻，所以，樱镇的人们——特别是女性们，以她们既有的民间文化经验表述，也便自然地把她想象成为她们自己的神，她们的能够叫得应也突然就能够活在眼前的观音菩萨。

深层的原因则在于带灯身上体现出的类似于观音菩萨“救苦救难”普世形象的对于他人不幸的体谅、悲悯和帮扶态度。

在佛家人物家族谱系中，观音菩萨位居各大菩萨之首，其行无缘大慈，运同体大悲，其中大慈与人同乐，大悲与人同苦，在智、悲、行、愿的修持之中，彰显出关怀人间、悲悯急难的救苦救难品格，所以在底层困苦的人们看来，其也便更多地成为慈悲和救人于急难的化身。从乡村民众业已形成的观音菩萨信持的认知理念观审带灯这一人物，首先可以看到的就是其在有意无意的言行中所表现出的对于不幸人群的“慈悲”——即一种超越了具体的血缘亲属关系而心存的对于他人、他物所具有的理解、认同、体谅、关怀的大爱态度。她在罪犯宋飞的陈述中感受到了他行为的可理解性，感受到了他不为别人所体察的冤屈、愤怒和对人性温暖的一份期待；她在别人的冷漠中不安和焦灼于东岔沟村13个矽肺病人的无助、无望和生命中挥之不去的死亡的阴影存在；她对于镇东湾铺村那一对因为女儿违反了计划生育政策被罚款的可怜老人的同情、不忍，对于马连翘婆婆公公老而不能相伴状况的心痛，对于王后生、张膏药、朱召财等所有上访者的体怜和善待；当元、薛两家为了利益而大打出手的时候，担心也不愿生命被无辜损坏，她甚至不惜以自己娇弱的身躯去阻拦血腥的击打。小说在叙述带灯去黑鹰窝村看望卧病在床的“老伙计”范库荣时有这样一段描写：

> 一进去，屋里空空荡荡，土炕上躺着范库荣，一领被子盖着，面朝里，只看见一蓬花白头发，像是一窝茅草。小叔子俯下身，叫：嫂子！嫂子！带灯主任来看你来了！带灯也俯下身叫：老伙计！老伙计！范库荣仍一动不动，却突然眼皮睁了一下，又合上了。小叔子说：她睁了一下眼，她知道了。带灯就再叫，再也没有任何反应。带灯眼泪就流下来了，觉得老伙计凄凉，她是随时都可以咽气的，身边竟然连个照看的人也没有。

——关怀、不忍、怜惜、苦其所苦，大凡那些老的、贫的、苦的、不幸的人和他们的遭遇，在小说的叙事中总能引发带灯内心深藏的一种类似于佛家所有的慈悲心肠，研究者陈晓明因此有言讲：“在这个美丽善良有着菩萨心肠的党的基层女干部出现的时刻，她的善良与仁慈是伴随着那些苦痛出现的。”① “伴随着那些苦痛出现”的善良和仁慈，事实上就是慈

① 陈晓明：《萤火虫、幽灵化或如佛一样》，《当代作家评论》2013年第3期。

悲。“慈”是一种爱，一种关切，是一种俯下身之后对于对象的遮护；“悲”是一种同情，一种体谅，是一种洞察到对象不幸之后和其并立的承受。二者结合，因爱而同情，因关切而体谅，当带灯这个本自与政治体制和文人情趣更为靠近的漂亮女性弯下身关注并关心自己之时，善良而且无告的樱镇底层民众也便自然地利用她们热爱且熟悉的观音意象去命名、阐释她们眼前的带灯了。

此外，人们还可以看到或者说感受到带灯本自这种慈悲而发出的“救度”不幸人群的行为并及这种“救度”予人——不仅是樱镇的人，同时也包括读者——的精神力量。因为内心深含的慈悲心肠——读者可以看到，在作品的具体时空里，不忍、不愿、不惜带灯也便将自己援助的手不时地伸向那些深陷不幸因之需要帮助的人群。她的援手有时是有形的，如给宋飞矿泉水和方便面，给王后生治疗糖尿病的药方，给东岔沟 13 个妇女具体的挣钱路数，给朱召财女人钱等，这有形的援手可以谓之为“救”；有时则是无形的，如劝导宋飞不要再回来、给他说宽心话，给被罚款的老人以精神的安慰，给陈大夫、张膏药媳妇以理解，给马连翘公公婆婆以支持，给老贫困苦的怜，给病弱孤残的惜，甚至对于捣乱、对立的上访者的同情、理解、宽容等，这种无形的援手可以谓之为“度”。无论有形的实体之“救”还是无形的精神之“度”，带灯形象因之而闪烁的苦海慈航之灯，或者即如其名所显示的“腐草萤火”之明亮，虽然微弱，但是却真的不仅给了小说中的人物以慰藉，而且更为重要的是，在这个因为急剧的社会转型因而倍显信仰和价值失范的时代，这个出自社会主义制度本身且又具有着观音菩萨“慈悲”和“救苦救难”品格的基层女干部形象，即如有人所言——“她的日常生活和事务，她所经历、经受的丰富情感历程，她的困扰、迷惑和阴郁，她的清醒、智慧和快乐，她的干练和宽柔，就像是一个人在夜路里面走了很久，在身心疲惫的时候，让我们一下子看见了晨曦和露珠的相互辉映，同时，也看见了一种悲苦中的力量，或者是力量中的悲苦”①。

---

① 张学昕：《带灯的光芒》，《当代作家评论》2013 年第 3 期。

三 地藏菩萨和带灯

还是在《带灯·后记》一文中，谈及贾平凹自己对于带灯这一人物的理解和设计之前，除了土地神之外，作者还提到了一个神佛意象，它就是地藏王菩萨。作者的原话是这样的："地藏菩萨说：地狱不空，誓不为佛。现在地藏菩萨依然还在做菩萨，我从庙里请回来一尊，给它献花供水焚香。"[①] 他的话中包蕴了这样两层意思：其一，即地藏菩萨所发的宏愿——地狱不空，誓不为佛；其二，就是地藏菩萨的遭遇——现在地藏菩萨依然还在做菩萨。

翻阅佛家有关的文献资料，可知贾平凹对于地藏菩萨的介绍是基本符合佛家经典描述的。地藏菩萨，亦名地藏王菩萨，梵文名作 Ksitigarbha，为佛教四大菩萨之一，与观音、文殊、普贤一起，深受世人敬仰。据《地藏本愿经》记载，地藏菩萨受释迦牟尼佛嘱咐，曾发至大宏愿，言在释迦牟尼佛灭度之后弥勒佛未生之前，自当"地狱未空，誓不成佛。众生度尽，方正菩提"。由是，"我不入地狱，谁入地狱"和"有大悲菩萨，永不成佛"，也便成为各家文献建构地藏菩萨形象的基本面向。

从作者所给予的提示进行解读，带灯这一人物形象存在的审美特征和意义内涵似乎可以获得一种特殊的理解。

首先，从"我不入地狱，谁入地狱"或"地狱不空，誓不成佛"这一层面的意思看，和地藏菩萨一样，对于自己所置身的环境和所要进行的工作，带灯是有着一种清醒的认知和承受的。在小说文本中，正在被迫接受大企业改造的樱镇可以说是转型时期中国社会的生动象征。生活在剧烈变化，人们熟悉的内容逐渐消失，而一些陌生的现象却不断出现，对新变化的不适加之欲望被利益引发之后各种人性之恶的泛滥，诚如贾平凹自己所言："可以说社会基层有太多的问题，就如书中的带灯所说，它像陈年的蜘蛛网，动哪儿都落灰尘。这些问题不是各级组织不知道，都知道，都在努力解决，可有些能解决了有些无法解决，有些无法解决了就学猫刨土掩屎，或者见怪不怪，熟视无睹，自己把自己眼睛闭上了什么都没有发生

① 贾平凹：《带灯·后记》，《东吴学术》2013 年第 1 期。

吧，结果一边解决着一边又大量积压，体制的问题，道德的问题，法制的问题，信仰的问题，政治生态问题和环境生态问题，一颗麻疹出来了去搔，逗得一片麻疹出来，搔破了全成了麻疹”①。带灯就置身于这样矛盾重重、问题多多的环境，而在这样的环境中，作者又将她搁置于综治办这个冲突最为集中的地方负责处置各种上访问题。一个娇弱和充满文艺气息的女子，能够面对如此沉重的现实和处理她所要处理的如此复杂棘手的工作吗？在读者禁不住忧心忡忡的时候，作者的内心却似乎至为确定——“不能女娲补天，也得杞人忧天么”，“所以，我才觉得带灯可敬可亲，她是高贵的，智慧的，环境的逼仄才使她的想象无涯啊！我们可恨着那些贪官污吏，但又想，房子是砖瓦土坯所建，必有大梁和柱子，这些人天生为天下而生，为天下而想，自然不会为自己的私欲而积财盗名好色和轻薄敷衍，这些人就是江山社稷的脊梁，就是民族的精英”②。对照文本理解这样的认知，作者的用意不言而喻，在樱镇生活严重失调因而人们备感光明稀少的时候，贾平凹面对当代文学史有意衔接社会主义新人传统而塑造的带灯形象，似乎就是有意要在人们深陷危机和迷茫之时给予人们光明和力量，这种光明和力量的来源，即和地藏菩萨置身地狱发愿度人的献身精神关系至为密切。因为这样的原由，所以作品中的带灯虽然人微言轻，但是她却竭尽所能地投入于自己的工作，该自己做的，自是努力去做着，不该自己做的，为良知和善心所驱使，也往往主动介入，如小说结尾元、薛两家因利益的争夺而引发的血腥争斗，其本是民事纠纷连带的刑事事件，不属于综治办所应承担的内容，然而一俟听闻消息之后，带灯却全然不顾个人安危，希望用一己之努力，能够阻止事态的恶性发展，救人性命于危难之时。她努力的结果虽然并不理想，但其在危险时刻的做派言行，却实在是很有地藏菩萨“我不入地狱，谁入地狱”的风范或精神实质的。

其次，就是和地藏菩萨极为一致的悲剧遭遇。前文已有所述及，谈到地藏菩萨的遭遇时，贾平凹说“现在地藏菩萨依然还在做菩萨”，他的这种看法其实也可以坐实于带灯在小说中的命运。以成熟的政治眼光看，带灯在一些具体事情的处理上，太多个人情感和理想的成分，显现出了明显

---

① 贾平凹：《带灯·后记》，《东吴学术》2013 年第 1 期。

② 同上。

的幼稚特征。但是，无论怎样的幼稚，其对于自己工作全身心的投入，其真心帮扶急难、困贫人群的作为，以及其主动承担、甘心承受诸多不公、不平、不顺的精神，却都在小说所营造的环境中，不仅给予当事人内心以温暖和明亮，而且也给小说之外的读者某种对于现实的希望。不过，让大家深感痛心的却是，虽然带灯的做法让她身边的人心生敬意，大家因之也都不禁对这一人物发生欢喜之情，但是在故事发展的过程中，带灯的言行却总是不能被她所置身的环境——特别是她的领导们所充分认可，她的付出却总是得不到来自于体制的肯定。在元、薛两家的冲突之后，她努力作为且不惜因此流血受伤，但结果却是被认为处置不力，行政被降两级，被撤销了综治办主任之职，精神也因之出现了严重的问题。小说中带灯对竹子说："你说不来，我可能就在镇政府干到死了"，而在为小说所写的《后记》中贾平凹也说："现在的地藏菩萨还在做菩萨"，人物和作者无意中所说的话，小说读完了全面联系、整体解读，在不同人物极为相似的遭遇中，读者也就自然能够感觉到带灯和地藏菩萨两者之间隐隐存在的密切精神联系。

细细咀嚼贾平凹关于《带灯》写作所说的一些话，可以发现写作《带灯》并塑造带灯这一人物形象，作者内心确实是有着一种很大的抱负的：他的写作不仅有着自觉的当代文学史参与意识，在《后记》一文里他说，写作《带灯》之时他明晰地听到有个声音对他讲：写了几十年，你也年纪大了，如果还要写，你就要为了你，为了中国当代文学去突破和提升；而且着意于对于危机重重的时代语境中"江山社稷的脊梁"、"民族的精英"的建塑。这两点连接起来，评论家陈晓明因之谓"贾平凹此番遭遇一个女性形象，它不仅是要重新勾连起那个断裂的激进现代性的谱系，而且要用女性形象来重建一个社会主义新人的女性形象，其意义在于使历史与女性都获得新生"[①]。然而，顺延作者心怀的这种远大抱负，当读者不平于带灯的遭遇并因之备感她身上种种认知和作为的可贵之时，将带灯这一形象和此前人们十分熟悉的梁生宝、萧长春、焦淑英、江水英等社会主义新人形象进行对比分析之时，读者却能够发现，和这些人物身上所透露出来的体制的先进性不同，当人们追问带灯何以会在如今这样的时

① 陈晓明：《萤火虫、幽灵化或如佛一样》，《当代作家评论》2013年第3期。

代氛围中拥有这样的精神品格之时，贾平凹的回答没有将人们的注意力引向社会主义体制本身，在试图重新衔接中国当代文学写作的某一传统之时，他在尝试创新的半道上却突然转过了身，重新回到了他所熟悉和习惯的传统文化与文人情趣，对于人物身上可以谓之“支撑性”的精神力量的寻找，落实在了民间的神佛文化上。

我们不能因之苛责贾平凹，他有这种抱负，已然十分可贵了，更何况当触及人物精神品格形成的支撑性元素时，他因为还不能看到清晰的新的资源，不愿将人物因之随意拔高或概念化，所以忠实于自己的新，复又回归到他所能清晰、所能掌控的局域，这样的做法自然不仅可以理解而且凸显其诚实的做人品性。只是可理解的遗憾毕竟还是一种遗憾，当回到作者抱负的原处，重新思考“中国当代文学有否必要重写社会主义新人形象”以及“应该如何重写社会主义新人形象”等问题之时，贾平凹通过《带灯》写作所进行的努力，还是让人感觉到了些许的遗憾。是作者的态度、能力问题呢？还是时代真的已经变迁，一时代有一时代的文学，社会主义新人传统的书写确实已经到了资源枯竭、无法继续进行的状况了？复杂问题积极理解，类似的提问并及认真的思考，不用说，是应该能够推动中国当代文学不断发展和深入的。

后　记

这是我们的又一本书，收集了从 1996 年到今年的论文 24 篇。编辑和修订书的时候，身边有好心的朋友反复提示：做一些技术处理，将书做成学术专著的样子。但朋友的好心，我们并没有接受，理由在于：一、怕麻烦。编一本书，哪怕是一本学术论文集，要做的事总是太多；二、书中所谈论的的话题，强行分，自然可以分出几个有模有样的栏目，然后按栏目一篇一篇分层处置，当然也不是特别难为的事。但是，我们所编订的书，原本就来自于一篇一篇的论文，所以，犹豫良久之后，我们还是想，就按它们本来的样子吧！

书中收集的 24 篇文章，书写的时间不同，文章的体例也不是特别一致，它们大多数是正儿八经所写的论文，但少量一些，最开始只是一些硕士或博士求学时的作业，一些报告的提纲，一些读书的笔记，只是到后来——具体地说，想到要编一本书的时候，我们才对于它们进行了较为统一和整体的处置。书名取“从现代到当代”，表层的原因在于书中所选的文章，都是针对中国现当代作家、作品或文学现象而生发的，而深层的原因则在于，在将这些话题按照先后发生的时间顺序一路梳理过来时，我们发现从现代到当代，由于历史场域的不断改变，中国新文学在不断地承继与变革之中，出现了许多极有意味的历史问题，它们在不同的面向上可以促使我们对于文学的本质、中国文学的现代化和世界参与等重要的话题进行更为深入的探讨，为此，在主要的标题之外，我们为书名又加了一个副标题——“新文学的历史场域和命题”，借此说明我们进行思考和研究时的方法和取向。

从 1996 年到现在，转眼 18 年过去了，18 年不算长，但在一个人极为有限的生命度量中，它自然也不能说特别短。编辑这些文字，我们仿佛重新唤醒并再次看到了默然流去的我们曾经的18年：不断求学时的辛苦，给学生讲课或做报告时的忐忑；春天阅读的花开花落，秋天写作的万籁俱静；深入一本书的忘乎所以，困惑于一个问题的蹙眉敛额；生活不断的诱惑和干扰，工作接连的压力和挑战……许多的许多，等等的等等，文字帮我们重新回到了曾经的种种现场和细节。

编辑这些文字，我们首先心怀了一种感念之情。真的，是它们——这些文字本身，让我们重新走在了一条走过的路上，知道了自己曾经那么认真过，努力过，那样与中国现当代文学休戚相关过。此外，编辑这些文字，我们还心怀了一种告别之情。时间飞速流逝，要做的事太多，人的一生没有多少个18年可过，所以，为了更好地向前走，我们必须将一些已经完成了的东西打包处理——埋掉，或者从心上放下。鲁迅先生曾经用“坟”命名过他的一本书，我们不能企及先生的境界，而且也不愿因我们的书，给读者传达出我们的消沉情绪，所以，将告别正面看待，诚如毛泽东主席所讲，一张白纸上是最适宜于画最新最美的图画的，我们愿意经过这样的告别，更为轻松地去寻找或营造自己的下一个人生景观。

一本书将会有什么样的遭遇，会碰到一些什么样的读者，自然是无法期许的，在本书行将出版发行之际，我们唯一希望的，就是这些我们认真、真诚表达过的意见和思考，以及其身后所附着的我们对于生活的热情和爱，能够使将来读到这本书的读者，借此感知到一点来自文字和思想的美好。

一件事的发生总是有着太多的因缘，为了本书的出版发行，对于我们所在的天水师范学院特别是文史学院的领导、同事和学生，对于中国社会科学出版社特别是负责编辑我们书的郭鹏先生并及远远近近所有关心、鼓励、批评和帮助过我们的人们，我们谨表示不尽的感谢。

王元忠　王建斌

2014年4月15日